Kathrin Kompisch

# Furchtbar feminin

Berüchtigte Mörderinnen
des 20. Jahrhunderts

Militzke

Bibliographische Information der Deutschen Bibliothek
Die Deutsche Bibliothek verzeichnet diese Publikation
in der Deutschen Nationalbibliographie;
detaillierte bibliographische Angaben sind im Internet
über http://dnb.ddb.de abrufbar.


Lektorat: Julia Lössl
Umschlaggestaltung: Ralf Thielicke
unter Verwendung eines Fotos von panthermedia
Typografie und Satz: Barbara Gomon, Leipzig
Gesetzt aus der ITC Stone Serif
Druck und buchbinderische Verarbeitung:
Elbedruckerei Wittenberg GmbH

Printed in Germany
ISBN 10: 3-86189-750-4
ISBN 13: 978-3-86189-750-7

Besuchen Sie den Militzke Verlag im Internet unter:
http://www.militzke.de

## INHALT

Für Markus

# Furchtbar feminin. Wenn Frauen morden

Frauen, die morden, schockieren die Gesellschaft. Mörderinnen verletzen die Vorstellung von der Frau als Mutter und Lebensspenderin, die zart, passiv und friedlich ist. Doch Frauen töten, wenngleich die Zahl der überführten Täterinnen deutlich hinter der männlicher Mörder zurücksteht. Der Frauenanteil bei Tötungsdelikten pendelt seit Einführung der Kriminalstatistik um 15 Prozent.

Woran liegt es, dass die Frauenquote bei Mord so niedrig ist? Hängt dieser Umstand mit dem weit verbreiteten Bild zusammen, dass Frauen eben nicht, oder nur unter ganz bestimmten Umständen, morden und deshalb gar nicht erst unter Verdacht geraten? Produziert somit die gesellschaftliche Vorstellung von der nicht gewalttätigen Frau ihren eigenen Beweis? Oder begehen Frauen deshalb weniger schwere Straftaten, weil sie – ob aufgrund von Erziehung oder biologischen Gegebenheiten – weniger aggressiv sind als Männer und durch ausgeprägtere kommunikative Fähigkeiten bei Problemlösungen nicht so leicht zur Gewalttätigkeit neigen? Sind Frauen also die besseren Menschen? Oder fehlt ihnen schlicht die Kraft, sind sie körperlich generell schwächer als Männer?

## *Der Frauenbonus*

Die Vorstellung von massenhaft unentdeckten Mörderinnen geht auf das Buch des amerikanischen Soziologen Otto Pollak »The Criminality of Women« zurück, das seit den 1950er Jahren als Standardwerk galt. Pollak behauptet darin, das Frauen mindestens so viele Verbrechen wie Männer begingen, in der Strafjustiz aber kaum in Erscheinung träten, weil ihre Verbrechen wegen eines Frauenbonus, den ihn die meist männlichen Polizisten, Richter und Staatsanwälte aus falsch verstandener Ritterlichkeit einräumten, seltener entdeckt, angezeigt und verfolgt würden. So wurde das Nichtvorhandensein von Beweisen für diese Theorie – nämlich das Fehlen von Frauen in Statistiken zur Gewaltkriminalität – als Beleg für ihre Richtigkeit herangezogen.

Pollak musste sich wegen seiner kruden Begründungen – einer Mischung aus Psychoanalyse und Biologismus, die darin gipfelte, Frauen seien von Natur aus rachsüchtig, bereit zu lügen, zu manipulieren und zu morden, weil das »Träumen der ersten Menstruation« ihre »Hoffnung, jemals ein Mann zu werden« endgültig zunichte gemacht habe(!) – harsche Kritik gefallen lassen, die vielleicht den Blick auf einen gewissen Wahrheitsgehalt seines Ansatzes – dass nicht sein kann was nicht sein darf – verstellte.

### *Das schwache Geschlecht?*

Was lässt sich zu dem Argument vorbringen, dass Frauen seltener morden, weil sie einfach schwächer sind als Männer? Zunächst ist zu bemerken, dass man diesen Sachverhalt nicht verallgemeinern darf. Junge Frauen können beispielsweise durchaus kräftiger sein als Greise oder Kinder. Die körperliche Unterlegenheit von Frauen zeigt sich allerdings daran, dass Mörderinnen häufig zusammen mit Männern töten und die Frauen in diesen Fällen überdurchschnittlich oft zwar als das treibende Element und Anstifterin verurteilt werden, die Schmutzarbeit aber dem Komplizen überlassen. Zu berücksichtigen ist auch, dass die Quote so genannter »nicht tödlicher Tötungsdelikte« bei weiblichen Tätern 54 Prozent beträgt, also mehr als jedes zweite Opfer überlebt. Bei männlichen Tätern sterben dagegen fast zwei Drittel.

Frauen müssen aufgrund ihrer geringeren Körperkraft oftmals zu Mitteln greifen, die Gerichte als Mordmerkmale auslegen können. So töten Mörderinnen häufiger bewusstlose oder schlafende männliche Opfer, weil sie sich Männern rein kräftemäßig oft nur so bemächtigen können. Doch von Rechts wegen wird dies als Ausnutzung der Arg- und Wehrlosigkeit der Opfer interpretiert, was eine Würdigung als Totschlag ausschließt. Der Umstand der sublimeren Tatbegehung wird daher gerade von feministischen Kriminologinnen und Kriminologen als im Gesetz verankerte geschlechtsspezifische Benachteiligung von Frauen bei Anklagen wegen Straftaten gegen Leib und Leben gesehen. Manifestiert ist diese Diskriminierung gerade beim so genannten Haustyrannenmord, der im sechsten Kapitel eingehend behandelt wird.

Wie steht es nun mit der geringeren Aggressivität und Gewaltbereitschaft bei Frauen? Dafür sprechen neben der Statistik auch die Auswahl der Opfer und die Tatumstände. Männer töten oftmals im Streit, unter Alkoholeinfluss, in Wut. Als Opfer kommt dabei eigentlich jeder in Betracht, z. B. Ehefrauen und Verwandte, aber ebenso häufig auch flüchtige Bekannte oder völlig Fremde. Frauen hingegen töten in der Regel die, die ihnen am nächsten stehen: die eigenen Kinder, den Ehemann, den Geliebten. Daher beginnt dieses Buch auch mit der klassischen weiblichen Gewalttat, dem Kindsmord.

Wenn eine Frau wegen eines Tötungsdeliktes an einem Mann verurteilt wird, ist das Opfer in vier von fünf Fällen ihr Ehe- oder Beziehungspartner. Dass Täterinnen nur im relativen Nahbereich töten, wird nicht nur von Frauenrechtlerinnen als Folge ihrer begrenzten Bewegungsfreiheit interpretiert, der den Aktionsradius der weiblichen Bevölkerung immer noch hauptsächlich auf den Bereich »Heim und Herd« beschränkt. Ein Beleg dafür mag sein, dass kaum weibliche Serienkiller zu existieren scheinen, einem Tätertyp, dem überwiegend völlig fremde Personen zum Opfer fallen (man spricht auch von »stranger killing«). Diesem Aspekt wird sich Kapitel 3 dieses Buches noch ausführlicher widmen.

### *Wissenschaftliche Erklärungsversuche*

Trotz der relativen Seltenheit von weiblicher Gewaltkriminalität fehlte es zu keiner Zeit an ihren Erklärungsversuchen. Der bedeutende amerikanische Soziologe William I. Thomas schrieb Anfang des 20. Jahrhunderts in seinem Werk »Sex and Society«, während es Männer naturgemäß nach Aufregung und Abenteuer verlange, die sie aus Erfahrungen wie »Verfolgung, Flucht, Gefangennahme, Entkommen, Tod« bezögen, zeigten Frauen »ganz ursprünglich [...] ein Interesse an Säuglingen.« Den »Anfang der Delinquenz bei Mädchen« erklärte er mit dem männlichen »Drang nach Abenteuer, Anerkennung, Auszeichnung«. Straffällige Frauen sollten daher – und dieser Ansatz wurde als modern und liberal ausgegeben – individuell resozialisiert werden, indem sie für unbestimmte Zeit in Haft gehalten und psychologisch zurück auf ihr »Interesse an Säuglingen« gelenkt würden. Dies sei umso einfacher zu bewerkstelligen, als »durchschnittliche Mädchen nicht

Vorstellungskraft genug« besäßen, »sich selbst eine umfassende Lebens auffassung auszudenken«.

Der bekannte deutsche Kriminalist Erich Wulffen führte in seinen viel gelesenen Werken der 1920er Jahre die Kriminalität der Frau ganz auf ihre Sexualität zurück. Diese erschien den männlichen Wissenschaftlern als so andersartig, dass sie einfach Auswirkungen auf das gesamte Verhalten des weiblichen Geschlechts haben musste. So kam auch Wulffen »der Gedanke, daß die Kriminalität des Weibes in einem engsten Zusammenhange mit seiner Geschlechtlichkeit steht«, wie er 1923 in seinem Buch »Das Weib als Sexualverbrecherin« schrieb. Für ihn waren weibliche Straftaten generell sexuell erklärbar, egal ob es sich um Betrug, Diebstahl, Totschlag oder Mord handelte, ganz zu schweigen natürlich von »echten« Sexualstraftaten wie Ehebruch (damals noch strafbar), Exhibitionismus oder »Unzucht mit Kindern«.

Zur Begründung wurden eine ganze Reihe typisch weiblicher Eigenschaften angeführt, die angeblich zur Kriminalität disponierten. Wulffen berief sich auf Studien, die Frauen als weniger sensibel beschrieben und ihnen eine herabgesetzte Schmerzempfindlichkeit unterstellten. Als weitere kriminogene Eigenarten wurden ihr blinder Zorn, die Neigung zu Geiz und Habsucht, Eifersucht und Neid genannt. »Das Gefühl der Rache ist beim Weibe stärker als beim Manne«, hieß es. Diese negativen Eigenschaften besitze jede Frau, sie würden bei den meisten jedoch durch den ebenfalls natürlichen Mutterinstinkt, die »schützende moralische Furchtsamkeit« und ihre »angeborene Moralität« im Zaum gehalten. Verbrecherinnen seien aber »Opfer ihrer schlechten Instinkte«, und diese wiederum aufs engste an die weibliche Sexualität gekoppelt. Denn normalerweise verharre die anständige Frau in »ihrer ruhenden, glücklichen Passivität«, die »wieder mit ihrer ungeweckten Sexualität einen Zusammenhang hat.«

*»Wird diese Passivität erschüttert, so verlieren die Instinkte ihre Führersicherheit, und das mit einem Male allen schlimmen Auswirkungen fast hilflos ausgesetzt verbrecherische Weib verliert allmählich [...] selbst die günstigen menschlichen Eigenschaften [...]«*

Allerdings mordeten auch bei Wulffen die Frauen fast ausschließlich im familiären Nahbereich, was ihn besonders schockierte und dazu verleitete, die Mörderin als schlimmer als den mordenden Mann anzusehen, da dieser sich seltener an Ehepartnerin und Kindern vergriffe.

Feministische Erklärungsmodelle mörderischer Gewalt, die seit den 1960er Jahren im Zuge der aufkommenden Frauenbewegung Verbreitung fanden, besagen dagegen, weil Kriminologie und Justiz lange von Männern beherrscht wurden, die sich aus ihrer Geschlechtsperspektive heraus die Welt erklärten, stünden meist männliche Täter im Mittelpunkt von Untersuchungen und Theorien. Dies erschwere ihre Anwendung auf Frauen. Daher überwögen in der Beschreibung von Mörderinnen bestimmte Täterinnentypen, die gut in das Weltbild der männlichen Wissenschaftler passten bzw. von Männern empfundene Ängste aufzeigten und bannten.

### *Bilder von Mörderinnen: Fiktion und Realität*

Die »typische« Täterin, wie wir sie auch aus den Medien kennen, ist z.B. die hinterhältige Giftmischerin. Interessanterweise ist jedoch nicht Gift das bevorzugte Tatwerkzeug einer Frau, sondern die meisten Tötungsdelikte werden mit einem Messer – oftmals einem Küchenmesser – ausgeführt. Nur mit den Händen durch Schlagen, Würgen oder Drosseln töten immerhin mit einem Fünftel der überführten Frauen noch fast genauso viele wie mit einer Schusswaffe.

Beim Täterinnentyp der »sexbesessenen Femme Fatale«, die häufig auch als Nymphomanin oder vergnügungssüchtige Frau dargestellt wird, liefert deren als anstößig empfundener Lebenswandel gleich eine Erklärung ihrer Tat. Dahinter verbirgt sich angeblich die Angst der Männer vor der selbstbestimmten Sexualität der Frau. Durch die Verteufelung solcher Täterinnen werde versucht, aufzuzeigen, welch negative Konsequenzen es habe, wenn eine Frau ihre angestammte soziale Rolle, den passiven Part, aufgibt. Allerdings erlaubt diese Darstellungsweise oftmals mehr Rückschlüsse auf die Vorstellungen des männlichen Verfassers als auf die wahren Motive einer Mörderin. Solche Ansätze zur Interpretation weiblicher Gewalt waren bis in die 1960er Jahre hinein sehr prominent, tauchen seitdem jedoch immer seltener auf.

Diese und andere stereotypen Rollen dienen der Einordnung und Verarbeitung von Mordtaten, die von Frauen begangen werden, gehen aber über eine klischeehafte Interpretation weiblicher Gewalt nicht hinaus. Für tötende Frauen steht dabei nur ein begrenztes Repertoire an Darstellungsmustern zur Verfügung. Hinter diesen verbergen sich Vorstellungen über die Rolle der Frau in der Gesellschaft. Medienbilder von weiblichen Täterinnen, die ihre traditionelle Lebensstellung verlassen, präsentieren damit auch Aussagen über die soziale Situation von Frauen zu bestimmten Zeiten.

### *Auf der Suche nach weiblichen Motiven*

Daneben unterliegt auch die Motivlage häufig Klischeevorstellungen: Frauen morden angeblich eher aus emotionalen Gründen wie verschmähter Liebe, Hass oder Eifersucht. Dies spielt jedoch nur in ca. 20 Prozent weiblicher Tötungsdelikte eine Rolle. Deutlich häufiger ist Alkohol im Spiel: 45 Prozent der Frauen waren zur Tatzeit betrunken. Konkrete Antriebsimpulse wie Habgier oder Verdeckung einer Straftat finden sich hingegen nur relativ selten.

Dass Morde von Frauen begangen werden, weil solche Taten als letzter Ausweg aus einer als hoffnungslos empfundenen Situation angesehen werden, wenn etwa der prügelnde Ehemann umgebracht wird, erkennt die Öffentlichkeit erst seit relativ kurzer Zeit an. Dass drei Viertel der verurteilten Täterinnen unmittelbar während eines Streits oder einer verbalen oder körperlichen Auseinandersetzung töteten, zeigt neben dem Schwerpunkt der Opfer im familiären Umfeld, dass häusliche Gewalt gegen Frauen auch heute noch eine traurig große Rolle spielt. Allerdings wird der leichte zu verzeichnende Rückgang bei von Frauen begangenen Straftaten gegen das Leben auch darin vermutet, dass wegen »der inzwischen größer gewordenen Autonomie der Frauen eine geringere Notwendigkeit zu solchen Konfliktlösungen« besteht.

Neuerdings – seit der Emanzipationsbewegung der 1960er und 1970er Jahre – werden Frauen, die gemordet haben, häufig zunächst selbst als Opfer, die schließlich aufbegehrten, wahrgenommen. Nur in diesem Kontext scheint auch heutzutage eine mordende Frau für das soziokulturelle Geflecht erträglich, nur unter dieser Bedingung kann ihr verziehen werden, ihre quasi naturgegebene Stellung in der Gesellschaft verraten zu haben.

Solche Interpretationsansätze gestehen Frauen zwar die Fähigkeit zu, zur Mörderin zu werden, fügen sie aber immer noch in einen eher passiven Kontext ein und stellen es so dar, als seien die Frauen in die Taten hineingeschlittert bzw. sehen die Morde als verzweifelten und irrationalen Ausbruch aus der naturgegebenen weiblichen Schwäche. Dass Frauen sich bewusst für den absichtlichen Einsatz von mörderischer Gewalt entscheiden könnten, blendet dieser Ansatz aus. Als Beleg hierfür kann auch gelten, dass Frauen, die nicht in das Muster des hilflosen Opfers der Umstände passen, sondern denen eine rationale Motivation unterstellt werden kann, als besonders verworfen und schlecht beschrieben werden. Oft erscheint die Verletzung des vorherrschenden Frauenbildes ein größeres Verbrechen als die eigentliche Mordtat.

Alle diese Ansätze gehen davon aus, dass das Geschlecht maßgeblich bei der Überführung in einem Mordfall sei und Frauen hierbei eine Sonderrolle einnähmen. Dieses Buch und die hier erzählten Fälle werden allerdings zeigen, dass im Zuge von Mordermittlungen und vor Gericht das Geschlecht der Angeklagten zwar eine Rolle spielt, aber die Tatsache, dass es sich bei der Beschuldigten um eine Frau handelt, nicht allein ausschlaggebend für eine Verurteilung bzw. einen Freispruch ist. Vielmehr hat es große Auswirkungen, welchem gesellschaftlichen Umfeld die vermeintliche Täterin entstammt und besonders, ob sie dem zeitgenössischen Frauenbild entspricht. Eine Hauptthese ist: Je niedriger ihre Herkunft und je unangepasster die Frau, desto wahrscheinlicher eine Verurteilung. Im Übrigen werden Frauen, wenn es um traditionell als männlich angesehene Gewaltkriminalität geht, tendenziell härter bestraft als Männer, die eine vergleichbare Straftat begangen haben.

## *Die ausgewählten Fälle*

Viele der hier vorgestellten Mörderinnen weisen Gemeinsamkeiten des Lebenswegs auf, die vielleicht begründen können, warum sie einen gewalttätigen Ansatz zur Konfliktlösung wählten. Die meisten Täterinnen stammen aus sozialen Problemzonen, ihr Leben war geprägt durch eine Kombination von relativer Armut, Gewalt und Ignoranz.

Viele gerieten bereits vor ihren Taten mit staatlichen Institutionen in Konflikt, waren vorbestraft, im Heim oder unter Fürsorgeaufsicht groß geworden. Dass sie dort hineingeraten waren und so von der Justiz später umso leichter als schlecht und verdorben charakterisiert werden konnten, hatte häufig etwas mit ihrer Geschlechtszugehörigkeit zu tun: Mädchen wurden beispielsweise bis in die 1970er Jahre hinein leichter wegen »Auffälligkeit in sittlicher Beziehung« unter Zwangsmaßnahmen gestellt als Jungen. Allerdings sind vier von fünf Frauen, die wegen Gewaltdelikten verurteilt werden, nicht vorbestraft, während es bei männlichen Tätern fast die Hälfte ist.

Die amerikanische Soziologin Ann Jones schrieb 1979: »Die Geschichte der Frauen, die töten, ist die Geschichte der Frauen.« Das bedeutet, dass es möglich ist, etwas über Zeitumstände, Mentalitäten, Frauenbilder und deren Veränderung zu erfahren, wenn man sich anschaut, wen Frauen wann und warum ermordeten und wie die Gesellschaft diese Verbrechen beurteilte.

Dazu wurden in diesem Buch Fälle ausgewählt, die den Nerv ihrer Zeit trafen und deshalb große zeitgenössische Popularität erreichten. Einige länger zurückliegende Taten sind heute weitgehend vergessen, wie die Hamburger Kindermörderin Elisabeth Wiese (1904), die Bürgermeistertochter Grete Beier, die 1907 ihren Verlobten erschoss, oder Elli Klein und Grete Nebbe, die Alfred Döblin in seiner Erzählung »Die beiden Freundinnen und ihr Giftmord« verewigte.

Doch auch in nicht so ferner Vergangenheit geschehene Morde sind nicht mehr im öffentlichen Bewusstsein präsent, obwohl sie große Auswirkungen hatten. Die Prozesse gegen Maria Rohrbach zwischen 1958 und 1961 beispielsweise führten zu einer Erleichterung des Wiederaufnahmeverfahrens, im Fall der Ruth Blaue (1954) musste zum ersten Mal über das Recht einer Verurteilten, ihre Geschichte zu vermarkten, entschieden werden. Die Prozesse gegen Eva Maria Mariotti zu Beginn der 1960er Jahre leiteten ein wichtiges Urteil des Bundesverfassungsgerichts zum Recht auf Aussageverweigerung der Angeklagten ein. Daher verdienen es diese Fälle, erneut erzählt zu werden, um sie so dem Vergessen zu entreißen.

Andere Mordfälle haben eine solche Wiederentdeckung nicht nötig: allgegenwärtig ist der Mordfall Weimar, der 1986 die Bundesrepublik erschütterte. Auch Vera Brühne ist unvergessen. Warum aber wurden einige der hier vorgestellten Mörderinnen zu Ikonen, das Bild anderer verblasste hingegen schnell? Die spektakulären, oft auch tragischen Geschichten, die hinter ihren Verbrechen stehen, werden im Folgenden darauf eine Antwort geben.

Ende der 1970er Jahre formulierte eines der ersten Bücher, die versuchten, das gesellschaftliche Phänomen der Mörderin in einem kulturellen Kontext zu verstehen, »daß die von Frauen verübten Morde anders sind.« Ob dies zutrifft, kann am Ende des Buches vielleicht beantwortet werden.

Ich möchte darüber hinaus darauf hinweisen, dass in einigen der hier vorgestellten Fälle die Täterschaft nicht eindeutig geklärt ist. Bei den im Kapitel »Justizirrtümer und Fehlurteile« vorgestellten Morden liegt dies auf der Hand. Doch auch bei anderen Verbrechen zeigte sich nach genauerer Recherche, dass die Verhältnisse oftmals nicht so klar sind, wie die Urteile gegen die vermeintlichen Täterinnen Glauben machen wollen. Da jedoch, wie etwa im Fall Weimar oder bei Vera Brühne, trotz großer Zweifel an der Täterschaft der verurteilten Frauen die wahren Täterinnen als juristisch überführt gelten, habe ich versucht, die Sachverhalte dem Leser so näher zu bringen, dass er aufgrund der gelieferten Fakten in der Lage ist, sich ein eigenes Bild zu machen.

Trotz der angeführten Veränderungen des Blickes auf Mörderinnen gilt ein Tatbestand nach wie vor als vollkommen unverständlich und unverzeihlich: der Mord einer Mutter an ihrem Kind. Eine solche Tat wird als brutale Widernatürlichkeit gesehen, die, wenn überhaupt, nur mit Wahnsinn oder abgrundtiefer Gleichgültigkeit und Bösartigkeit der Täterin erklärt werden kann. Deutlich wird dies am Fall der »Eismutter« Antje K. aus dem Jahr 2000. Doch bereits die Engelmacherin Elisabeth Wiese wurde zu Beginn des 20. Jahrhunderts in ähnlicher Weise dargestellt. Dass sich solche als archaisch empfundenen Verbrechen nach wie vor ereignen, belegt aktuell der erschütternde Fall der neunfachen Kindsmörderin aus Brieskow-Finkenheerd, der während der Niederschrift dieses Manuskripts aufgedeckt wurde. Diesem Tatkomplex widmet sich das Buch zu Beginn.

## »Höchst ärgerliche und die Menschlichkeit überschreitende Missetat«: Von Kindsmord und Kindermörderinnen

Bis ins 19. Jahrhundert hinein galt der Begriff Mörderin als Synonym für Kindsmörderin. Eine tötende Frau war nur in diesem Kontext vorstellbar – dafür aber dort besonders prominent. Daher soll auch dieses Buch mit der ältesten weiblichen Straftat wider das Leben beginnen.

### *Kindsmord vor Gericht*

Einen gesonderten Straftatbestand stellt die Tötung eines leiblichen Kindes in Deutschland seit der Einführung der Carolina 1532 dar. Auf Kindsmord stand dort die Todesstrafe, vollstreckt meist durch das Schwert, die Schuldige konnte jedoch auch durch Ertränken zu Tode gebracht oder lebendig begraben werden.

Genaue Zahlen zur Häufigkeit von Kindsmorden sind nur schwer zu ermitteln, weil diese Verbrechen oft unentdeckt blieben. In Württemberg ergingen in den 217 Jahren zwischen 1568 und 1785 insgesamt 54 Urteile wegen Kindsmord gegen Mütter, im Durchschnitt eins alle vier Jahre. In Frankfurt am Main kam es in den 134 Jahren zwischen 1562 und 1696 zu 26 Verurteilungen, eine alle fünf Jahre.

Trotz seiner relativ seltenen Aufdeckung empfanden Zeitgenossen den Kindsmord als unerträgliches Problem, Verfahren gegen Kindsmörderinnen erregten großes Aufsehen. So basiert Goethes Gretchen auf dem realen Schicksal der Kindsmörderin Susanna Margaretha Brandt, einer ledigen Dienstmagd, deren Hinrichtung der Dichter in Frankfurt am 14. Januar 1772 als Gerichtsassessor beiwohnte. Auch Schiller beklagt in seinem Gedicht »Die Kindsmörderin« von 1781 ein ähnlich tragisches Schicksal. 1780 kam es in diesem Zusammenhang sogar zur Ausschreibung der so genannten »Mannheimer Preisfrage«, die Gelehrte aufforderte, sich Gedanken über die Verhütung von Kindstötungen zu machen. 1794, mit der Einführung des Allgemeinen Preußischen Landrechts, liberalisierte sich die Strafpraxis etwas, z. B.

wurde die Stellung illegitimer Kinder speziell als Prophylaxe gegen Kindstötungen verbessert.

Mit der Einführung des Reichsstrafgesetzbuches (RStGB) 1871 entstand eine neue Rechtslage. Die Tötung ehelicher Kinder fiel nun unter die Straftatbestände Mord oder gegebenenfalls Totschlag mit dementsprechender Strafandrohung, die Ermordung nichtehelicher Kinder durch die Mutter während oder gleich nach der Geburt wurde aber nur mit einer Höchststrafe von drei Jahren Zuchthaus geahndet. Dies trug der Annahme Rechnung, dass Frauen unter der Geburt als nicht zurechnungsfähig anzusehen seien. Dieser § 217 wurde übrigens erst 1998 aufgehoben, weil eine Sonderregelung für uneheliche Kinder als nicht mehr zeitgemäß galt. Der Gesetzgeber empfiehlt nun in solchen Fällen die Anwendung der §§ 212 und 213 (Totschlag oder minder schwerer Totschlag).

### *Gretchens Gründe*

Die Motive der meist ledigen und aus der Unterschicht stammenden Täterinnen waren vielschichtig: Angst vor dem Verlust des Arbeitsplatzes, Furcht vor Schande und Ausgrenzung, materielle Not. Manchmal entstammte das Kind einer Vergewaltigung.

Allerdings galt ein uneheliches Kind nicht überall und in jeder Schicht als Makel, ledige Mütter der Arbeiterklasse hatten Ende des 19. Jahrhunderts durchaus Chancen auf dem Heiratsmarkt. Viele Paare konnten sich eine Hochzeit finanziell auch gar nicht leisten und lebten gezwungenermaßen in wilder Ehe zusammen. In Deutschland lag daher die Quote unehelich geborener Kinder traditionell sehr hoch, was durch das im 19. Jahrhundert steigende Heiratsalter noch begünstigt wurde. Vorehelicher Sex war in der städtischen Arbeiterschicht, aber auch auf dem Land, keine Seltenheit, unter Verlobten wurde er ganz offen geduldet. Wenn aber eine Schwangerschaft eintrat, begannen oft Probleme, meist für die Frau.

*Ausweg Abtreibung?*

Das RStGB von 1871 verbot in den §§ 218 bis 220 die Abtreibung und galt bis zur Reform in den 1970er Jahren. Eine Schwangere, die selbst abtrieb, hatte mit einer Strafe von mindestens sechs Monaten Gefängnis bis zu fünf Jahren Zuchthaus zu rechnen. Die gleiche Buße erhielten Personen, die an einer Frau eine Abtreibung vornahmen. 219 bedrohte Helfer, die einer Schwangeren Mittel zur Abtreibung beschafften, sogar mit bis zu zehn Jahren Zuchthaus.

Ausnahmen vom Abtreibungsverbot sah das Gesetz nicht vor, allerdings konnten Frauen mit Straffreiheit rechnen, wenn der Abort zum Schutz ihrer Gesundheit vorgenommen wurde, weil eine Geburt ihr Leben bedroht hätte. Zwar existierten hierzu keine rechtlichen Vorschriften, bis zum Beginn des Ersten Weltkriegs verfolgten die Staatsanwaltschaften solche Taten jedoch einfach nicht.

Über die Zahl der trotz der hohen angedrohten Strafen vorgenommenen Abtreibungen kann nur spekuliert werden. Sicher ist, dass die Dunkelziffer enorm hoch war (einige Autoren sprechen davon, dass ca. ein Fünftel aller Schwangerschaften künstlich beendet wurden). Zu Beginn des 20. Jahrhunderts pendelten die Verurteilungen wegen Verstößen gegen § 218 um 400 Fälle pro Jahr, zwanzig Jahre später waren es bereits zehnmal so viele.

Bereits 1904 formulierten Frauenrechtlerinnen Kritik am Abtreibungsverbot, die ihrem Inhalt nach auch noch in den 1970er Jahren aktuell klang. So nannte eine Vertreterin des »Deutschen Frauenvereins Reform«, Gräfin Gertrud Bülow von Dennewitz, die bestehenden gesetzlichen Regelungen einen »unwürdigen Eingriff in die allerintimsten Privatangelegenheiten des Weibes«. Es gehe dem Gesetzgeber nicht um den »Lebensschutz«, sondern um die »anhaltende Unterwerfung des Weibes«. § 218 zwinge die Frauen zwar, ihre ungewollten Kinder auszutragen, für deren Schutz und weitere Versorgung fühle sich der Staat jedoch nicht zuständig. Dieses Problem steht auch im Mittelpunkt des ersten vorgestellten Falles der Elisabeth Wiese von 1904.

Die einflussreiche Frauenrechtlerin Helene Stöcker forderte bereits vor dem Ersten Weltkrieg die sehr modern anmutende »Trennung von Sexualität und Fortpflanzung«. Allerdings verknüpften viele Agitatorinnen ihren Kampf gegen das Abtreibungsverbot mit kruden Ideen über »die Aufartung der Rasse« und die »Ausmerzung erblich belasteter oder verbrecherischer Menschen«. Solche ideologischen Verbrämungen waren den meisten ungewollt schwangeren Frauen sicherlich fremd.

Zudem gab es unter den deutschen Frauenvereinen durchaus unterschiedliche Positionen zum Thema Abtreibung. Der »Bund Deutscher Frauenverbände« sprach sich 1909 nur für eine Absenkung der Strafen und für zusätzliche Indikationsmöglichkeiten – z. B. legaler Schwangerschaftsabbruch nach einer Vergewaltigung – aus. Helene Lange, die »geistige Führerin der Frauenbewegung« und Vorkämpferin der Mädchenbildung, wandte sich sogar explizit gegen jede Form der Straffreiheit von Schwangerschaftsunterbrechungen.

### *Verhütungsmittel einst und jetzt*

Das Problem des Abtreibungsverbots stellte sich hauptsächlich Schwangeren aus der Unterschicht und Arbeiterklasse. Bürgerliche Frauen konnten sich Ärzte leisten, die gegen einen Aufpreis so genannte »künstliche Fehlgeburten«, die in eine gesetzliche Grauzone fielen, einleiteten. Frauen ohne ausreichende finanzielle Mittel stand dieser bequeme Weg nicht offen. Zudem ermöglichte ein höheres Einkommen den Erwerb von qualitativ besseren Verhütungsmitteln, die helfen sollten, gar nicht erst in andere Umstände zu geraten.

Obwohl Kontrazeptiva teuer und für heutige Verhältnisse relativ unsicher waren, lassen sich ihre verbreitete Verwendung und eine gewisse Wirkung seit den 1870er Jahren nachweisen. Im Deutschen Reich fiel damals die Fruchtbarkeitsrate stark ab. Da weniger Kinder geboren wurden, verkleinerten sich die Familien. Hatten Eltern in den 1860er Jahren noch durchschnittlich sechs Kinder, waren es in den 1920er Jahren nur noch zwei. Diese Entwicklung ließ sich zunächst in der wohlhabenden und gebildeten Oberschicht feststellen, deren Familiengröße bereits seit der Mitte des 19. Jahrhunderts abnahm, und war seit der Jahrhundertwende auch in Arbeiterhaushalten festzustellen, wie beispielsweise der Sozialist Karl Kautsky beschrieb.

Die Kirchen erlaubten als einziges Verhütungsmittel nur die eher unattraktive Enthaltsamkeit. Die am weitesten verbreitete Methode der

Empfängnisverhütung war der unsichere, dafür aber kostenlose, Coitus interruptus. Eine weitere als natürlich angesehene Praktik stellte das Abwarten der unfruchtbaren Tage dar. Allerdings war die Zyklusberechnung der meisten Experten sehr ungenau.

Daneben konnten vermögende Kunden aus einem ganzen Arsenal von Verhütungsmitteln auswählen: Männern standen Kondome zur Verfügung, die eigentlich als Schutz vor Geschlechtskrankheiten entwickelt worden waren, und die seit der Erfindung der Kautschukvulkanisation 1839 relativ günstig aus Gummi hergestellt werden konnten, aber trotzdem oft mehrmals verwendet wurden.

Frauen benutzten hauptsächlich Schwämme oder Tamponagen, oftmals in Verbindung mit Spülungen, oder säurehaltige Puder oder Cremes als Spermizide. 1882 erfand der deutsche Arzt Wilhelm Mensinga dann das gut schützende Diaphragma, das jedoch teuer war und zudem von einem Arzt angepasst werden musste.

Diese Verfahren erfuhren im 20. Jahrhundert Verbesserungen, um sie effektiver zu machen, die Auswahl blieb jedoch im Wesentlichen auf die bekannten Vorgehensweisen beschränkt. Erst die Verbreitung der Anti-Baby-Pille seit den 1960er Jahren – die übrigens zunächst nur an verheiratete Frauen abgegeben wurde, damit durch dieses Medikament nicht etwa ungezügelter vorehelicher Sex um sich griffe – ermöglichte die so genannte »sexuelle Revolution«. Als zweite bahnbrechende Erfindung auf diesem Gebiet entwickelten amerikanische Ärzte zu Beginn der 1970er Jahre die Spirale, die jedoch Frauen zunächst nicht ohne Zustimmung des Ehemannes eingesetzt werden durfte. Heutzutage verwenden ca. 90 Prozent der sexuell aktiven Bevölkerung Verhütungsmittel.

### *Die Auswirkungen: Geburtenrückgang und Kleinfamilie*

Das Wissen um Mittel und Methoden zur Empfängnisverhütung verbreitete sich zunächst durch Mundpropaganda, oft von Diener- zu Herrschaft. Später kamen Bücher zum Thema hinzu, seit den 1920er Jahren hielten Frauenrechtlerinnen auch verstärkt Vorträge, um gerade Frauen aus dem Arbeitermilieu zu erreichen. Seit 1900 galt in Deutschland ein Gesetz, dass die Werbung für Verhütungsmittel oder ihre Ausstellung in Schaufenstern untersagte. 1941 verbot die so genannte

»Himmlersche Polizeiordnung« ganz im Sinne der auf Bevölkerungszuwachs angelegten nationalsozialistischen Politik sogar die Herstellung von Verhütungsmitteln – in einigen westdeutschen Bundesländern galt diese Vorschrift bis in die 1960er Jahre hinein.

Warum aber bemühten sich Menschen um die Verringerung ihrer Nachkommenschaft? Für alleinstehende Frauen bedeutete ein Kind noch bis weit ins 20. Jahrhundert hinein gesellschaftliche Stigmatisierung und Ausgrenzung. Doch gerade Ehepaare griffen zu Verhütungsmitteln, um ihre Kinderschar zu begrenzen.

Dies lag an den steigenden Kosten für Kindererziehung: Schulbesuch und Ausbildung wurden einerseits immer selbstverständlicher, banden andererseits aber auch zunehmend finanzielle Ressourcen. Außerdem stellten Eltern fest, dass bei weniger Kindern mehr Geld für andere Annehmlichkeiten zur Verfügung stand. So ließ sich bei nur noch zwei Kindern das Ideal der daheim bleibenden bürgerlichen Hausfrau eher auch in unterbürgerlichen Schichten verwirklichen, wo die Frau sonst mit zum Lebensunterhalt der Familie hatte beitragen müssen. Der medizinische Fortschritt und die dadurch bedingte Abnahme der Kindersterblichkeit, in Verbindung mit der Einführung eines Rentensystems unter Bismarck, verringerte darüber hinaus die Notwendigkeit zahlreicher Nachkommen zur Versorgung im Alter.

## *Kindsmord heute*

Oftmals wird Kindsmord als Notwendigkeit einer Zeit ohne legale Abtreibungsmöglichkeiten und Verhütungsmittel gedeutet. Im Umkehrschluss hätten also spätestens die Pille und das liberale Indikationsmodell zur Schwangerschaftsunterbrechung solche Straftaten verschwinden lassen müssen. Doch auch in unserer modernen, aufgeklärten Zeit ereignen sich jährlich etwa 40 Kindstötungen: Babys, die von ihren Müttern heimlich zur Welt gebracht und anschließend erstickt, erdrosselt oder ausgesetzt werden. Fast wöchentlich macht ein solcher Fall Schlagzeilen. Anhand von vier zum Teil sehr unterschiedlich gelagerten Fällen sollen daher die Probleme und Spannungsverhältnisse dargestellt werden, in denen sich in Deutschland im 20. Jahrhundert Kindsmorde durch weibliche Täterinnen ereigneten.

## Die »Engelmacherin« Elisabeth Wiese (1904)

Im Oktober 1904 musste sich Elisabeth Wiese fünf Tage in einem Prozess vor dem Hamburger Schwurgericht verantworten. Zur Last gelegt wurden der Angeklagten versuchter Gattenmord – sie habe mehrfach versucht, ihren Ehemann zu vergiften –, Kuppelei mit ihrer Tochter, Abtreibung, Meineid, Urkundenfälschung und die Ermordung von fünf Pflegekindern.

Wiese, gelernte Hebamme, geboren 1859 und seit 1888 verheiratet mit dem Kesselschmied Heinrich Wiese, war Ende des 19. Jahrhunderts von Hannover nach Hamburg gezogen und hatte sich in der Vorstadt St. Pauli, dem alten proletarischen Hafenviertel, eine neue Existenz als Kinderpflegerin aufgebaut. Ihren Beruf als Geburtshelferin durfte sie nach mehreren illegalen Abtreibungen nicht mehr ausüben.

Nun meldete sie sich auf Inserate in Zeitungen, in denen ledige Mütter Versorgung für ihre unehelichen Kinder suchten. Wiese bot an, sich solcher so genannten »Privatkostkinder« anzunehmen. Die Mütter zahlten ihr einen einmaligen Betrag zwischen 100 und 300 Reichsmark, dafür nahm sie die Kinder auf und verpflichtete sich, sie in Adoptivfamilien zu vermitteln. Die leiblichen Mütter zahlten zur Versorgung der Kinder zudem Pflegegeld an Elisabeth Wiese, das diese an die Pflegeeltern weiterleiten sollte.

Ein solches Vorgehen war damals durchaus nicht ungewöhnlich. Die Situation manch lediger Mutter war schwierig. Schwangerschaft, zumal ohne Trauschein, galt als Kündigungsgrund, was der Mutter die materielle Existenzgrundlage entzog. Die Väter drückten sich nur zu oft vor ihrer Verantwortung, und das Einklagen von Unterhalt war für die Frauen fast unmöglich, wenn der Erzeuger seine Vaterschaft bestritt. Abtreibungen allerdings waren illegal und zudem gesundheitlich gefährlich, und auch Verhütungsmittel durften nur an Verheiratete abgegeben werden, waren sehr teuer und unzuverlässig. Daher kamen zahlreiche ungewollte Kinder auf die Welt, die von ihren Müttern weggegeben wurden. Kindsaussetzung war strafbar, die in Hamburg einmal existenten Babyklappen mussten wegen des großen Andrangs schon bald nach ihrer Öffnung wieder geschlossen werden. Das städtische Findel- und Waisenhaus in der Admiralitätsstrasse kämpfte mit chronischer Unterfinanzierung einerseits und Überfüllung andererseits.

So konnten Frauen wie Elisabeth Wiese aus der Not der Mütter ein einträgliches Geschäft machen. Damit diese Vorgänge in geregelten Bahnen verliefen, überwachten Waisenpfleger, die in einem Verein zusammengeschlossen waren, die Pflegschaftsverhältnisse. Bereits seit dem 18. Jahrhundert war bekannt, dass »Kostkinder« oft in elenden Verhältnissen leben mussten, in denen sie nicht selten an Unterernährung oder Vernachlässigung starben. Jedoch setzte wirksame Kontrolle voraus, dass der Aufenthaltsort der Kinder bekannt und die Pflegerin bei den Behörden angemeldet war. Elisabeth Wiese aber betrieb ihr Gewerbe illegal. Die Behörden erfuhren erst von ihrer Tätigkeit, als es bereits zu spät war. Die Mütter in ihrer schwierigen Situation konnten auf solche Feinheiten jedoch keine Rücksicht nehmen. Sie vertrauten Elisabeth Wiese oder scherten sich nicht weiter um den ungeliebten Nachwuchs.

Elisabeth Wiese handelte nicht aus Nächstenliebe oder sozialer Verantwortung, sondern aus Profitgier. So hatte sie auch ihre eigene Tochter Paula Berkefeld zur Prostitution gezwungen und sie verprügelt, wenn sie sich weigerte. In Anzeigen wie »Junge Dame bittet edel denkenden Herrn um 30 Mark Unterstützung gegen dankbare Rückzahlung« im »Generalanzeiger« köderte die Mutter Freier für ihre Tochter, bis die schließlich nach London floh. Ihren Mann, der ihr wiederholt Verschwendungssucht vorwarf, versuchte Elisabeth Wiese mehrmals erfolglos zu vergiften.

Die Ermittlungen gegen Elisabeth Wiese kamen im April 1903 jedoch ins Rollen, weil das Dienstmädchen Fräulein Klotsche ihren kleinen Sohn Wilhelm zu sich zurückholen wollte, nachdem sich ihre materiellen Lebensumstände deutlich verbessert hatten. Sie fragte bei Elisabeth Wiese nach dem Aufenthaltsort des Kindes und bekam allerlei widersprüchliche Ausflüchte zu hören. Da wurde die junge Mutter misstrauisch und ging zur Polizei.

Nun begannen Nachforschungen nach Kindern, die die ehemalige Hebamme an Pflegeeltern vermittelt haben wollte. Dabei stellte sich heraus, dass der Verbleib von vier Kindern, die Elisabeth Wiese allein im Jahr 1903 anvertraut worden waren, nicht zu ermitteln war. Es handelte sich um die Ende 1902 und Anfang 1903 geborenen Babys Berta Blanck, Peter Schultheiß, Franz Sommer und Wilhelm Klotsche. Bei einer Hausdurchsuchung stieß die Polizei zudem auf einen verdächtigen Bestand an Morphium und anderen Giften.

Nach und nach kam die furchtbare Wahrheit ans Licht: Elisabeth Wiese hatte die Kinder zwar in Pflegefamilien vermittelt, aber die von den leiblichen Müttern gezahlten Pflegegelder einbehalten und nicht weitergeleitet. Daraufhin schickten die meisten Adoptiveltern die Kinder zur Vermittlerin zurück. Wenn Elisabeth Wiese die Kinder dann nicht anderweitig loswerden konnte, vergiftete sie die ihr anvertrauten Babys und verbrannte die Leichen in ihrem Herd.

Der Prozess gegen die »Engelmacherin« erregte wegen der Scheußlichkeit der Verbrechen ganz Hamburg. Der Gerichtsreporter Hugo Friedlaender schrieb über die Angeklagte:

*»Sie war eine mittelgroße, schlanke Frau. Sie hatte ein speckgelbes Gesicht, eingefallene Wangen, eine lange Habichtnase und kleine stechende Augen. Sie machte ganz den Eindruck einer ›Hexe‹, mit der man Kinder graulich machen konnte.«*

Im Verlauf der Verhandlung sagte sogar die Tochter Paula gegen die eigene Mutter aus. So kam heraus, dass Elisabeth Wiese auch ihren eigenen Enkel kurz nach der Geburt in einem Wasserbottich ertränkt und anschließend wie die anderen toten Kinder beseitigt hatte.

Die Beschuldigte bestritt jedoch die gegen sie erhobenen Anschuldigungen und murmelte noch auf dem Gang zur Guillotine: »Ich habe keine Kinder umgebracht.« Geköpft wurde sie am 2. Februar 1905 dennoch. Dies stellte in Hamburg, wie auch die Verhängung der Todesstrafe überhaupt, eine große Seltenheit dar. Seit Mitte des 19. Jahrhunderts wurden nur ein bis zwei Personen jährlich zum Tode verurteilt, und von diesen noch einmal die Hälfte begnadigt.

Der Fall löste jedoch nicht nur erregte Diskussionen über die gewissenlosen Machenschaften der Täterin aus. Auch über die Todesstrafe, zu der sie verurteilt worden war, und speziell über die Vollstreckung an einer Frau, debattierte die Öffentlichkeit heftig. Es waren bezeichnenderweise vor allem die Frauen, die kategorisch jede Milde ablehnten und sich sogar bei den Justizbehörden meldeten, um Elisabeth Wiese eigenhändig hinzurichten, falls sich kein männlicher Scharfrichter bereit finden sollte. Im Gegensatz zum Fall der Grete Beier vier Jahre später (Kapitel 7), der sich aufgrund des Charakters ihres Verbrechens und auch der Jugend und Schönheit der Täterin wegen von den Taten der Elisabeth Wiese abhob, scheint die Exekution der Kindermörderin kaum auf Widerstand gestoßen zu sein.

Dass es indirekt bei diesem Fall auch um verlogene Moralvorstellungen ging, die die Mütter unehelicher Kinder als »gefallene Mädchen« stigmatisierten und sie zwangen, ihre Kinder fortzugeben, wollten sie weiter Arbeit und vielleicht eine Chance auf eine spätere Heirat haben – zu dieser Einsicht war die Mehrheit der Gesellschaft der wilhelminischen Zeit noch nicht in der Lage.

## Die Kindermörderin Irma K. (1945)

Auch im Fall der Irma K. spielte die Todesstrafe eine Rolle: die Kindsmörderin gilt als die letzte Todeskandidatin Deutschlands (allerdings konkurriert sie dabei mit Irmgard Swinka, die in Kapitel 3 vorgestellt wird). Gerettet wurde ihr Leben durch die Verabschiedung des Grundgesetzes am 8. Mai 1949, denn in Artikel 102 heißt es dort: »Die Todesstrafe ist abgeschafft.«

Irma kam am 27. Juni 1920 als viertes von sechs Kindern in Quierschied zur Welt, einem kleinen Bergmannsort im Saarland. Die Familie lebte in einer einfachen Holzhütte, die finanzielle Situation war immer angespannt. Die Mutter galt als gutmütig, der Vater allerdings sei gewalttätig gewesen und hatte angeblich wegen Sittlichkeitsverbrechen eine Zuchthausstrafe verbüßt.

Mit gerade 18 Jahren verließ Irma ihre Familie und ging nach Koblenz, wo sie eine Anstellung als Kellnerin fand. Die junge Frau genoss das abwechslungsreiche Leben, das ihr die Stadt mit ihren Ausflugslokalen und Weinstuben im Vergleich zu ihrem öden Dorf bot; dies wird ihr später als liederlicher Lebenswandel ausgelegt werden.

Im Sommer 1938 lernte Irma ihren zukünftigen Ehemann kennen, Josef K. aus Bad Neuenahr, der in Koblenz seinen Wehrdienst ableistete. Dessen Familie war von Anfang an gegen das Mädchen aus ärmlichen Verhältnissen eingenommen und erschien daher nicht zur Hochzeit am 24. Februar 1939. Auch in den nächsten Jahren blieb der Kontakt spärlich.

Josef K. zog bald nach der Heirat, im Herbst 1939, in den Krieg, seine gerade 19-jährige Frau ließ er allein im fremden Bad Neuenahr zurück. Sie arbeitete als Kriegsaushilfe bei der Post und als Näherin. Am 1. April 1940 kam ihr erstes Kind Günther zur Welt.

Einige Zeit später begannen Gerüchte über Irma zu kursieren. Mal wurde ihr ein Verhältnis mit einem russischen, dann mit einem französischen Kriegsgefangenen angedichtet. Dies stellte im nationalsozialistischen Deutschland eine Straftat dar, die so beleumdeten Frauen galten als Landesverräterinnen, und schon der bloße Verdacht der Fraternisierung reichte als Grund für eine Einlieferung ins Konzentrationslager aus. Die ausländischen Männer wurden sogar hingerichtet. Aufgrund dieser Umstände konnte durch solches Gerede, das sich leicht und anonym streuen ließ und nicht auf Wahrheiten beruhen musste, unangepassten Frauen ein Denkzettel verpasst werden, der sie nachdrücklich aus der kleinstädtischen Gemeinschaft ausschloss.

In der Rückschau konstruierten damalige Nachbarn und Verwandte Irmas später aus dieser üblen Nachrede ein Mordmotiv: der ausländische Geliebte habe ihr gesagt, ihre Kinder müssten weg, sonst würde er sie nicht wollen. Diese Schilderung erscheint jedoch mehr als unwahrscheinlich, denn kein Kriegsgefangener wäre in der Position gewesen, solche Forderungen zu stellen.

Die Gerüchte um Irmas Untreue erreichten schließlich per Feldpostbrief Josef K. an der Ostfront. Dessen Eltern rieten zur Scheidung, die auch bei einem Frontgericht eingereicht wurde. Irma legte jedoch Widerspruch ein mit der Begründung, ihr Ehemann habe ihr im letzten Heimaturlaub im Sommer 1943 verziehen, man habe sich wieder versöhnt. Dies verkomplizierte das Verfahren, Josef K. hätte erneut befragt werden müssen. Doch das war nicht mehr möglich, im Herbst 1943 fiel er in Russland. Das Gericht sprach jedoch nachträglich die Scheidung aus.

Irma, die wieder bei ihren Eltern in Quierschied lebte, war zu diesem Zeitpunkt erneut schwanger und brachte am 14. April 1944 ihre Tochter Karin zur Welt. Kontakt zur Familie ihres Exmannes gab es jetzt nur noch brieflich, wenn Irma Unterlagen benötigte, um für ihre Kinder

Versorgungsansprüche durchzusetzen. Ihr selbst stand keinerlei Unterstützung zu, denn sie galt nicht als ehrbare Kriegerwitwe, sondern war stigmatisiert als schuldig Geschiedene. Allerdings weichte die rasant steigende Scheidungsziffer in den Kriegs- und ersten Nachkriegsjahren diese verächtliche Herabsetzung langsam auf: 1946 sprachen die Familienrichter in Hamburg beispielsweise dreimal so viele Scheidungen aus wie 1938. Die höchste Scheidungsrate erreichten dabei die schnell geschlossenen »Kriegsehen«. Ihr Anteil an allen geschiedenen Ehen lag bei 35 Prozent.

Wie Irma mit ihren Kindern die letzten Kriegsmonate und die erste Friedenszeit verbrachte, ist nicht bekannt. Sie scheint jedoch nach Bad Neuenahr zurückgekehrt zu sein, in das Haus in der Poststraße 1, in dem sie mit Josef K. gelebt hatte. Dort wurden am 16. November 1945 die Leichen von Günther, fünf Jahre, und Karin, 19 Monate, entdeckt. Die Kinder schienen zunächst an einem Dachbalken erhängt und dann im Garten verscharrt worden zu sein, nachdem ein Versuch, sie zu verbrennen, gescheitert war.

Die unmittelbare Nachkriegszeit war schwer, besonders für eine alleinstehende Frau. Wohnungsnot, hygienische Missstände, Versorgungsschwierigkeiten, im Winter der Mangel an Heizmaterial und warmer Kleidung machten das (Über-)Leben schwierig. Besonders die Versorgung mit Baby- und Kinderkleidung war völlig unzureichend. Dies wirkte sich fatal auf die Lebensbedingungen aus: Die Säuglingssterblichkeit stieg um das zweieinhalbfache im Vergleich zu 1938 an. Zwar gab es auf dem Schwarzmarkt fast alles zu kaufen, dies jedoch zu Preisen, die die Mittel der meisten Menschen überstiegen. So kostete im Mai 1946 ein Pfund Fleisch etwa 60 Reichsmark, ein Kilo Butter sogar 350 Reichsmark. Eine berufstätige Frau verdiente dem gegenüber monatlich ca. 100 bis 120 Reichsmark. Noch 1947 schilderte eine »erwerbstätige Hausfrau« ihren Alltag und ihre Sorgen in der »Hamburger Volkszeitung« so:

> *»Um sechs rasselt schon der Wecker, denn mein Arbeitstag ist lang und vorher wollen noch die Kinder versorgt sein. Es wird Abend, ehe ich heimkomme und ihnen die letzte Mahlzeit reichen kann. Es gibt Brei in Wasser gekocht und kaum gesüßt, dazu eine Scheibe trockenen Brotes. Mit der*

*Kleinen habe ich die größte Sorge. Sie braucht Fett und Eiweiß, sonst nimmt der Magen die Speisen nicht an, er schmerzt und drückt, wie sie sagt. Sie muß aber essen [...] Wo soll ich nur die 150 Mark hernehmen, um [...] Fischöl auf dem Schwarzen Markt zu erstehen? [...] Ich selbst fühle mich so unsagbar matt und möchte schlafen, immer nur schlafen. [...] Abends und Sonntags mache ich dann den Haushalt, wasche, bügle, schrubbe und flicke. Es wird oft Mitternacht, ehe ich ins Bett sinke.«*

Ähnlich darf man sich auch den Tagesablauf von Irma K. mit ihren zwei Kindern 1945 vorstellen. Lebensmittel waren rationiert. Unmittelbar nach Kriegsende im Mai 1945 erhielt eine Familie am Tag 300 Gramm Brot, 400 Gramm Kartoffeln, 30 Gramm Mehl, 20 Gramm Fleisch und sieben Gramm Fett – die Lebensmittel-Karte wurde zynisch auch »Himmelfahrts-Pass« genannt – zum Leben zu wenig, zum Sterben zu viel.

Sogleich nach Auffindung der Kinderleichen geriet die Mutter in Verdacht, nicht zuletzt deshalb, weil sie flüchtig war. Eine Woche später, am 24. November 1945, konnte Irma K. am Saarbrücker Hauptbahnhof von der Polizei festgenommen werden. Angeblich hatte ihr eigener Vater den Behörden ihren Aufenthaltsort verraten.

Zunächst kam die Beschuldigte in Untersuchungshaft in Saarbrücken, Anfang 1946 erfolgte dann die Überstellung in die Nervenklinik Andernach, wo sie auf ihren Geisteszustand untersucht wurde. Dort blieb sie bis zu ihrem Prozess 1947.

Kurz nach ihrem 27. Geburtstag begann am 1. Juli vor der Zweiten Strafkammer des Landgerichts Koblenz die Verhandlung gegen die zweifache Kindermörderin. Zu diesem Zeitpunkt war die nationalsozialistische Gesetzgebung aufgehoben, jedes Bundesland hatte sich eilig eine eigene provisorische Verfassung gegeben. Die rheinland-pfälzische, schnell verfasst von Justizminister Dr. Adolf Süsterhenn (CDU), sah für Mord nach französischem Vorbild die Todesstrafe durch Enthauptung vor.

Die Gerichtsverhandlung dauerte insgesamt fünf Tage. Die Angeklagte hatte kein Geld für einen Rechtsanwalt und bekam daher nach dem damals noch geltenden Armenrecht einen Pflichtverteidiger gestellt. Für die Urteilsfindung würde maßgeblich sein, ob es sich um vorsätzlichen Mord oder um Totschlag im Affekt gehandelt hatte.

Am ersten Verhandlungstag schilderte die Angeklagte die Tat: Sie habe die Kinder morgens angezogen, dann aus der Küche eine Wäscheleine geholt und die Kinder ins Schlafzimmer gebracht. Aus der Wäscheleine habe sie zwei Schlingen geknüpft, die sie am Lampenhaken befestigt und den Kindern, die auf dem Bett standen, um den Hals gelegt habe. Dann habe sie Günther und Karin vom Bett gestoßen. Auf die Frage des Staatsanwalts, ob die Kinder denn nicht geschrieen oder sich gewehrt hätten, antwortete die Angeklagte: Nein, ihr Sohn habe nur gefragt, was sie da mache.

Zu ihrer Verteidigung sagte die Angeklagte, sie habe aus wirtschaftlicher Not gehandelt und nicht mehr gewusst, wie sie ihre Kinder ernähren sollte. Das Gericht hielt dem jedoch entgegen, dass Irma K. als Näherin gearbeitet hatte und im Haus ausreichend Lebensmittel vorhanden gewesen seien. Von einer von der Angeklagten heraufbeschworenen Gefahr eines Hungertodes der Kinder könne also keine Rede sein.

Am nächsten Tag belastete die eigene Mutter Irma K. schwer. Ihre Tochter habe Günter und Karin nach dem Tod des Ehemannes als Last empfunden und sich abfällig über sie geäußert. Anstatt Mutter zu sein, hätte Irma lieber »ein schönes Leben« geführt. Es kamen auch wieder die Gerüchte über Irmas angeblich lockeren Lebenswandel zur Sprache. Es hieß, bei der Ermordung der Kinder sei ein Mann mit im Spiel gewesen, für den Irma habe frei sein wollen. All dies trug dazu bei, dass Gericht und Presse bei der Angeklagten eine außerordentliche »Rohheit« feststellten, und selbst ihr Anwalt sagte, seine Mandantin zeichne sich durch extreme »Gemütlosigkeit« aus.

Zudem wurde der Angeklagten, weil ihr Vater ein verurteilter Sittlichkeitsverbrecher war, ganz im Sinne der damaligen, auch von den Nazis postulierten Theorien über die Vererbung kriminellen Verhaltens, eine erblich bedingte »gewalttätige Veranlagung« unterstellt. Irma K. widersprach so ganz dem damaligen Bild der treu sorgenden Mutter, die eher selbst verzichtete als ihren Kindern etwas vorzuenthalten.

Für den dritten Verhandlungstag war ein Lokaltermin in Bad Neuenahr geplant, damit die Angeklagte dort ihr genaues Vorgehen am Tatort zeigen konnte. Die Verhandlung wurde zwar am 4. Juli 1947 im Amtsgericht Ahrweiler durchgeführt, von der Rekonstruktion der Tat dann aber Abstand genommen, allerdings aus Rücksicht auf den Vater von Josef K., der inzwischen mit seiner Familie ganz in der Nähe des Mordhauses wohnte, und nicht etwa aus Mitgefühl gegenüber der als herzlos geltenden Mutter der Opfer.

Irma K. versuchte am nächsten Tag, sich mit aneinander geknoteten Handtüchern zu erhängen, und konnte erst in letzter Sekunde durch einen aufmerksamen Gefängniswärter gerettet werden. Dieser Umstand brachte den Anwalt auf die Idee, als letzten Versuch, seine Mandantin vor der drohenden Todesstrafe zu bewahren, ein neuerliches psychiatrisches Gutachten anzufordern. Das Gericht lehnte jedoch ab.

In seinem Plädoyer berief sich der Staatsanwalt auf das »Empfinden des Volkes« – eine Formulierung, die bereits von den Nationalsozialisten pervertiert worden war – und forderte die Todesstrafe für Irma K. Ihr Pflichtverteidiger versuchte mit Verweisen auf die »allgemeine Notlage und Verwirrung nach Kriegsende, die erbliche Belastung der Angeklagten und ihre krankhafte Gemütlosigkiet« das Gericht zur Verhängung einer Zuchthausstrafe zu bewegen. Die Angeklagte selbst beteuerte in ihrem Schlusswort unter Tränen verzweifelt, immer gut zu ihren Kindern gewesen zu sein: »Ich will nichts mehr vom Leben haben, ich will für meine Kinder büßen, ich habe es nicht wegen eines Mannes getan!« Doch das Gericht kannte keine Gnade. Nach kurzer Beratung verkündete der Richter das Urteil: zweifache Todesstrafe.

Irma K.'s Pflichtverteidiger stellte nun zunächst einen Revisionsantrag, nach dessen Scheitern reichte er ein Gnadengesuch für seine Mandantin ein. Doch all dies half nichts, ihr Hinrichtungstermin wurde schließlich auf den 12. Mai 1949 festgesetzt.

Allerdings gab es bei der Vollstreckung große Probleme. Weder ein ausgebildeter Henker noch ein funktionierendes Fallbeil standen zur Verfügung. Zudem kämpften die Gegner der Todesstrafe in der Verfassungsgebenden Versammlung für die Abschaffung von Hinrichtungen im neuen Grundgesetz, obwohl 80 Prozent der Deutschen sich für ihre Beibehaltung aussprachen. Auch die Westalliierten vollstreckten in ihren Ländern Todesurteile. Doch zum einen konnten die Gegner der Todesstrafe an Überlegungen aus der Weimarer Republik anknüpfen, zum anderen hatte die exzessive Vollstreckung von Todesurteilen unter der NS-Diktatur die Politiker sensibilisiert: Das neue Grundgesetz enthielt deshalb die Todesstrafe nicht mehr.

Pikanterweise handelte es sich bei einem der schärfsten Verfechter ihrer Beibehaltung eben um jenen rheinland-pfälzischen Justizminister Süsterhenn, in dessen Bundesland der Prozess gegen Irma K. stattfand. Sein Gegenspieler, dem das Verdienst zukommt, die Abschaffung der Todesstrafe durch die parlamentarischen Instanzen getragen zu haben, war Dr. Hans-Christoph Seebohm, Vorsitzender der konservativen Deutschen Partei.

Irma K. retteten schließlich viele verschiedene Umstände vor dem Schafott: Zunächst lehnten 15 Messerschmieden den Auftrag ab, ein Fallbeil zu konstruieren. In der endlich gefundenen Firma verschleppten dann Schmied und Schlossermeister die Fertigstellung der Guillotine, die so erst Ende März 1949 im Mainzer Gefängnis aufgestellt werden konnte. Eine Vollzugsbeamtin des Frauengefängnisses Diez, wo Irma K. einsaß, behauptete als Antwort auf den Antrag auf Überstellung der verurteilten Mörderin nach Mainz, das Gefängnis verfüge über keinen geeigneten Wagen für einen Gefangenentransport. Ein Aktenvermerk eines Sachbearbeiters im rheinland-pfälzischen Justizministerium bat im April 1949 – obwohl die Annahme des Grundgesetzes zu diesem Zeitpunkt als nicht gesichert galt – unter Berücksichtigung des zu erwartenden Verbots um eine Stellungnahme, wie mit Todeskandidaten zu verfahren sei.

All dies verzögerte die Durchführung der Hinrichtung. Schließlich wurde das Grundgesetz am 8. Mai 1949 beschlossen, und auch wenn bis zu seinem endgültigen Inkrafttreten am 24. Mai 1949 theoretisch noch hätte geköpft werden können, wurde von einem solchen Vorhaben nun endgültig Abstand genommen.

Irma K. galt als begnadigt. Da sie nicht mehr hingerichtet werden konnte, wurde ihre Strafe in lebenslanges Zuchthaus umgewandelt, was zu diesem Zeitpunkt wirklich noch Haft bis zum Tode hinter Gittern bedeuten konnte. Einzig auf dem Gnadenweg konnte eine Entlassung erreicht werden. Erst 1971 urteilte das Bundesverfassungsgericht, dass jeder Verurteilte aufgrund des Besserungsgrundsatzes der Verfassung eine zweite Chance erhalten müsse, lebenslängliche Urteile also nach 15 Jahren automatisch zu überprüfen seien.

1969, als Helmut Kohl versuchte, als jüngster Ministerpräsident Rheinland-Pfalz zu modernisieren, änderte sich dort auch die Gnadenpraxis, die dem Ministerpräsidenten unterstand. Da bei Irma K. das Risiko der Rückfälligkeit als nicht gegeben angesehen wurde, gelangte sie am 31. Juli 1970 – nach fast 25 Jahren Haft – im Alter von 50 Jahren wieder in Freiheit.

Verwandte von Josef K. aus Bad Neuenahr beschwerten sich kurz darauf bei der Polizei darüber, dass vor dem Haus Poststraße 1 öfters eine ältere Frau stehe und das Gebäude anstarre. Doch kurz darauf verschwand diese Person und wurde nie wieder gesehen. Irma K. heiratete in den 1970ern ein weiteres Mal. Zunächst lebte sie unter anderem in Frankfurt am Main, dann in einem kleinen Dorf am Rande der Lüneburger Heide. Dort fiel sie mit zunehmendem Alter dadurch auf, dass sie scheinbar verwirrt umherirrte und ihre Kinder suchte. Schließlich brachte man sie mit fast 80 Jahren als Demenzpatientin in einem Pflegeheim unter. Die für ihre Hinrichtung gebaute Guillotine steht heute im »Haus der Geschichte« in Bonn.

## Der Fall Monika Weimar (1986)

Der Fall Weimar gehört zu den umstrittensten Justizdramen der bundesrepublikanischen Geschichte. Nicht allein die Morde an den Mädchen Melanie (7) und Karola (5) erregten großes Aufsehen, besonders die Diskussion um die Täterin spaltet bis heute die deutsche Öffentlichkeit in zwei Lager: diejenigen, die in Monika Weimar die egoistische Mörderin ihrer Töchter sehen, stehen unversöhnlich denjenigen gegenüber, die ihre Schuld mit dem Argument zurückweisen, eine Mutter könne ihren Kindern so etwas unter keinen Umständen antun.

Der Ablauf der Ereignisse ist auch 20 Jahre nach der Tat in vielen Bereichen unklar. Fest steht allerdings, dass Monika Weimar ihre beiden Töchter am Mittag des 4. August 1986 bei der Polizei als vermisst meldete; sie seien vom Spielplatz nicht zurückgekehrt. Eine fieberhafte Suchaktion begann, an der sich neben der Polizei auch die Eltern, Verwandte und Nachbarn beteiligten. Am 7. August wurden schließlich die Leichen der beiden Mädchen in der Nähe von Parkplätzen im Umkreis von vier Kilometern Entfernung zum Elternhaus in Philippsthal gefunden; Melanie war erstickt, Karola erwürgt worden.

Eine 19-köpfige Sonderkommission wurde gebildet, die Mordermittlungen liefen an. Diese ergaben zunächst einen zwingenden Tatverdacht gegen die 28-jährige Mutter, die in der Nacht vor dem Verschwinden ihrer Töchter erst spät von einem Rendezvous mit ihrem Liebhaber, dem amerikanische Soldaten Kevin Pratt, nach Hause zurückgekehrt war.

Doch Monika Weimar, die am 28. August festgenommen wurde, bestritt die Tat und erzählte nach und nach eine Geschichte, die als die »Nachtversion« bekannt wird: ihr Mann Reinhard Weimar (34) habe die Kinder in der Nacht vom 3. auf den 4. August getötet. Als sie heimgekommen sei, wären die Kinder bereits tot gewesen. Sie hätte sich dann zu ihrem Mann ins Bett gelegt und die Leichen am nächsten Tag zu den Parkplätzen gebracht, als sie vorgegeben hatte, einkaufen zu gehen. Dann sei sie zur Polizei gefahren, um die Kinder als vermisst zu melden. Ihr Verhalten erklärte sie damit, dass sie »wie blockiert« gewesen wäre, sich wegen ihres außerehelichen Verhältnisses mit Schuldgefühlen herumgeschlagen und sich an der Tat ihres Mannes mitschuldig gefühlt hätte. Sie habe ihn bedauert und Mitleid mit ihm gehabt.

Aufgrund dieser Angaben wurde Monika Weimar entlassen, statt ihrer kam nun der Ehemann in Haft. Reinhard Weimar bestritt jedoch die Schilderung seiner Frau und gab an, in der Nacht geschlafen zu haben und sich an nichts erinnern zu können. Daher lehnte das Landgericht Fulda den beantragen Haftbefehl gegen den Vater ab.

Am 27. Oktober erfolgte die erneute Festnahme der Mutter. Der nun angenommene Ablauf der Geschehnisse, die so genannte »Tagversion«, sah folgendermaßen aus: Monika Weimar habe ihre Kinder am Vormittag des 4. August um etwa 11.30 Uhr vom Spielplatz abgeholt, sie an einem einsamen Ort getötet und auf den Parkplätzen abgelegt, damit sie bald gefunden und anständig beerdigt werden könnten. Die Ermittlungen hatten ergeben, dass Zeugen die Kinder noch am Morgen des 4. August gesehen haben wollten, die beiden Mädchen also nicht bereits in der Nacht getötet worden sein könnten. Als Motiv wurde der

Mutter unterstellt, sie habe ihre Kinder beseitigen wollen, um für ihren amerikanischen Liebhaber frei zu sein und mit ihm in die USA gehen zu können.

Am 23. März 1987 begann gegen die angebliche zweifache Kindermörderin der Prozess vor dem Landgericht Fulda. In dessen Verlauf werden mehr als 100 Zeugen aussagen. So kommt nach und nach die Vorgeschichte der Morde heraus.

Monika Böttcher wurde 1958 geboren, verlebte eine nach eigenen Angaben glückliche Kindheit, lernte nach dem Hauptschulabschluss Krankenpflegehelferin. Sie galt als still, bescheiden, fleißig. Mit 19 Jahren traf sie den sechs Jahre älteren Reinhard Weimar, Arbeiter in einem Kali-Bergwerk, der als blass und schwermütig beschrieben wird; beide heirateten bereits nach einem knappen dreiviertel Jahr am 5. Juli 1978. Als Grund für die Hochzeit nannte Monika Weimar später, sie habe Angst gehabt, »keinen mehr abzubekommen«. Auch ihr Ehemann schätzte an ihr die Ruhe, Zurückhaltung und Bescheidenheit, die sie ausgestrahlt habe. Sie lebten nun mit den Schwiegereltern und einer Schwester Monikas in einem Haus in dem kleinen Dorf Nippe. 1979 wurde Melanie, 1981 Karola geboren.

Es sei zunächst eine »ganz normale Ehe« gewesen, sagte Reinhard Weimar im Prozess aus. Doch nach dem Tod seines Schwiegervaters 1983 sei »alles aus dem Ruder gelaufen«. Monikas jüngere Schwester heiratete einen Amerikaner, und die beiden nahmen Monika nun öfters mit, wenn sie ausgingen.

Vor Gericht kam heraus, dass es um das Intimleben der Eheleute Weimar nicht zum Besten stand. Monika empfand die Ehe mit Reinhard als zunehmend einengend, hatte das Gefühl, zwischen Windeln und Kindergeschrei zu versauern. Ihr Mann sei ihr keine große Hilfe gewesen; er schob dies auf seinen Schichtdienst. Sie behauptete, er wäre lieber seinen Hobbys nachgegangen. Es entbrannte Streit um die Arbeitsaufteilung, er hing dem klassischen Rollenmodell an, seine Frau wünschte sich mehr Unterstützung und Zuwendung. Reinhard Weimar begann zu trinken, er ohrfeigte seine Frau während eines Streits. 1982 nahm Monika wieder eine Teilzeitstelle an. Beide Eheleute entfremdeten sich zunehmend voneinander, lebten mehr und mehr aneinander vorbei als zusammen.

Dann wurde Reinhard Weimar krank, vielleicht wegen seiner Arbeit als Bergmann, vielleicht wegen der Schwierigkeiten zu Hause. Später wurde Monika Weimar unterstellt, ihren Mann vergiftet zu haben – als Krankenschwester hatte sie Zugang zu Medikamenten – doch diese Vorwürfe ließen sie nicht beweisen. Seit 1985 verschlimmerte sich Reinhard Weimars Zustand, er konnte immer weniger arbeiten. Dann traf ihn ein weiterer Schlag, er erfuhr von einem Seitensprung seiner Frau mit einem seiner Kegelfreunde.

Im Frühjahr 1986 lernte Monika Weimar in einer Disco den amerikanischen Soldaten Kevin Pratt (24) kennen, mit dem sie ein leidenschaftliches Verhältnis begann, das, so wird vor Gericht behauptet, durch sexuelle Hörigkeit geprägt gewesen sei. Ihr Ehemann wusste davon, unternahm aber nichts. Im Prozess fragt ihn der Richter dazu: »Haben Sie denn gar nichts dagegen gehabt, Ihre Frau zu verlieren?« Reinhard Weimar antwortet: »Ach, sie hat doch sowieso gemacht, was sie wollte.« Doch der Richter lässt nicht locker: »Haben Sie nicht mal gesagt, lieber brächten Sie die Kinder um, als dass der Ami sie bekommt?« Nein, dass will er so nie gesagt haben.

Monika Weimar beschloss, sich endlich von ihrem Mann scheiden zu lassen. Allerdings setzte sie dieses Vorhaben nur recht zögerlich um. Das Gericht unterstellte ihr deshalb im Prozess, Kevin Pratt habe sie zunehmend unter Druck gesetzt, ihren Mann zu verlassen, und konstruierte daraus ein Motiv: Monika Weimar habe wegen der Kinder ein langes kompliziertes Scheidungsverfahren gefürchtet und sie deshalb umgebracht.

Außerdem belastete die Angeklagte ein Fasergutachten: Am 15. Verhandlungstag berichtete ein Experte vom hessischen Landeskriminalamt (LKA), man habe an Monika Weimars Bluse eine gelbe Faser von Karolas Hose gefunden. Das Gericht folgerte daraus, dass diese Faser nur während der Tötung des Mädchens dorthin gelangt sein könne.

Auch eine Nachbarin sagte gegen Monika Weimar aus: Elisabeth Nordheim will Melanie und Karola am 4. August um etwa 10.45 Uhr auf dem Spielplatz gesehen haben, um ca. 11.30 Uhr wären die beiden dann verschwunden gewesen. Diese Aussage hatte die Anwohnerin bereits zu Beginn der Suchaktion gegenüber der Polizei gemacht – die zu diesem Zeitpunkt noch von einer Entführung durch einen Fremden ausging.

Viele andere Zeugen waren sich nicht sicher, ob sie die Kinder am Vormittag des 3. oder 4. August gesehen hätten, doch Elisabeth Nordheim beeidete ihre Aussage. Monika Weimars Anwalt versuchte, die Glaubwürdigkeit der Zeugin zu erschüttern, indem er anführte, ihre zeitlichen Angaben würden immer präziser, je länger der Tattag zurückläge, was ihre Ausführungen unwahrscheinlich mache. Zudem haben die Nordheims mit den Weimars im Streit gelebt. Vielleicht wolle Frau Nordheim ihre verhasste Nachbarin absichtlich belasten? Doch warum hätte sie ihre Beobachtung dann schon am Tag des Verschwindens der Mädchen berichten sollen? Zu diesem Zeitpunkt war noch nicht die Rede davon, dass die Kinder nachts getötet worden waren, sie vormittags noch gesehen zu haben, konnte die Mutter also nicht belasten.

Entlastet wurde die Angeklagte durch zwei psychiatrische Gutachten, die ihr die Tatbegehung aufgrund ihrer Persönlichkeitsstruktur nicht zutrauten. Kevin Pratt gab zudem an, von seiner Geliebten niemals verlangt zu haben, dass die Kinder verschwinden müssten. Im Gegenteil, er hätte »die Mädchen gern wie meine eigenen Kinder aufgezogen.«

So erwartete dann selbst die Boulevardpresse am Ende des zehnmonatigen Verfahrens einen Freispruch der Angeklagten. Doch es sollte eine Überraschung geben: Monika Weimar erhielt am 8. Januar 1988 wegen zweifachen heimtückischen Kindermordes eine lebenslange Freiheitsstrafe.

Der Richter gab in seinem Urteil zwar zu, dass der Vater ohne Zweifel »das bessere Motiv« gehabt habe, Monika Weimar jedoch als »eindeutig überführt« anzusehen sei. Ein überzeugendes Motiv habe die Verhandlung zwar nicht ergeben, der Auslöser sei aber wohl eine Auseinandersetzung mit Kevin Pratt gewesen, den die Angeklagte nicht habe verlieren wollen. Zwar sei dies »sehr hypothetisch«, wie der Richter zugab, aber: »Wie dem auch sei, sie hat ihre Kinder getötet.« Die »Nachtversion« hielt der Richter für »nicht vorstellbar«. Als Krankenschwester hätte Monika Weimar den leblosen Kindern Hilfe leisten oder einen Arzt alarmieren müssen, statt sich zu ihrem Mann ins Ehebett zu legen.

Nach dem Urteil spielten sich im Gerichtssaal turbulente Szenen ab. Die »TAZ« beschrieb die »Volksfeststimmung«:

*»Rentnerinnen klatschten begeistert in die Hände, Hausfrauen riefen ›Bravo‹. […] Vom frühen Morgen an hatte sich eine Menschenmenge um das Fuldaer Landgericht gedrängt. Fast tausend Schaulustige warteten […] auf die Angeklagte. […] Für die Menge stand fest: ›Die Amihure war es!‹ Als Monika Weimar aus dem Hinterausgang des Gerichtsgebäudes gebracht wurde, skandierte die Menge: ›Hexe! Hexe!‹ Die Menschen rannten und drängten, ältere Frauen brachen sich mit Regenschirmen und Handtaschen Bahn: ›Da kommt das Schwein!‹, und: ›Die sollte man gleich erschießen!‹«*

Die Verteidiger Monika Weimars reagierten ob solcher Szenen entsetzt. Das Gericht habe gegen den elementaren Grundsatz »in dubio pro reo« verstoßen und nicht nach Faktenlage, sondern »aus der Tiefe seines Gemüts« entschieden, ließen die Rechtsanwälte verlauten. Die beantragte Revision wurde vom Bundesgerichtshof jedoch ein Jahr nach dem ersten Urteilsspruch verworfen.

In den folgenden Jahren versuchte Monika Weimar, mit Hilfe neuer Gutachten und weiterer Zeugenaussagen die Revision des Urteils zu erreichen. Der Fall ist deshalb konstant in den Medien präsent, im »Spiegel« erscheinen beispielsweise jedes Jahr Artikel über die Wiederaufnahmebemühungen.

Am 4. Dezember 1995 hob das Oberlandesgericht Frankfurt nach langem juristischen Hin und Her, Einsprüchen und Ablehnungsanträgen schließlich das Fuldaer Urteil wegen einer möglicherweise neuen Beweislage auf und ordnete die Wiederaufnahme des Verfahrens an. Nach neunjähriger Haft kam Monika Weimar, die sich nach ihrer Scheidung wieder Böttcher nennt, frei. Die Verteidigung konnte u. a. ein neues, entlastendes Fasergutachten vorweisen. Zudem bekannte eine Freundin Reinhard Weimars, er habe ihr die Morde gestanden.

Der erneute Prozess begann am 5. Juni 1996 vor der zweiten Schwurgerichtskammer des Landgerichts Gießen. Monika Böttcher musste sich erneut wegen des Vorwurfs verantworten, ihre beiden Töchter ermordet zu haben. Die Angeklagte schwieg. Reinhard Weimar war als psychisch krank diagnostiziert worden und lebte – verhandlungsunfähig – in der Psychiatrie. Bis April 1997 wurden neben den Zeugen und

Gutachtern aus dem Fuldaer Prozess auch ein BKA-Faserexperte und neue Entlastungszeugen gehört.

Das neue Fasergutachten bestätigte, dass die an der Bluse der Mutter gefundene Faser auch durch normalen Kontakt mit der Tochter und nicht nur bei deren Ermordung dorthin gelangt sein könnte. Die Aussagen, die ein Geständnis Reinhard Weimars bezeugen sollten, blieben jedoch vage. Ein Motiv der Mutter konnte auch diesmal nicht gefunden werden, von sexueller Hörigkeit gegenüber Pratt war keine Rede mehr.

Während dieses zweiten Prozesses tobten nicht nur vor Gericht, sondern auch in den Medien wahre Schlachten. Jede große Zeitung ergriff Partei für oder gegen die Angeklagte. Neutrale Berichterstattung war fast unmöglich, es wurde ein ungeheurer medialer Druck erzeugt. Die juristische und die publizistische Sphäre vermischten sich zusehends. Der »Stern« verklagte Monika Böttcher, weil sie angeblich einen Exklusivvertrag gekündigt hatte. Der »Spiegel« – der vehement an der Schuld der Mutter festhielt – finanzierte den Anwalt Reinhard Weimars, der als Nebenkläger auftrat.

Die Anklage plädierte schließlich für lebenslange Haft, die Verteidigung für Freispruch. Am 24. April 1997, nach 55 Verhandlungstagen, hob das Landgericht Gießen das Fuldaer Urteil auf und sprach Monika Böttcher aus Mangel an Beweisen frei.

Doch jetzt beantragte die Staatsanwaltschaft Revision, der schließlich am 4. November 1998 vom Bundesgerichtshof stattgegeben wurde. Der BGH hob den Freispruch des Gießener Landgerichts wegen großer Widersprüche in der Urteilsbegründung und zu hohen Anforderungen an die Beweismittel auf und ordnete einen dritten Prozess vor dem Landgericht Frankfurt am Main an. Dieser wurde am 2. September 1999 eröffnet.

Die Geschehnisse lagen inzwischen 13 Jahre zurück. Die Erinnerung der Zeugen wurde dadurch nicht besser. Wieder gab es Aussagen die behaupteten, die Kinder am Morgen des 4. August gesehen zu haben und Zeugen, die dem vehement widersprachen. Reinhard Weimar galt immer noch als nicht vernehmungsfähig.

Monika Böttcher sagte in diesem Verfahren jedoch aus, schilderte die ihren Exmann belastende »Nachtversion«. Der Richter verhehlte nicht, dass er diese Angaben für wenig glaubwürdig hielt. Warum sie nicht die Polizei gerufen habe, ihre Verwandten im Haus alarmiert, oder irgend etwas anderes getan habe, sondern einfach weitergemacht hätte, als sei nichts geschehen, wollte er wissen. »Ich habe einfach nicht gewusst, was ich machen sollte«, schluchzte die Angeklagte.

Die Aussagen von Zeugen, die sie an den späteren Leichenfundorten gesehen haben wollten, erklärte sie damit, dass sie ihre toten Töchter noch einmal habe sehen wollen. Deshalb habe Reinhard Weimar, der die Leichen fortgeschafft habe, ihr die Ablageplätze verraten.

Am 22. Dezember 1999 erging ein erneuter Schuldspruch: Monika Böttcher wurde abermals zu lebenslanger Haft verurteilt. Am 18. Januar 2000 konnte ihr Anwalt jedoch zunächst die Aufhebung des Haftbefehls erreichen. Ein BGH-Urteil verfügte dann am 28. August 2000, über 14 Jahre nach dem Tod der beiden Mädchen, dass Monika Böttcher den Rest ihrer Haftstrafe antreten und absitzen muss.

Der Fall Weimar verdeutlicht zahlreiche Facetten bundesrepublikanischer Lebenswelten in den 1980er und 1990er Jahren. Die öffentliche Diskussion um die Person Monika Weimar/Böttcher spiegelt zunächst das Weiterleben eines sehr konservativen Frauenbildes wider und erinnert nicht nur hier an den Fall Irma K. Auch Monika Weimar wurde als (zu) lebenslustig beschrieben, statt daheim bei Mann und Kindern zu bleiben, amüsierte sie sich lieber mit amerikanischen GIs.

Hier taucht in Gestalt des amerikanischen Soldaten der als bedrohlich empfundene Fremde auf, der die deutsche Frau verführt. Pikanterweise kursierten zunächst rassistisch motivierte Gerüchte, der Liebhaber Monika Weimars sei ein Afroamerikaner. Der »wilde schwarze Mann mit ungezügeltem Geschlechtstrieb« wurde von der Öffentlichkeit als besonders gefährlich angesehen, und eine Frau, die sich mit einem solchen Menschen einließ, galt als Flittchen. Man warf der Angeklagten den Ehebruch fast genauso schwer vor wie die Mordtaten. Ersteres ließ letztere nur noch wahrscheinlicher erscheinen.

Auch in anderen in diesem Buch behandelten Mordfällen taucht immer wieder der ausländische Soldat als angeblicher Geliebter auf. Dies war schon bei Irma K. der Fall, und auch in den beiden Prozessen gegen Maria Rohrbach 1958 bzw. 1961 wird deren Verhältnis mit einem Angehörigen der britischen Besatzungsmacht eine ihr zum Nachteil gereichende Rolle spielen.

Frauen, denen man Fraternisierung vorwarf, wurden nicht nur auf sexuellem Gebiet als moralisch verkommen angesehen, nach dem Zweiten Weltkrieg galten die »Amiliebchen« als Symbol der deutschen Niederlage. Viele Zeitgenossen empfanden es so, als hätten erst die »Amihuren« den (erneuten) Dolchstoß in den Rücken der besiegten deutschen Nation ausgeführt. War die Trümmerfrau die positive weibliche Ikone der Nachkriegszeit, wurde das sich mit Nylons beschenken lassende deutsche Mädchen, das mit einem GI ging, die negative Projektionsfläche deutscher Minderwertigkeitsgefühle. Den damaligen Zeitgenossen kam das »würdelose« und »ehrlose« Verhalten der jungen deutschen Frauen als die wahre Katastrophe vor, hinter der die Gräuel der Nazizeit zurückstanden. Damals kursierte der populäre Ausspruch: »Der deutsche Soldat hat sich sechs Jahre gewehrt, das deutsche Fräulein nur fünf Minuten.« Dass auf solche Vorstellungen und Empfindungen auch 40 Jahre nach Kriegsende noch zurückgegriffen werden konnte – nur so erhält die Beschimpfung Monika Weimars als »Amihure« ihren wirklich beleidigenden Unterton – zeigt, wie sehr sich dieses Gefühl der Unterlegenheit ins kollektive Bewusstsein eingebrannt hatte.

Das angebliche Mordmotiv – die Freiheit für ihren Geliebten – erschien wenig überzeugend, denn Pratt hätte die Kinder gerne aufgenommen oder sie hätten nach einer Scheidung beim Vater leben können. Daher wurde in der ersten Verhandlung als zusätzliche Erklärung die sexuelle Hörigkeit der vermeintlichen Täterin eingeführt: Monika Weimar sei Kevin Pratt so verfallen gewesen, dass sie zu rationalen Überlegungen nicht mehr fähig gewesen, sondern nur noch davon besessen gewesen wäre, ihre Töchter loszuwerden. Auch hier zeigen sich Kontinuitäten eines Frauenbildes, das weibliche Geschöpfe als leicht zu beherrschende Gefühlswesen versteht und eher in die Zeit vor Frauenbewegung und sexueller Revolution als in die hedonistischen 1980er Jahre zu passen scheint.

Die meisten Medien hatten sich schnell auf die Mutter als Täterin eingeschossen, erst durch die zweiten und dritten Prozesse rückte der Vater als möglicher Täter in den Blickpunkt. Die Erkenntnis, dass Reinhard Weimar seine Kinder aus Rache an seiner Frau ermordet haben könnte, schlug dann um in eine neuerliche Hexenjagd, die sich diesmal gegen den Ehemann richtete. War er nicht nach der Tat in psychiatrischer Behandlung? Bewiesen diese psychischen Probleme nicht, dass er als instabil zu werten war? Hatte er nicht seine Frau geschlagen und konnte somit als gewalttätig gelten?

War in den 1980ern nach konservativem Vorbild die moralisch verderbte Mutter – die »Amihure« – als Schuldige ausgemacht worden, gewann nun ein vermeintlich progressiver psychologisierender Ton die Oberhand. Argumentiert wurde nicht mehr mit Fakten, die mit zunehmendem Abstand zur Tat als immer ungesicherter erschienen, sondern mit Ansichten und Vorstellungen, ja fast »gefühlter (Un)Schuld«. Dies steht im Einklang mit einer immer stärker emotionalisierten Kriminalitätsberichterstattung, die in den Medien seit den 1990er Jahren zu beobachten ist.

Beide Lager stehen sich bis heute verfeindet gegenüber. Fest steht allein, dass ein Fremder als Täter nicht in Frage kommt. Es ist ein bedrückendes Moment, dass nach drei Prozessen bleibt: Einer ihrer Elternteile hat Karola und Melanie umgebracht. Umso schlimmer wird dies durch die Tatsache, dass die verhärteten Fronten inzwischen beweisresistent geworden sind und wohl nicht einmal ein Geständnis noch überzeugen könnte. Der Fall wird bis auf weiteres Rätsel aufgeben.

## Die »Eismutter« (2000)

Der Fall der 29-jährigen Antje K. schockierte nach seiner Aufdeckung die Öffentlichkeit und weist beängstigende Parallelen zu den Kindermorden in Brieskow-Finkenheerd auf. Vieles – der Tatablauf, das Motiv, ja vielleicht sogar, wer die Tötungen beging – ist bis heute undurchsichtig und umstritten.

Die Lebensgeschichte der so genannten »Eismutter« aus dem kleinen Ort Mühltroff in Sachsen-Anhalt folgt einem traurigen Muster: Mit 16 wurde sie schwanger von einem Jungen, den sie ein Jahr zuvor auf einer Klassenfahrt kennen gelernt hatte. Eine begonnene Konditorlehre musste sie abbrechen, später auch eine Ausbildung zur Hauswirtschafterin. Die Liebe, wenn sie denn je zwischen den beiden Partnern geherrscht hatte, verflog schnell nach der Geburt der ersten Tochter. Drei Jahre später kam noch ein Sohn zur Welt. Freunde und Verwandte setzten Antje nun so lange unter Druck, bis sie den zwei Jahre älteren Kindsvater Jens K. schließlich mit 20 Jahren heiratete.

Jens schlug seine Frau, vergewaltigte sie. Später sagte sie, er habe sich als »Macho« aufgespielt und zu Hause keinen Finger gerührt. Er ging arbeiten und abends in die Kneipe, geredet wurde nicht viel. Als Antje von Scheidung sprach, drohte er ihr, die Kinder wegzubringen. Weiteren Nachwuchs wollte er nicht, Haushalt und Kindererziehung blieben allein an der Ehefrau hängen. Gewalt, Gleichgültigkeit und Sprachlosigkeit prägten die Beziehung.

In dieser Situation wurde Antje K. 1993 erneut schwanger. Die Dorfgemeinschaft bemerkte es und alarmierte irgendwann die Polizei, als klar war, dass ein Kind geboren worden sein musste, dies jedoch niemand zu Gesicht bekam. Doch trotz intensiver Suche tauchte weder ein Baby noch eine Leiche auf.

1995 wurde wieder eine Schwangerschaft vermutet. Eine Nachbarin informierte, als erneut kein Kind zu sehen war, sogar das Jugendamt, bekam dort allerdings nur die lapidare Antwort, eine Schwangerschaft an sich sei nicht strafbar, die Behörde sehe keinen Grund einzugreifen. Antje K. rechtfertigte sich damit, dass sie unter »Blutschwämmchen« leide, die ihren Bauch anschwellen ließen und dann spontan abgingen.

Schließlich wurde, nachdem Nachbarn das dritte Mal bemerkten, dass Antje K. trotz gravierender Schwangerschaftsanzeichen kein weiteres Kind vorweisen konnte, das Haus der Familie von der benachrichtigten Polizei durchsucht. Eine von den Ermittlungsbehörden angeordnete gynäkologische Untersuchung in der Frauenklinik des Vogtland-Klinikums ergab einwandfrei, dass Antje K. kürzlich entbunden hatte. Doch wo war ihr Baby?

Nach intensiver Suche entdeckten die Ermittler am 3. Juni 1999 in der Tiefkühltruhe die Leichen von drei Babys, die, verpackt in Plastiktüten von »Netto Markendiscount«, eingefroren worden waren. Die Obduktion ergab, dass alle lebensfähig gewesen waren und ca. zehn Minuten nach der Geburt getötet wurden: eines erdrosselt mit der Nabelschnur, das Zweite erstickt mit einem Papiertaschentuch, dem Dritten steckte ein Damenslip im Rachen.

Antje K. wurde noch im Krankenhaus verhaftet, ihr Ehemann einige Tage später, am 8. Juni, festgenommen. Jens K. kam jedoch nur einen Tag später wieder auf freien Fuß, da er jede Beteiligung an den Kindermorden leugnete und ihm nichts nachzuweisen war, außer, dass es sich bei ihm um den Vater aller drei Neugeborenen handelte.

Die ganze Schuld blieb bei der Mutter. Schließlich hatte sie die Schwangerschaften bestritten und zu verbergen gesucht, gebar die Kinder heimlich, allein, zu Hause. Niemand schien sich zunächst Gedanken darüber zu machen, als was für ein traumatisches Erlebnis sie dies empfunden haben musste, denn schnell wurde Antje K. zur gefühllosen »Eismutter« im doppelten Sinn, die angeblich keinerlei Schmerz über den Verlust ihrer Kinder zeigte und fühlte.

Bei den Ermittlungen liefen die Beamten gegen eine Mauer des Schweigens. Die Mutter äußerte sich zu den Vorwürfen nicht, Familienangehörige machten von ihrem Zeugnisverweigerungsrecht Gebrauch. Auch wenn die mysteriösen Schwangerschaften angeblich Dorfgespräch gewesen waren – niemand aus Antje K.'s näherem Unfeld will etwas Verdächtiges bemerkt haben oder hat nun den Behörden etwas zu sagen.

Die Beschuldigte äußerte sich, wenn überhaupt, nur spärlich. Dies schien jedoch nicht auf ihre Kaltblütigkeit zurückzuführen zu sein als vielmehr auf eine generelle Sprachlosigkeit und Schwierigkeiten damit, Probleme zu verbalisieren. Auf die Frage, warum sie oder ihr Mann nicht verhütet hätten, wo sie doch keine weiteren Kinder gewollt hätten, antwortet Antje K., ihr Mann habe sich nicht darum gekümmert und sie die Pille nicht vertragen. Als eine Kriminalbeamtin zu Antje K. sagte, man könne Kinder auch zur Adoption freigeben, »schaute mich Frau K. ganz ungläubig an«.

Der Prozess gegen die »Eismutter« im März 2000 dauerte genau einen Tag. Obwohl sie in der Untersuchungshaft geschwiegen hatte, ließ die Beschuldigte nun vor Gericht ihren Anwalt ein volles Geständnis verlesen. Darin zeigte sie Reue und beteuerte, die Taten ungeschehen machen zu wollen, wenn dies möglich wäre. Auf Zeugenaussagen konnte so verzichtet werden. Kein psychiatrisches Gutachten wurde abgegeben, ebenfalls kein Interview vor der Presse. Antje K. schwieg auch hier.

Das Gericht verurteilte die Angeklagte zu 13 Jahren und sechs Monaten Haft wegen dreifachen Totschlags. Damit blieb der Richter ein Jahr unter der Forderung der Staatsanwaltschaft. In der Urteilsbegründung heißt es, das deutsche Strafrecht verlange eine gerechte Sühne für solche Taten. Eine Frau, die neun Monate ein Kind in sich trage, habe genügend Zeit, sich auf die Geburt vorzubereiten. Antje K. hätte ihre Kinder auch zur Adoption freigeben oder legal abtreiben können.

Aber war Antje K. wirklich in der Lage, ihre Lebensumstände so rational einzuschätzen und zu handeln? Wäre sie zu einer solchen Beurteilung ihrer Situation und dem Erkennen der Konsequenzen fähig gewesen, sie wäre überhaupt niemals in eine solche geraten. Im »Spiegel« war nach dem Prozess zu lesen:

> *»Antje K. ist keine Frau, die sich zu helfen weiß, die Rat, Beistand oder Hilfe sucht. [...] Es gibt ein Netz von Beratungsstellen, es gibt Frauenhäuser und Hilfseinrichtungen. Doch gerade die Frauen, denen am dringendsten geholfen werden müßte, erreichen sie oft nicht.«*

Die Verteidigung hatte darauf verwiesen, dass die 29-Jährige ihre Schwangerschaften verdrängt hätte, weil ihr Mann keine Kinder mehr gewollt habe. Gutachten in anderen, ähnlichen Fällen bestätigen die Möglichkeit – so unglaubhaft dies zunächst klingt – dass Schwangerschaftszeichen so diskret sein können, dass sie nicht wahrgenommen würden, zumal dann, wenn die Frauen eine Schwangerschaft rigoros ablehnten und verleugneten. So komme es zu geschätzten 400 negierten Schwangerschaften pro Jahr. Der Psychiater Andreas Mernaros schreibt: »Offensichtlich ist unsere Psyche in der Lage, unseren Körper und seine Funktionen in fast unbegrenzter Weise zu beherrschen.«

Doch war dies bei Antje K. der Fall? Schließlich zeigten die Nachbarn jede ihrer Schwangerschaften an, bemerkten sie also. Daher kann hier zwar wohl von Ableugnen, ja auch von Angst und Furcht vor der Geburt eines weiteren Kindes die Rede sein, nicht aber von diskreten Schwangerschaftsanzeichen.

Das Urteil ist bis heute umstritten: Einigen gilt es als zu hart, da es die problematische Ehe der Angeklagten und ihre psychische Situation außer Acht gelassen habe. Andere interpretieren die Taten als widernatürlichen und absichtsvollen Mord an wehrlosen Geschöpfen und fordern eine erbarmungslose Bestrafung der Täterin.

Das Gericht war sicher nicht zu beneiden, in diesem Fall ein Urteil sprechen zu müssen. Das Strafrecht muss solche Taten selbstverständlich ahnden, doch darf damit der Verarbeitungsprozess nicht beendet werden. Die Justiz kann nur urteilen, nicht erklären oder verstehen. Dies mag die ganz unterschiedliche Rechtssprechung in modernen Kindsmordfällen erklären.

In Hildesheim erhielt 2003 eine 28-jährige Frau, die ihre zwei Neugeborenen getötet hatte, wegen Mordes eine lebenslange Freiheitsstrafe. Im gleichen Jahr wurde eine 18-jährige Gymnasiastin, die angeblich von der Geburt überrascht worden war, wegen fahrlässiger Tötung durch Unterlassen nur verwarnt. Sie musste lediglich 750 Euro an Pro Familia zahlen und sich in psychiatrische Behandlung begeben.

Als besonders dubios ist im Fall der Antje K. die Rolle des Kindsvaters eingeschätzt worden. Die nach seiner Entlassung aus der Polizeihaft eingereichte Beschwerde der Staatsanwaltschaft war vom Landgericht Chemnitz und später auch vom Oberlandesgericht Dresden abgelehnt worden. Dennoch strengte die Staatsanwaltschaft Zwickau 2003 eine Anklage wegen Totschlags auch gegen den Vater an. Seine inzwischen von ihm geschiedene Frau hatte in ihrem Geständnis eine Tatbeteiligung von Jens K. angedeutet. War er vielleicht sogar der Haupttäter?

Ihm konnte jedoch nichts nachgewiesen werde, die Spurenlage war nicht eindeutig, ihn belastende Aussagen erschienen unglaubhaft. Zudem war niemand bei den Tötungen dabei gewesen. So wurde Jens K. freigesprochen. Aber ist es vorstellbar, dass drei Schwangerschaften von Nachbarn und Freunden bemerkt wurden und diese die Behörden alarmierten, als einfach keine Babys auftauchten, der Ehemann und Kindsvater aber weder etwas vom Zustand seiner Frau bemerkt haben will noch sich Gedanken um den Verbleib der Kinder gemacht hat? Das Ausmaß an Gleichgültigkeit, das ein solches Verhalten vermuten lässt, ist erschreckend.

Schnell wurde in der Presse behauptet, so einen Fall wie den der »Eismutter« habe es in der deutschen Kriminalgeschichte noch nie gegeben. Dies stimmt leider nicht, im Gegenteil, wie dies Kapitel gezeigt hat. Neu ist allenfalls das Einfrieren der Babyleichen, eine Entsorgungsmethode geschuldet dem technischen Fortschritt. Verhütungsmittel, legale Abtreibung, Adoptionen und Babyklappen haben nichts daran geändert, dass es Frauen gibt, die ihre Kinder töten. Es handelt sich bei ihnen in den allermeisten Fällen jedoch nicht um kalte Monster, sondern um Menschen in verzweifelten Lebenssituationen, die keinen anderen Ausweg finden können, oft selbst ihre Taten mit etwas Abstand nicht mehr begreifen und schwer unter ihnen leiden. In den Gerichtsverfahren wird immer wieder deutlich, in welch tragischen Situationen sich die Mütter bei ihren Taten befanden, und dass sie es allein nicht schafften, sich aus diesen zu befreien. Hilfe bot ihnen niemand an.

Antje K. sitzt im Frauengefängnis in Stollberg ihre Haftstrafe ab. Um ihre toten Kinder beerdigen zu können, musste sie ihnen postum noch Namen geben. Sie entschied sich für Julia, Tobi und Philipp. Auf dem Friedhof in Zeitz fanden die drei Geschwister ihre letzte Ruhe.

# Lust- und Serienmörderinnen?

Gibt es weibliche Lustmörder? Töten Frauen auch aus sexuellen Motiven? Wir leben in einer Zeit, in der uns dies als zunehmend unwahrscheinlich erscheint. Sexualmörderinnen gelten heute als ausgesprochen selten. Andererseits scheinen die Unterschiede zwischen den Geschlechtern immer stärker zu verblassen. Warum sollte extreme Gewaltkriminalität hier eine Ausnahme bilden? Ist die Emanzipation nicht bis in diesen Bereich vorgedrungen? Gibt es wirklich keinen weiblichen Jürgen Bartsch oder Fritz Haarmann?

## *Ist die »Lust am Töten« männlich?*

Die feministischen Autorinnen Deborah Cameron und Elizabeth Fraser haben sich in ihrem Buch »Lust am Töten« mit diesen Fragen auseinander gesetzt. Sie kommen zu dem Schluss, dass Sexualmorde eine genuin männliche Domäne seien. Dies liege zum einen an der Definition von Lustmord. Eine Begriffsbestimmung laute Mord nach Vergewaltigung, wobei schon die Notzucht ein Verbrechen darstelle, das zwar nicht ausschließlich, aber doch überwiegend von Männern an Frauen begangen werde.

Dieser Ansatz ließe jedoch einen kleinen Spielraum für Täterinnen, da beispielsweise gewaltsame sexuelle Handlungen von Frauen an Kindern, anderen Frauen oder selten auch Männern bekannt sind. So zeigt die Kriminalstatistik für 2004, dass bei den insgesamt 7.475 angezeigten Vergewaltigungen und sexuellen Nötigungen in immerhin 87 Fällen Frauen als Tatverdächtige galten (das entspricht einem Anteil von 1,2 Prozent, dem 98,8 Prozent männliche Täter gegenüber stehen).

Eine andere und für das Fehlen von weiblichen Lustmördern bedeutsamere Begriffserklärung stelle allerdings die Erotisierung des Tötungsaktes in den Mittelpunkt, ohne dass es zu intimen Handlungen gekommen sein müsse. Für solche Taten fehle es schlicht an Beispielen weiblicher Täterschaft.

Warum aber scheinen nur Männer eine »Lust am Töten« zu entwickeln? Dazu wird von Cameron und Fraser die männliche Sexualität angeführt, die kulturell als aggressiv, räuberisch, auf Eroberung hin gerichtet definiert, also generell durch Gewalt und den Drang nach Beherrschung der Partnerin geprägt sei. Von diesem Grundmuster ausgehend sei es für einige männliche Individuen – ob aufgrund von Geisteskrankheit, fehlgeschlagener Sozialisation oder pervertierter Sexualität – nur ein kleiner Schritt zu pathologischen Tötungshandlungen.

### *Pygmalion und Lady Macbeth*

Andere Interpretationsansätze lassen Frauen allenfalls als Komplizinnen bei Sexualmorden auftauchen, ihr sexueller Lustgewinn bei den Taten sei allerdings zweifelhaft bzw. entspringe nicht aus dem Töten selbst, sondern vielmehr aus der Befriedigung, die die Morde dem männlichen Partner bereiteten. Dies entspricht ganz einer Denkrichtung, die Frauen nur im Zusammenhang mit Männern Erfüllung finden lässt.

Laut einer oft vertretenen Ansicht würden Frauen an solchen Morden nämlich eher aus Liebe zu ihrem Partner teilnehmen, der seine beeinflussbare Mittäterin, die ganz in seinem Bann stünde, mit seinen Gewaltfantasien verdürbe. Diese »Pygmalion-Theorie« (so benannt nach dem Theaterstück von George Bernhard Shaw, in dem ein Professor ein einfaches Cockney-Mädchen in eine Lady verwandelt) stellt das Mitmachen von Frauen bei Lustmorden als etwas dar, das der angeblichen Neigung der Frau, sich dem Willen eines starken Mannes unterzuordnen und sein Werkzeug zu werden, entspringt.

Demgegenüber behauptet die so genannte »Lady Macbeth-Theorie«, dass bei vielen Sexualmorden, die von Männern und Frauen gemeinsam begangen werden, eigentlich die Frauen viel gemeiner als die männlichen Täter seien. Die Komplizinnen werden oft als »Macht hinter dem Thron« interpretiert, die die destruktiven Tendenzen ihrer Liebhaber erst in mörderische Bahnen gelenkt hätten und so quasi als Katalysator fungierten. Aus dem angelsächsischen Bereich gibt es einige Beispiele solcher Mörderpaare, so die »Moormörder« Ian Brady und Myra Hindley (1966) oder Fred und Rosemarie West, die 1995 wegen zehn Mädchenmorden, darunter auch an ihrer eigenen Tochter, verurteilt wurden.

### *Die Sadistin*

Die Veranlagung zum Sadismus wird Frauen keineswegs abgesprochen. Es existieren zahlreiche Beispiele extrem brutaler Mörderinnen, so z. B. die ungarische Gräfin Elizabeth Bathory, die im 16. Jahrhundert angeblich Hunderte junger Mädchen zu Tode quälte, um in ihrem Blut zu baden. Allerdings fehlen in solchen Fällen Belege für die sexuelle Motivation der Taten.

Cameron und Fraser weisen in diesem Zusammenhang darauf hin, dass in der Literatur zwei unterschiedliche Kategorien von Sadistinnen anzutreffen seien: Zunächst einmal berühmte Frauen der Geschichte wie Kleopatra, Messalina oder Katharina die Große, die an schrecklichen Verbrechen teilnahmen, ohne daraus jedoch sexuellen Lustgewinn zu ziehen. Dann gebe es noch die »ganz normalen Mörderinnen«, die als Sadistinnen bezeichnet würden, einfach weil sie getötet hätten, ohne dass sich ihre Taten durch besondere Grausamkeit auszeichnen müssten. Hier würden die Morde an sich als Beleg für Sadismus herangezogen, weil solche Verbrechen gegen die angeblich natürliche weibliche Sanftmut verstießen.

### *»Das Weib als Sexualverbrecherin«*

Auch wenn heute sexuell motivierte Mordtaten von Frauen weitestgehend bestritten werden, standen in der Vergangenheit geschlechtliche Antriebe von Frauenkriminalität im Mittelpunkt wissenschaftlichen Interesses. Der bekannte Kriminologe Erich Wulffen schrieb in seinen populären Büchern »Psychologie des Giftmordes« (1918), »Das Weib als Sexualverbrecherin« (1923) und »Irrwege des Eros« (1929) davon, dass die Sexualität der Frau der Schlüssel zu ihrer Kriminalität sei. Hier galt die terra incognita des weiblichen Geschlechtslebens als Ursache und Basis jedes von Frauen begangenen Verbrechens, es wurde jedoch davon ausgegangen, dass die Täterin dabei keinen sexuellen Höhepunkt empfände.

Deshalb fand schon Erich Wulffen, der ja die Frau generell im oben angeführten Sinne »als Sexualverbrecherin« ansah, keine weiblichen Lustmörder. Er führte Lustmord auf die rein männliche Erfahrung der Impotenz zurück, wobei einige Männer nur durch »verbrecherische

Erfahrung zu einer Ejakulation« gelangen könnten. Weiter schrieb er: »weil das Weib einen solchen Zustand [der Impotenz] nicht kennt [...], liegen ihm die genannten Verbrechen fern.« Er berichtete lediglich von einem Fall aus dem Jahr 1897, in dem eine lesbische Bordellbesitzerin ihre Geliebte erstochen haben soll, was in der Literatur als »weiblicher Lustmord« dargestellt werde. Das Vorgehen der Täterin sei nämlich durch »zur Grausamkeit gesteigerte potenzierte Wollust« geprägt gewesen, wobei Wulffen gleichzeitig betonte, dass ein solcher weiblicher Lustmord »nur auf homosexueller Basis denkbar und möglich ist.«

Gegen Konventionen verstoßende sexuelle Vorlieben von Frauen bewerteten Experten dabei schnell wegen eines Vergehens gegen das »sittliche Empfinden« als »Charakterentartung«. So kam es, dass beispielsweise Frauen, die Verhältnisse mit verheirateten Männern eingingen, als geisteskrank eingeschätzt wurden, weil ihr Verhalten dem »instinktiven und konventionellen Wunsch« einer »normale[n] Frau« widerspreche, einen Mann ganz für sich zu besitzen.

### *Frauen und Serienmord*

Auch weibliche Serientäter sind in der deutschen Kriminalgeschichte rar. In den USA sieht dies etwas anders aus: 2001 veröffentlichte Carol Ann Davis dort eine Studie über 13 Serienkillerinnen, bei deren Morden auch sexuelle Motive teilweise nicht auszuschließen seien. Sie kommt zu dem Schluss, dass die meisten dieser Frauen (wie auch häufig ihre männlichen Gegenstücke) als Kinder misshandelt und sexuell missbraucht worden seien, und diese frühkindlichen Traumata ihr Heranreifen zu verantwortungsbewussten und einfühlsamen Menschen verhindert haben. Ihre schlimmen Erfahrungen hätten sie in sadistisch folternde Mörderinnen verwandelt. Dabei scheint nicht unwichtig, wo sich solche Taten ereignen: Da in den USA eine höhere Quote von Serienmorden verzeichnet wird, ist es auch wahrscheinlich, dass in dieser »Kultur der Gewalt« häufiger Frauen multiple Mordtaten begehen als in Deutschland.

Eine der frühesten bekannten Serienmörderinnen hierzulande dürfte die 1785 geborene Gesche Gottfried gewesen sein, die zwischen 1813 und ihrer Verhaftung 1828 mindestens 15 Menschen vergiftete, darunter Familienangehörige wie Kinder, Ehemann und die eigene Mutter, aber auch Bekannte und Freunde waren unter ihren Opfern. Dafür wurde sie am 21. April 1831 vor ca. 35.000 Zuschauern in Bremen hingerichtet.

Für die Zeit nach 1945 stehen acht weiblichen mehr als achtmal so viele männliche Täter gegenüber. Der Kriminologe Stephan Harbort weist in seinem Buch »Das Hannibal-Syndrom« dabei auf grundlegende Gemeinsamkeiten hin, z. B. die Herkunft aus zerrütteten Familien oder ähnliche Persönlichkeitsmerkmale, betont aber auch einen gewichtigen Unterschied der Motivlage: Während bei Serienkillern der Drang zu beherrschen und zu vernichten im Fordergrund stünde, versuchten dagegen Frauen, die in Serie töteten, sich nicht beherrschen zu lassen. Harbort nennt als weibliche Tatziele: Selbstschutz, Selbstachtung, Selbsterhaltung.

### *Was ist Serienmord?*

Die folgenden Beispiele zeigen, dass es schwierig ist, klassische weibliche Serienmörder zu finden. Auch hier ist dies eine Frage der Definition, die vom FBI an männlichen Tätern erarbeitet wurde. Als Mordserie gilt dabei die Tötung von mehr als drei bzw. fünf Menschen, wobei zwischen jeder Tötung mindestens 72 Stunden liegen müssen. Meist verstreicht jedoch ein längerer Zeitraum. Es findet eine ständige Wiederholung der Tat statt, bis der Mörder durch Tot oder Verhaftung abgehalten wird. Die Beziehung zwischen Opfer und Täter ist meist lose, oft sind sich beide völlig fremd. Der Mörder ist zum Töten motiviert, er tötet nicht im Affekt. Offensichtliche klare Motive für die Morde fehlen. Der Mörder hat jedoch intrinsische, nichtrationale Motive, die zu einem inneren individuellen Motivsystem zusammenkommen. Gerade der Aspekt der Fremdheit zwischen Täter und Opfer ist nicht typisch für weibliche Gewaltkriminalität, die sich meist – wie z. B. bei Gesche Gottfried – im familiären Umfeld ereignet.

In der Literatur wird der typische (männliche) Serienmörder des Weiteren folgendermaßen charakterisiert: Er ist 25–34 Jahre alt, weiß, intelligent. Er kann nett und charismatisch wirken. Die von ihm ausgewählten Opfer gleichen sich oft und haben u. a. gemeinsam, dass sie meist verletzlich und leicht zu kontrollieren sind. Die Täter sind sehr mobil, nachtaktiv (da dann weniger Gefahr der Entdeckung besteht), töten körpernah (meist mit den Händen) und haben physischen Kontakt mit ihren Opfern. Die Pausen zwischen den einzelnen Tötungen werden mit Dauer der Serie immer kürzer, bis der Mörder in einer Art Panik beginnt, relativ wahllos zu morden. Zu Begin der Serie sind die Tötungen dagegen meist genau geplant und die Opfer ausgespäht. Die meisten Serienmörder wurden in ihrer Kindheit sexuell, physisch oder psychisch misshandelt. Ihr Sexualleben ist sadistisch geprägt.

Diese definierende Beschreibung schließt Frauen noch nicht generell aus dem Täterkreis aus, obwohl Aspekte wie Mobilität und Töten mit den eigenen Händen nicht als typisch weibliche Tatmuster gelten.

Weniger auf Frauen zugeschnitten sind dann allerdings die kriminologischen Feinabstufungen. Besonders die prominente Kategorie des »Power/Control-orientated type« macht das Einpassen weiblicher Täter schwer. Diese Spielart des Serienmörders erhält seine Befriedigung durch die totale Kontrolle des Opfers. Er kennt soziale Verhaltensregeln, entscheidet sich aber bewusst, diese zu ignorieren. Gekennzeichnet ist er durch eine psychopathische oder soziopathische Persönlichkeit. Solche Täter erleben beim Töten ihre Bedeutung und Macht. Gerade diese Aspekte scheinen jedoch bei Mörderinnen kaum eine Rolle zu spielen.

Bei den anderen drei in der Literatur beschriebenen Serienmörder-Kategorien handelt es sich um:

1. Den »Visionary type«: Er hat Visionen, hört Stimmen, die ihm befehlen, bestimmte Personen oder Sorte Menschen zu töten. Teilweise ist er psychotisch und unter Realitätsverlust leidend.
2. Den »Mission-oriented type«: Er hat das Ziel, eine bestimmte Gruppe von Menschen zu töten, die er als unerwünscht definiert, z. B. Prostituierte. Er trifft diese Entscheidung selbst, ohne Stimmen oder Visionen. Er lebt meist angepasst.
3. Den »Hedonistic type«: Er sucht Aufregung, hat Spaß am Töten und tötet aus Spaß. Eine Subkategorie ist der Lustmörder. Bizarre Spielarten wie Anthropophagie, Nekrophilie oder Zerstückelung sind häufig.

Die Kategorien 1 und 2 wirken noch relativ geschlechtsneutral, doch schon bei Punkt 3 fehlen, wie gezeigt, die weiblichen Beispiele.

Ob es kaum weibliche Serienkiller gibt, weil die Definitionen an Männern erarbeitet wurden und Frauen dort nicht hineinpassen, oder ob sie wirklich extrem selten auftreten und daher für Untersuchungen einfach nicht zur Verfügung standen, lässt sich nicht abschließend klären. Die hier als Serienmörderinnen bezeichneten Täterinnen weichen jedenfalls alle von den gängigen Definitionen ab. Christa Lehmann beispielsweise kannte ihre Opfer gut, sie stammten aus ihrem direkten Umfeld. Irmgard Swinka tötete nicht unbedingt absichtlich – auch wenn sie den Tod ihrer Opfer billigend in Kauf nahm – und weist mit Habgier ein nachvollziehbares Motiv auf. Beide benutzten als Tatwerkzeug Gift, nicht ihre Hände. Ob die im nächsten Kapitel beschriebene Serie von Patiententötungen in diesen Rahmen passt, wird dort zu erörtern sein.

Zunächst soll jedoch der Fall der einzigen bekannten deutschen Sexualmörderin des 20. Jahrhunderts aufgerollt werden.

## Der Fall Käthe Hagedorn (1926)

Der folgende Fall ist einer der ganz wenigen, der einer Täterin sexuelle Mordmotive unterstellt. Käthe Hagedorn, geboren im März 1908 in einem Duisburger Arbeiterviertel, war das einzige Kind eines kleinen Lebensmittelhändlers. Die Familie lebte in beengten Wohnverhältnissen, Käthe hatte kein eigenes Zimmer, sondern schlief im Schlafzimmer ihrer Eltern. Im Nebenzimmer wohnte noch ein Untermieter.

Die Eltern scheinen ihre Tochter sehr behütet aufgezogen, ja geradezu von der Umwelt abgeschirmt zu haben. Daher galt sie als unreif, fast etwas zurückgeblieben, und wirkte verschüchtert. Sie lebte in einer Fantasiewelt und träumte davon, ein berühmter Filmstar zu werden. Der bekannte Kriminalist Erich Wulffen beschrieb sie Ende der 1920er Jahre als »kleines, unansehnliches Mädchen«, das sich »von einer Berliner Firma Schönheitsmittel« habe kommen lassen und »fast ausschließlich Kriminalromane« las.

Am 24. Juni 1926, einem heißen Sommertag, wollte die 18-jährige Käthe zum Baden fahren. Auf der Straße traf sie dann allerdings zwei Nachbarskinder und ging mit ihnen – weil der Vater des einen Namenstag hatte – einen Strauß Blumen pflücken.

Auf der Wiese angekommen, schickte Käthe den kleinen Jungen, Fritz, unter einem Vorwand in den nahen Wald, und blieb mit dem kleinen Mädchen allein zurück. Das war völlig arglos, denn es kannte Käthe als gutmütig und kinderlieb. Umso unerwarteter musste es für die Kleine gewesen sein, als das Nachbarmädchen sich plötzlich auf sie stürzte und sie zu Boden warf. Die Angreiferin versuchte, sich an dem Kind sexuell zu vergehen. Das wehrte sich jedoch heftig. Da stopfte ihm Käthe, um es am Schreien zu hindern, zunächst Sand und Laub in den Mund und griff schließlich, als das Mädchen sich einfach nicht überwältigen ließ, zu einer mitgebrachten Schere und stach auf den Hals des Opfers ein, so dass die Schlagader verletzt wurde.

In diesem Moment kam Fritz zurück, erschrocken über das blutige Schauspiel begann er laut zu brüllen. Käthe fürchtete, er könne Spaziergänger auf sich aufmerksam machen. Daher schnappte sie sich den Jungen, nahm den Geschockten auf den Arm und trug ihn von dem inzwischen toten Mädchen fort. Dabei sprach sie beruhigend auf ihn ein. Doch als sie ein Stück von der Leiche entfernt waren, stach sie auch Fritz in den Hals, verletzte die Halsschlagader und ließ das Kind verbluten.

Anschließend schien sich die Mörderin noch längere Zeit am Tatort aufgehalten und an den Leichen manipuliert zu haben. So schnitt sie z. B. am Hals des toten Mädchens herum. Schließlich bedeckte sie die Kinder mit Gras und Laub, wusch sich in einem nahe gelegenen Bach die blutigen Hände und ging zurück nach Hause.

Dort wechselte sie ihre beschmutzte Kleidung und begann eine chaotische und unüberlegte Flucht. Zunächst fuhr sie mit der Straßenbahn zum Duisburger Hauptbahnhof, wo sie sich ein Taxi nach Krefeld nahm. Da sie kein Geld dabei hatte, ließ sie den Fahrer kurz an einem Café halten und sprang dort aus dem Auto, ohne zu bezahlen.

Sie nahm dann ein zweites Taxi in Richtung holländische Grenze, forderte den Fahrer jedoch plötzlich auf, an einem Wirtshaus Halt zu machen und mit ihr zu essen. Nach der Mahlzeit setzte sie sich sogar ans Klavier und spielte sentimentale Weisen. Dann verließ sie jedoch die Schankstube. Der Taxifahrer, misstrauisch, ob seine seltsame Kundin auch zahlen könne, folgte ihr bis in den Keller eines Nachbarhauses, wo Käthe Hagedorn versuchte, sich in einem Schrank vor ihrem Verfolger zu verstecken. Als der Chauffeur sie dort entdeckte, bot sie ihm ihren wertlosen Schmuck als Bezahlung an. Der verärgerte Fahrer übergab sie daraufhin der Polizei. Während sie auf der Wache saß, traf dort ein Bericht über den Kindermord in Duisburg mit einer Beschreibung der mutmaßlichen Täterin ein. Käthe Hagedorn wurde identifiziert und wegen Mordes festgenommen.

In der Haft benahm sich die Beschuldigte zunehmend widersprüchlich: einerseits prahlte sie selbstbewusst mit ihrer Tat, gleichzeitig beschuldigte sie einen anderen Hausbewohner der Morde. Sie erzählte außerdem davon, dass ihr die toten Kinder wiederholt erschienen wären.

Vor Gericht berichtete sie zunächst von einem »dumpfen Gefühl«, das sie auf dem Weg zur Wiese überkommen habe, dann von einem rauschartigen Zustand, in dem sie sich während der Morde befunden haben wollte. Andererseits jedoch wirkte sie in der Verhandlung kühl und sachlich und zeichnete sich durch hervorragende Kenntnis der einschlägigen kriminalistischen Literatur aus. Kurz vor der Tat will sie Berichte über einen Kindermord in Breslau gelesen haben.

Schwierigkeiten, die Delinquentin zu beurteilen, hatten auch die psychiatrischen Sachverständigen, die Käthe Hagedorn begutachteten. Der erste stellte ihre gerade abklingende Periode in den Mittelpunkt seines Gutachtens und sprach von einem »pathologischen Zustande des Sexualrausches, der das Mädchen zur Zeit ihrer Menstruation plötzlich befallen und ihre freie Willensbestimmung ausgeschlossen« habe, erklärte sie somit für unzurechnungsfähig.

Dem widersprach ein zweiter Experte. Er wandte ein, sexuelle Erregung könne die freie Willensbestimmung nicht vollkommen ausschließen – dies war, neben Epilepsie und Dämmerzuständen, die gleichfalls nicht vorgelegen hätten, ein wichtiges Kriterium bei der Feststellung von Unzurechnungsfähigkeit. Dieser Gutachter nannte Käthe Hagedorn zwar eine »minderwertige psychopathische Phantastin« sowie »eine blasse, blutarme Person«, die zu Schwindelanfällen neige, erkannte in all dem jedoch keinen Beleg für eine Geisteskrankheit.

Ein dritter Mediziner diagnostizierte schließlich Epilepsie und stellte zum Tatzeitpunkt »menstruelles Irresein« oder eine »Menstruationspsychose« fest, was die Verantwortlichkeit der Beschuldigten ausschlösse.

So stellte die bizarre Tat einer überspannten Angeklagten Gericht und Staatsanwaltschaft vor bislang unbekannte Probleme der Rechtsfindung und ließ sie zu einem guten Teil ratlos zurück. Dies spiegelte sich auch im Urteil wider: Käthe Hagedorn wurde nicht wegen Mordes, sonder lediglich wegen Totschlags und Sittlichkeitsverbrechen zu acht Jahren Gefängnis verurteilt.

Was aus der Verurteilten wurde, ließ sich nicht klären. Sie wäre 1934 entlassen worden. Zu diesem Zeitpunkt galten gegen Sexualstraftäter bereits von den Nationalsozialisten verschärfte Gesetze, die unbegrenzte Sicherungsverwahrung oder Sterilisation androhten. Als »Asoziale« bezeichnete unangepasste Frauen konnten ins Konzentrationslager eingeliefert werden. Kriminelle Geisteskranke hatten mit zunehmend harscher Behandlung bis hin zu ihrer Ermordung während der »Euthanasie«-Aktion T4 ab 1939 zu rechnen. Doch ob Käthe Hagedorn in die Mühlen des Nazi-Regimes geriet oder ein unbehelligtes Leben führte, ist nicht bekannt.

Ebenso ist es fraglich, ob es sich bei diesem Fall, dem einzig populären Beispiel in Deutschland, tatsächlich um einen echten Lustmord gehandelt hat. Sicher beging Käthe Hagedorn die Tat nach einem versuchten sexuellen Missbrauch, sicher gehörten die Opfer einer als schwach definierten Gruppe an, sicher nahm die Täterin Manipulationen an den Leichen vor. Aber waren diese sexuell motiviert, standen die Morde im Mittelpunkt, bildeten sie den Höhepunkt im Erleben der Täterin? Die Berichte lassen es so erscheinen, dass Käthe Hagedorn zur Verdeckung einer Straftat – dem versuchten Missbrauch – tötete. Inwiefern sie beim anschließenden Verstümmeln in sexuelle Erregung geriet, muss dahingestellt bleiben.

## Irmgard Swinka, der »Gift-Vamp« (1947–1949)

Zwischen Juli 1947 und Sommer 1948 trieb im vom Krieg zerstörten Westdeutschland eine Betrügerbande ihr Unwesen, deren Opfer ältere alleinstehende Menschen wurden. Hauptakteurin bei diesen Verbrechen war die damals 37-jährige Irmgard Swinka, als Komplizen traten Wilhelm Schmickahle (30) und Ernst Himpel (43) in Erscheinung.

Das Äußere der Mörderin beschrieb der »Stern« in einem Bildbericht zum Prozess 1949 – neben einem besonders unvorteilhaften Foto der Swinka – abwertend so: »Ein unsympathisches, grobes Gesicht, verkniffene Augen, einen Zug um den Mund, der zur Vorsicht mahnt.« Obwohl sie auf ihre Opfer angeblich doch so vertrauenswürdig gewirkt hatte, erweckt diese Beschreibung den Anschein, man hätte der Täterin ihre schlechten Charaktereigenschaften ansehen können.

Die Beute der Gang war übrigens meist gering: eingelegtes Gemüse, getragene Kleidungsstücke, Glühbirnen. Doch in der Notzeit ließen sich auch diese Dinge zu Geld machen oder eintauschen. So diagnostizierte eine Illustrierte denn auch »Im [...] Giftmordprozeß Swinka spiegelt sich das satanisch-grinsende Gesicht unserer Zeit. [...] In Irmgard Swinka kann man ein Symptom unsere aus den Fugen geratenen Zeit erkennen.«

Ein Zeitgenosse skizzierte die damaligen Zustände in einer zum Prozess 1949 erschienenen Broschüre folgendermaßen:

> *»In einer Stadt wie Köln, die alle Schrecken des Krieges über sich ergehen lassen mußte, in der sich bei Großangriffen die Zahlen der Todesopfer überschlugen, konnte auch im Jahre 1948 ein einzelner Todesfall noch nicht auf die Oeffentlichkeit wirken.«*

Kriminalität war allgegenwärtig und zum Überleben notwendig:

> *»Das Egozentrische war Trumpf. Jeder konnte und durfte nach seiner Meinung nur an sich denken, wenn er in dem Chaos der Nachkriegszeit nicht untergehen wollte. [...] Für ein Pfund Kaffee [...] begingen Menschen Straftaten, denen man es nie zugetraut hätte.«*

Das Vorgehen der Bande lässt sich exemplarisch am letzten begangenen Verbrechen nachzeichnen, aufgrund dessen auch die Festnahme erfolgte. Am 22. Juni 1948 erschien bei Frau Helene Schmitz in Köln-

Kalk, die gerade mit zwei Nachbarinnen zusammen saß, eine fremde Frau und erkundigte sich nach einer Frau Kowalski. Da eine Dame mit ähnlichem Namen einstmals in der Gegend gewohnt hatte, kam man ins Gespräch, und die Besucherin erzählte nun, sie komme gerade aus dem Saargebiet (damals zu Frankreich gehörig) und habe 14 Stunden auf dem Trittbrett der Eisenbahn gestanden, um Frau Kowalski zwei Koffer mit Lebensmitteln zu bringen, damals unschätzbarer Luxus. Weil sie von der Anstrengung so geschwächt gewesen sei, habe sie die Koffer in Opladen untergestellt, um Frau Kowalski zu suchen. Da die aber wohl nicht mehr unter der angegebenen Adresse wohne, könne sie die Lebensmittel ja auch der Frau Schmitz und ihren Nachbarinnen überlassen, zumal die arme Frau Schmitz gerade erst von einer schweren Krankheit genesen sei und sicher gutes Essen benötige.

Die drei Frauen waren von der Hilfsbereitschaft der Fremden gerührt. Die beiden Nachbarinnen erklärten sich daher nur zu gern bereit, die Koffer aus Opladen abzuholen. Die Besucherin nannte ihnen eine Adresse und blieb dann mit Frau Schmitz allein. Wieder kam man auf ihre Krankheit zu sprechen, und die Wohltäterin präsentierte der Rekonvaleszenten plötzlich angebliche Vitamintabletten und Stärkungspräparate. Diese mixte sie mit Wasser und gab sie Frau Schmitz zu trinken, die dies auch bereitwillig tat. Kurz darauf fühlte sich die alte Dame plötzlich recht müde und legte sich hin.

Gegen 18 Uhr kamen die beiden Nachbarinnen enttäuscht aus Opladen zurück. Die Adresse war falsch gewesen, von den Koffern keine Spur. Dafür fanden sie bei ihrer Heimkehr Frau Schmitz bewusstlos vor. Die Fremde war fort, die Wohnung durchwühlt, es fehlten Wolle, Geld und Lebensmittelkarten. Der herbeigerufene Arzt konnte nichts mehr tun, er diagnostizierte einen Schlaganfall – und damit eine natürliche Todesursache, denn Helene Schmitz verstarb am nächsten Tag.

Ihren Nachbarinnen ließen die seltsamen Vorgänge jedoch keine Ruhe. Sie erzählten von der fremden Frau bei der Kriminalpolizei. So gelangte ihr Bericht auf den Schreibtisch des Kölner Mordinspektors Erwin Kühn, dem das Vorgehen bekannt vorkam. Aufgrund der Personenbeschreibung wurde die Besucherin als eine gewisse Irmgard Kuschinsky identifiziert und öffentlich zur Fahndung ausgeschrieben.

Am 13. Juli erkannte eine Hausfrau aus Hamm die Gesuchte in Begleitung eines Mannes im Zug. Die alarmierte Polizei konnte das Paar – bei dem Herrn handelte es sich um den wegen Diebstahls vorbestraften Ernst Himpel aus Leipzig – in der westfälischen Stadt festnehmen, Mitte Juli erfolgte dann die Überstellung nach Köln. Da ihre Ehe mit Fritz Kuschinsky ungültig war, trug die Beschuldigte in den Akten nun wieder ihren Mädchennamen Irmgard Swinka.

Im Zuge der Ermittlungen und vor Gericht erzählte die Beschuldigte ihre Lebensgeschichte. Geboren wurde sie am 24. Mai 1912 in Berlin. Der Vater war Lohnkutscher und ungelernter Arbeiter, gab sich jedoch zunehmend dem Alkohol hin. Er versoff häufig seinen Lohn, schlug seine Frau. Die kleine Irmgard musste ihn wiederholt betrunken aus Kneipen herausschleppen. Das Paar hatte noch drei weitere Kinder. 1926 verließ Irmgard, die eine schlechte Schülerin gewesen war, die Volksschule und arbeitete als Ungelernte.

1931 heiratete sie zum ersten Mal, den Tischlergesellen Gerhard Priebe. Liebe sei nicht im Spiel gewesen, sie habe nur ihrem zunehmend gewalttätigen Elternhaus entfliehen wollen, sagt die Swinka vor Gericht. Aus dieser Ehe stammte auch ihre Tochter Helga, die im Mai 1933 geboren wurde und bei den Großeltern aufwuchs. Ob allerdings Priebe der Vater war, ist unklar, Irmgard hatte während ihrer Ehe zahlreiche Affären. Aus einer solchen resultierte wohl auch die Geburt einer zweiten Tochter im Oktober 1934. Irmgard Priebe kam zwischenzeitlich in die Nervenheilanstalt Wittenau, warum ist jedoch nicht bekannt. 1937 wurde die Ehe mit Priebe dann geschieden, wobei man die Ehefrau zur Schuldigen erklärte. Sie verlor so weitgehend alle Versorgungsansprüche.

Nun folgen die ersten Straftaten. Irmgard nahm keine Arbeit auf, sondern lebte von kleinen Diebstählen. Dafür erhielt sie im Oktober 1937 ihre erste Haftstrafe, musste 13 Tage ins Gefängnis. Zu dieser Zeit verstarb ihr zweites Kind. Mit ihrer Familie hatte sie sich überworfen, ihre Eltern verboten ihr das Haus. Im November 1937 erfolgte bereits die zweite Verurteilung zu zwei Monaten Haft. Kurz vor Weihnachten floh Irmgard Priebe aus dem Gefängnis, hielt sich weiter mit Betrügereien und Unterschlagungen über Wasser. Im Januar 1938 landete sie daher erneut für vier Monate hinter Gittern.

Schließlich schickte man sie wegen Rückfalldiebstahls im Juli 1939 für drei Jahre ins Gefängnis. Der Staatsanwalt beantragte bereits damals Sicherungsverwahrung nach dem »Gewohnheitsverbrecher-Gesetz«. Die Angeklagte erhielt jedoch aufgrund verminderter Zurechnungsfähigkeit – verursacht durch die Scheidung und den Tod der Tochter – mildernde Umstände.

Dass der Gutachter sie damals als »einen ethisch defekten Menschen mit Neigung zur Verlogenheit« bezeichnete, wird der Richter in ihrem Mordprozess zehn Jahre später ohne jede Anmerkung, vor welchem Hintergrund solche Einschätzungen im Nationalsozialismus abgegeben wurden, zitieren. Ein Beleg dafür, dass der Untergang des »Dritten Reiches« zwar als politische Zäsur wahrgenommen, in vielen anderen Bereichen aber völlig kritiklos mit Ereignissen in dieser Zeit umgegangen wurde.

In der Haft nahm Irmgard Priebe lesbische Beziehungen zu einer Wärterin auf. Nach der Entlassung heiratete sie jedoch im Februar 1942 in Halle den Schumacher Albert Schröder. Sie arbeitete zunächst in seinem Geschäft, doch als ihr Mann eingezogen wurde, begann sie erneut außereheliche Affären, diesmal sowohl mit Männern als auch mit Frauen. Eine Stellung als Serviererin verlor sie wegen Unregelmäßigkeiten bei der Abrechnung. Dann beschloss sie, das Deutsche Reich zu verlassen und versuchte eine Flucht nach Ungarn. An der Grenze wurde sie jedoch verhaftet und wegen verbotenem Grenzübertritt – es herrschte ja Krieg – verurteilt. Während des Transports nach Wien beging Irmgard Schröder einen Selbstmordversuch, indem sie sich aus dem fahrenden Zug stürzte. Sie überlebte mit schweren Verletzungen, behielt allerdings eine gelähmte Schulter zurück, die ihr einen eigentümlich steifen Gang verlieh.

Es folgten weitere Betrügereien, schließlich brachte man Irmgard Schröder als »Asoziale« ins KZ. Zuletzt gab sie an, in Wuppertal gewesen zu sein. Erst mit dem Einmarsch der Amerikaner 1945 wurde sie befreit und ging nach Düsseldorf. Dort lernte sie, seit 1944 erneut schuldig geschieden, Fritz Kuschinsky kennen, mit dem sie nach Berlin zog. Beide lebten von kleinen Gaunereien und heirateten schließlich im September 1945. Als sich jedoch herausstellte, dass ihr neuer Gatte bereits anderweitig gebunden war und eine Klage wegen Bigamie drohte, entzogen sich beide den Ermittlungen im Januar 1947 und tauchten ab. Zuvor hatte Irmgard Kuschinsky bereits mehrfach ältere Leute mit Tabletten betäubt und ausgeraubt.

Das »Ehepaar« Kuschinsky nannte sich nun Oleancyk und kam im Flüchtlingslager Seesen im Harz unter. Dort lernte Irmgard auch Otto Himpel kennen. Zunächst beging sie aber mit Kuschinsky weiterhin Diebstähle. Im März 1947, nach einer erneuten Festnahme, entkam Irmgard Kuschinsky wieder einmal, ging zurück nach Berlin.

Sie brauchte eine neue Einnahmequelle. Seit dem 10. Juli 1947 schien sie dort mit der bereits beschriebenen Masche begonnen zu haben. Am 24. September erkannte eines ihrer Opfer sie jedoch auf der Straße und ließ sie festnehmen. Es folgte eine weitere Haftstrafe wegen dreier Diebstähle.

Seit dem 20. Oktober 1947 befand sie sich dann erneut auf freiem Fuß. Zehn Tage später starb ihr erstes Opfer an einer Vergiftung. Zu dieser Zeit traf sie den nicht vorbestraften Lageristen Wilhelm Schmickahle, der sich als Schwarzhändler versuchte und schließlich am 17. Januar 1949 festgenommen werden konnte. Er war beeindruckt von ihrer Methode und dem damit zu erzielenden Einkommen. Sie konnte es sich leisten, 40 Zigaretten am Tag zu rauchen und echten Bohnenkaffee zu trinken. Mit regulärer Arbeit verdiente Schmickahle gerade 150 Reichsmark die Woche, dafür bekam er nicht einmal ein Pfund Butter. Sachwerte zählten, und die reicherte sich das Duo durch Diebstähle an.

Am 4. Dezember 1947 überlebte dabei in Lüneburg die Witwe Alwine Kronthal die Vergiftung nicht. In Hamburg, Münster, Essen, Frankfurt und anderen Städten hatten ihre anderen vorwiegend älteren und alleinstehenden Opfer im Winter 1947/48 Glück, dass sie die »Stärkungstabletten« überlebten und durch sie nur betäubt wurden.

Die Beschuldigte verneinte in ihren Vernehmungen jede Tötungsabsicht, sie habe die alten Leute nur wehrlos machen wollen, um in Ruhe die Wohnungen nach Beute durchsuchen zu können. Sie gab an, ein Gemisch aus Noctal-Schlaftabletten und Morphium benutzt zu haben, dass sie u. a. auch vom ehemaligen Sanitäter Otto Himpel erhalten haben wollte.

Was die Swinka genau trieb, will Schmickahle erst nach und nach erfahren haben. Zunächst glaubte er, sie schmuggle Kaffee und Kokain.

Er will widerstrebend bei ihren Raubzügen mitgemacht, nur die Beute fortgeschafft und bei ihrem Verkauf geholfen haben. In der Presse kam der unbescholtene Mann daher relativ gut weg. Während die Swinka als berechnende Gewohnheitsverbrecherin gezeichnet wurde, gestand man Schmickahle zu, »durch seine Scheidung [...] haltlos« geworden zu sein, »es fehlte ihm [...] der richtige Lebensinhalt und Lebensauftrieb.« Dass er als Mann »gut leben und nicht arbeiten wollte« schien entschuldbar, das gleiche Verhalten stempelte Irmgard Swinka jedoch zur »arbeitsscheuen Asozialen«. Himpel, der mit allen Mitteln versuchte, die Hauptschuld auf seine ehemalige Komplizin abzuwälzen, nannte die Presse ebenfalls einen »notorisch Asozialen«.

Mit Himpel tat sich Irmgard Swinka zusammen, nachdem Schmickahle sie am 17. Dezember 1947 verlassen hatte, wobei er die gesamte bis dahin angehäufte Beute mit sich nahm. Mit ihrem neuen Komplizen machte sie nach bewährter Manier trotz weiterer Todesfälle bis zu ihrer Verhaftung weiter. Er stand an den Tatorten Schmiere, half beim Wegtauschen der Beute. Vor Gericht beschuldigte Irmgard Swinka ihren ehemalige Helfershelfer schwer, er habe sie aus wachsender Gier zu den Taten angestiftet. Himpel hingegen wollte von den Tötungen nichts gewusst haben, nannte die Aussagen seiner ehemaligen Mittäterin »Frechheiten«.

Die Untersuchungen der Polizei nach der Festnahme des Paares gestalteten sich schwierig, Deutschland lag in Trümmern und war in vier Besatzungszonen unterteilt. Sektorübergreifende Ermittlungen zogen sich langwierig hin, auch die wissenschaftliche Infrastruktur – beispielsweise Kriminallabore – ließen häufig zu wünschen übrig. Dennoch gelang es der Staatsanwaltschaft schließlich, insgesamt 235 Zeugen zum Fall Swinka zu vernehmen und nach und nach die verstreuten Ermittlungsakten zu den Raubzügen und Todesfällen zusammenzutragen. Die Aufhellung der Verbrechen nahm sieben Monate in Anspruch.

Am 16. Februar 1949 erhob die Staatsanwaltschaft Anklage gegen Swinka, Himpel und Schmickahle vor dem Kölner Schwurgericht. Irmgard Swinka wurde beschuldigt, fünf Menschen »vorsätzlich heimtückisch aus Habgier und, um eine andere Straftat zu ermöglichen, getötet zu haben«.

1. am 30. Oktober 1947 in Berlin die Witwe Erna Schinauer
2. am 4. Dezember 1947 in Lüneburg die Witwe Alwine Kronthal

3. am 21. Dezember 1947 in Brandenburg die Witwe Rosalie Köppen
4. am 22. Februar 1948 in Gießen die Ehefrau Krause
5. am 22. Juni 1948 in Köln Helene Schmitz

In den Fällen 1 und 3 soll die Swinka allein gehandelt haben, in Lüneburg gemeinsam mit Schmickahle, bei den letzten beiden Tötungen sei Himpel ihr Komplize gewesen. Zudem wurden ihr zehn versuchte Morde, ebenfalls teilweise gemeinsam mit Schmickahle und Himpel, in Tateinheit mit Diebstahl in insgesamt 16 Fällen zur Last gelegt. Die Anklageschrift charakterisierte die Beschuldigten als »gefährliche Gewohnheitsverbrecher [...], deren Sicherungsverwahrung die öffentliche Sicherheit erfordert.« Damit bezog sich die Staatsanwaltschaft auf das immer noch geltende »Gewohnheitsverbrecher-Gesetz«, das die lebenslängliche Verwahrung unverbesserlicher Krimineller erlaubte (und in leicht abgeänderter Form bis zur Strafrechtsreform der 1970er Jahre die Grundlage der »Maßregeln der Sicherung und Besserung« bildete).

Nicht nur hier tauchen im Fall Swinka Erinnerungen an die Zeit des Nationalsozialismus auf. Er spielte sich in der unmittelbaren Nachkriegszeit ab, einer Zwischenphase, als die Reste der Naziherrschaft noch nicht vollkommen beseitigt waren und die Bundesrepublik noch nicht existierte. So wurde der Angeklagten ihre KZ-Haft nicht etwa mildernd angerechnet, vielmehr diente sie weiterhin zur Stigmatisierung von Irmgard Swinka als »Asoziale«. Diese negative Kategorie überlebte den Nationalsozialismus und konnte sogar als Erklärung von Swinkas rücksichtslosem Vorgehen dienen. Solche Denkmuster waren durch den Untergang des »Dritten Reichs« nicht in Zweifel gezogen worden.

Auch die Gutachter, die in ihrem Prozess auftraten, hatten bereits unter den braunen Machthabern gewirkt. Zwar war der Psychiater Hans Gruhle an einer akademischen Karriere gehindert worden, konnte aber ab 1934 verschiedene Heil- und Pflegeanstalten leiten. Gruhle hatte sich u. a. für die Sterilisation bei erwiesenermaßen erblich Schwachsinnigen oder Geisteskranken eingesetzt sowie dafür geworben, schlechte Eltern, zu denen er Kriminelle zählte, unfruchtbar zu machen. Auch Professor Müller-Heß, im »Dritten Reich« Leiter des »Instituts für gerichtliche und soziale Medizin« in Berlin, kam im Swinka-Prozess zum Einsatz. Er hatte der Nazi-Justiz bereits 1936 geholfen, aus dem Verfahren gegen den Knabenmörder Adolf Seefeldt eine Gerichtsverhandlung nach dem »Empfinden nationalsozialistischen Rechts« zu machen.

Der Prozess, der ab dem 21. April 1949 vor dem Kölner Schwurgericht stattfand, rollte all die angeklagten Diebstähle, Vergiftungen und Tötungsdelikte der Bande Swinka-Schmickahle-Himpel minutiös auf. Hämisch bemerkte der »Spiegel«, das »Weibs-Skelett« habe in der Untersuchungshaft dreißig Pfund zugenommen, belegte dies sogar mit einem Vorher-Nachher-Foto. Damit sollte gezeigt werden, wie sich eine mutmaßliche Mörderin in der Haft erholte, während ihre ehrlichen Landsleute ums Überleben kämpften, um so Stimmung gegen die Angeklagte zu machen.

Irmgard Swinka gestand vor Gericht die ihr zur Last gelegten Taten weitgehend ein, nahm jedoch nicht die alleinige Schuld auf sich, sondern belastete auch ihre jeweiligen Partner. Die wiederum versuchten, die Hauptschuld auf die Angeklagte abzuwälzen.

Der Prozess geriet zu einer medialen Mammutveranstaltung der sich in Gründung befindlichen Bundesrepublik. 30 in- und ausländische Pressevertreter waren akkreditiert, in seriösen Blättern wie »Spiegel« und »Stern« erschienen ebenso (Bild)Berichte über die »größte Giftmörderin seit 80 Jahren« wie in den Illustrierten »Quick« und »Revue«. Das Hamburger Nachrichtenmagazin verlieh Irmgard Swinka schließlich sogar den Titel »Gift-Vamp«, obwohl die abgehärmte Frau kaum dem Bild einer erotischen Femme Fatale entsprach.

Am ersten Verhandlungstag wies der Richter schließlich die Pressemeute zur Zurückhaltung an, denn

> *»In die Vernehmungen schnurrt [...] immer wieder die Wochenschau-Kamera und wenn die großen Scheinwerfer angeknipst werden, gab es jedesmal einen lauten Knacks. Außerdem liefen die Fotografen hin und her, bald vor der Anklagebank knipsend, bald vor dem Richtertisch«.*

Auch der Andrang des Publikums war gewaltig, jeder wollte dem sensationellen Prozess beiwohnen. Die Bändigung der sich täglich einfindenden Schaulustigen stellte die Polizei vor arge Probleme.

Aufschlussreich für den Blick des Gerichts auf die Angeklagte ist die Äußerung des zuständigen Staatsanwalts einem Journalisten gegenüber. Als dieser fragte, warum Frauen eher mit Gift mordeten als Männer, antwortete Dr. Düntzer: »Ja, die Frauen …! Sie sind – wenn sie töten wollen – hinterlistiger und gehen an das Opfer behutsam wie ein Fallensteller.«

Im Prozess kamen die Schwierigkeiten der Beweiserhebung im zerstörten Nachkriegsdeutschland erneut zur Sprache. So waren von Laboratorien abgeschickte Proben bei Gericht nicht eingegangen. Teilweise scheinen auch die Ermittlungsbehörden geschlampt zu haben: Ein Mitarbeiter hatte nach der Exhumierung eines möglichen Swinka-Opfers Herz und Leber der Leiche verbrannt, ein Polizist ein am Tatort gefundenes Glas mit Resten der Giftmixtur sorgfältig ausgespült. Doch hier waren Indizien aufgrund des Geständnisses der Angeklagten nicht von entscheidender Bedeutung. Am neunten Verhandlungstag kamen dann die Gutachter zu Wort, die u. a. die Glaubwürdigkeit der Beschuldigten, aber auch ihre strafrechtliche Verantwortlichkeit klären sollten.

Professor Gruhle argumentierte dabei nach altbekannter Manier mit dem Begriff des »Asozialen« und sagte dabei über Himpel, er sei bereits mit 17 Jahren ins »asoziale Leben« eingetreten, habe sich zwischenzeitlich gefangen, sei dann aber nach dem Krieg durch die »Unsicherheit aller Verhältnisse […] in die asoziale Laufbahn« gelenkt worden. Irmgard Swinka zählte er zum Typ des »Verbrechers aus Neigung«. Ihre »gleichgeschlechtliche Veranlagung« wurde als »psychopathischer Zug« gedeutet, der zwar für die begangenen Verbrechen keine Rolle spiele, aber dennoch ein schlechtes Licht auf die Angeklagte warf. Sie sei, ebenso wie Himpel, voll zurechnungsfähig.

Eine im Zusammenhang mit der Interpretation der Taten als Serienmorde interessante Einschätzung lieferte die einzige weibliche Gutachterin, Frau Professor Nau aus Berlin. Eine Geisteskrankheit oder Seelenstörung schloss sie zwar aus, sagte dann aber, Irmgard Swinka

> *»sei keine Giftmörderin im klassischen Sinne. Mit der Erreichung ihres Zieles, nämlich mit dem geglückten Diebstahl, sei für die Swinka das Erlebnis völlig abgeschlossen gewesen. Sie habe niemals Gift verabreicht, um zu töten, sondern um zu stehlen. Allerdings habe sie einen eventuellen Tod ihrer Opfer ohne weiteres in kauf genommen.«*

Professor Müller-Heß diffamierte auch in diesem Prozess die Angeklagten. Himpel nannte er einen Schmarotzer, wobei es sich um eine moralische Wertung, nicht um eine kriminologische Kategorie handelte. Irmgard Swinka schätzte er dagegen lediglich als »Trickdiebin« ein, die nur durch unglückliche Umstände zur Mörderin geworden sei. Dem »Spiegel« gegenüber hielt sich der Gutachter nicht so zurück: »Ein tolles Weib, diese Swinka!«, zitierte ihn das Nachrichtenmagazin.

Am Morgen des zehnten Verhandlungstages hielt die Staatsanwaltschaft ihr Plädoyer. Zuvor waren Stimmen laut geworden, die das schnelle Prozesstempo, die »Fahrplan-Pedanterie« des Vorsitzenden, kritisiert hatten. Die Gutachter wiesen deshalb auch den Vorschlag einer erneuten »psychiatrischen Galopp-Untersuchung« an einem verhandlungsfreien Sonntag zurück. Wie nicht anders erwartet, beantragte der Oberstaatsanwalt für Irmgard Swinka, die er eine »gefährliche Berufs- und Gewohnheitsverbrecherin« nannte, »wegen Mordes in fünf Fällen, versuchten Mordes in zehn Fällen [...] 5 mal die Todesstrafe«. Auch Himpel sollte zweimal wegen Mordes zum Tode verurteilt werden, für Schmickahle forderte er dagegen lediglich eine Gesamtstrafe von vier Jahren Zuchthaus.

Die Rechtsanwältin der Angeklagten beschwor das Gericht in ihrer Ansprache, für ihre Mandantin auch die Möglichkeit der fahrlässigen Tötung zu prüfen, denn

> *»habe ich überhaupt nicht die Absicht, um mein Ziel zu erreichen, zu töten, sondern nur zu betäuben [...] kommt aber [...] lediglich Fahrlässigkeit in Tateinheit mit Raub in Frage.«*

Auch die Verteidigerin nutze für ihre Argumentation die damals immer noch gültige, von den Nationalsozialisten pervertierte, Ansicht über die mögliche Vererbung verbrecherischer Eigenschaften – diesmal allerdings als mildernder Umstand –, indem sie zu Bedenken gab, »der Vater sei ein Trinker und die Mutter eine gefallsüchtige [...] Person«, und es wäre zu prüfen, »ob diese weniger guten Eigenschaften der Mutter, [sic] sich nicht in erhöhter Form auf die Angeschuldigte vererbt hätten«. Daher bat sie das Gericht, von der Verhängung der Todesstrafe abzusehen.

Der Richter ließ sich jedoch nicht erweichen. Irmgard Swinka wurde am 7. Mai 1949 viermal zum Tode verurteilt. Dies entsprach ganz der Forderung der Öffentlichkeit, wie selbst der eigentlich liberale »Stern« sie formuliert hatte:

> *»Man sagt, nach Kriegen sei die Moral stets entfesselt. Es wird Aufgabe einer starken Justiz sein, das Gefüge des rechtlichen Gleichgewichts unter den Menschen dadurch zurückzugewinnen, indem sie mit der gleichen Strenge ahndet, mit der schon in alten Zeiten Giftmörder bestraft wurden.«*

Den ersten Todesfall klammerte das Gericht allerdings bei der Strafzumessung aus, für diesen Mord erhielt die Angeklagte lediglich 15 Jahre Zuchthaus, da man ihr zu Gute halten müsse, zum damaligen Zeitpunkt nicht genau über die fatale Wirkung des von ihr benutzten Giftes Bescheid gewusst zu haben.

Auch Irmgard Swinka wurde jedoch, wie schon Irma K. (Kapitel 2), durch die Verabschiedung des Grundgesetzes vor dem Schafott bewahrt. Am Tag nach der Urteilsverkündung hatte der Parlamentarische Rat in Bonn in erster Lesung des Grundgesetzes die Abschaffung der Todesstrafe beschlossen (somit müsste eigentlich Irmgard Swinka das zweifelhafte Privileg zukommen, als Deutschlands letzte Todeskandidatin zu gelten). Zwar trat es erst nach der zweiten Lesung in Kraft, von Hinrichtungen wurde jedoch bereits zu diesem Zeitpunkt Abstand genommen. Die Strafe von Irmgard Swinka wurde in lebenslanges Zuchthaus umgewandelt. Ihr weiteres Schicksal ist unbekannt.

## Die »Gifthexe von Worms«: Der Fall Christa Lehmann (1954)

Christa Lehmann gebührt der fragwürdige Verdienst, das bis dahin wenig bekannte Schädlingsbekämpfungsmittel E-605 in die Kriminalgeschichte eingeführt zu haben. Sie gilt heute als eine weitere der raren deutschen Serienmörderinnen.

Wer aber war diese »kaltblütige Witwe«, die mit »kaltschnäuziger Teilnahmslosigkeit« zuerst 1952 ihren Ehemann, 1953 ihren Schwiegervater und 1954 ihre beste Freundin vergiftete? In den Berichten zum Prozess erfährt man wenig über sie. Selbst die Angaben zu ihrem Alter zum Zeitpunkt der Verhandlung 1954 schwanken zwischen 29 und 31 Jahren (wobei letztere Angabe stimmt, Christa Lehmann wurde am 24. Februar 1923 in Worms geboren).

Als Christa noch ein kleines Kind war, wurde ihre psychisch kranke Mutter wegen Schizophrenie in eine Anstalt eingewiesen. Sie sah sie erst als Elfjährige bewusst zum ersten Mal. Bis dahin hatte der Vater den Kontakt verboten. Angeblich hatte er seine Frau misshandelt, die Kinder, Christa, ihren Bruder und ihre Schwester jedenfalls prügelte er regelmäßig. Der Vater heiratete noch ein zweites Mal, als Christa fünf Jahre alt war. Auch diese Ehe wurde jedoch nach sechs Jahren geschieden. Christas Verhältnis zur Stiefmutter war zwar gut, ihre Kindheit jedoch durch Gewalt und Einsamkeit geprägt.

Mit 14 verließ Christa die Volksschule, arbeitete Akkord in einer Lederfabrik. Das verdiente Geld musste sie restlos abgeben. Um von zu Hause fort zu kommen heiratete die erst 19-Jährige 1944 den zehn Jahre älteren, nach Kinderlähmung gehbehinderten Karl-Franz Lehmann, den sie im Labor der Farbwerke Hoechst, wo sie dienstverpflichtet war, kennen gelernt hatte. Von Beginn an soll ihr Gatte sie betrogen haben. Auch Christa Lehmann unterhielt eine Freundschaft zu einem anderen Mann, den sie in ihrer Verlobungszeit kennen gelernt hatte. Er fiel im Krieg an der Ostfront.

Das Ehepaar Lehmann bekam drei Kinder, das erste starb kurz nach Kriegsende noch im Säuglingsalter an Unterernährung, Franz und Bärbel jedoch überlebten. Neben ihrer Tätigkeit als Hausfrau war Christa nach dem Krieg als Hilfsarbeiterin beschäftigt. Ihr Mann machte sich zunächst als Fliesenleger selbstständig, scheiterte damit jedoch alsbald. Das verdiente Geld verspielte er in der Kneipe, trank mehr und mehr. Er entwickelte sich immer stärker zum Alkoholiker, arbeitete nur noch selten, schlug nun aber sowohl seine Frau als auch die beiden Kinder.

Im Urteil ist zu lesen, der Ehemann habe seine Frau einmal durch eine geschlossene Tür geschleudert. Christa Lehmann berichtete darüber zwanzig Jahre später einem Journalisten:

*»Mein Mann kam oft heim und war betrunken. Und wenn er mir entgegen gekommen ist und ich hab den Alkohol gerochen, bin ich ausfallend*

*geworden. Da hat sich ein Wort ums andere getroffen. Die erste Zeit habe ich mich immer schlagen lassen, ohne mich zu wehren. Und wie das so immer weiter gegangen ist, dann hab ich mich auch gewehrt, hab ich auch draufgeschlagen.«*

Armut war in der Familie inzwischen allgegenwärtig.

*»Wenn keine Arbeit da war, es waren Zeiten, wo wir vier, fünf Wochen keine Arbeit hatten, da war's auch schlecht mit dem Geld. Und wenn ich mittags kein Fleisch hatte, da hat mein Schwiegervater Krach gemacht.«*

Schließlich lebten die Lehmanns von der »Wohlfahrt«. Das wenige selbst verdiente Geld musste Christa ihrem Mann geben, sonst schlug er sie zusammen. Sie habe oft »mit den Kindern dagestanden und [...] kein Geld gehabt, noch nicht mal eine Tasse Milch oder ein Stück Brot. Da habe ich gedacht, das machst du nicht mehr mit.«

Zwischen 1944 und 1952 zog Christa Lehmann dreimal mit den Kindern zum Vater, ließ sich jedoch jedes Mal wieder zur Rückkehr zum Ehemann überreden. Über ihr Leben und ihre Ehe berichtete sie vor Gericht:

*»Ich habe von morgens bis abends gearbeitet. Mein Mann hat sich um nichts gekümmert. Ich konnte für meine Kinder nicht sorgen. Und dann bekam ich immer mehr Vorwürfe. [...] Da wollte ich ihn beseitigen. [...] Es war ein innerlicher Trieb.«*

Hier sprach eine überforderte Frau der beginnenden Wirtschaftswunderzeit, die neben der Haushaltsführung arbeiten musste, um auch ein kleines Stück vom Wohlstandskuchen zu erhalten. Bei »dem bißchen Haushalt« und der Kindererziehung konnte sie jedoch nicht auf Hilfe durch ihren Ehemann zählen, denn dies galt als typische Frauenarbeit. So stauten sich Frustration und Enttäuschung immer stärker auf und entluden sich schließlich im Gattenmord. Dabei war die familiäre Situation der Lehmanns eher die Regel als die Ausnahme in den 1950er Jahren. Der radikale Weg ihrer Problemlösung erschien deshalb als besonders gefährlich, da unterschwellig angenommen wurde, zahlreiche andere deprimierte Hausfrauen könnten zu ähnlichen Mitteln greifen, um aus den sie einengenden Verhältnissen auszubrechen.

Auf die Idee, ihren Ehemann zu vergiften, habe sie ihre Schwiegermutter gebracht, die von ihrem Mann ebenfalls während der gesamten Ehe schwer misshandelt worden war. In einem ernsten Gespräch vertraute sie ihrer Schwiegertochter an: »Kind, wenn ich zurückdenk, mein Eheleben [...] ich muss dir ehrlich sagen, wenn ich heute in deinen jungen Jahren wär', ich gäbe dem Alten was ins Fressen.« Dies sei der erste Anstoß gewesen, bekannte Christa Lehmann Jahre nach der Tat.

Eigentlich habe sie ihren Mann nur krank machen wollen, damit die Prügel und die Sauferei ein Ende fänden. Daher rührte sie ihm etwas vom Unkrautvernichtungsmittel E-605, das sie bei ihrem Vater entdeckt hatte, ins Essen. Da ihr Mann wegen eines Zwölffingerdarm-Geschwürs in Behandlung war, attestierte der nach der Vergiftung gerufene Arzt als Todesursache Magendurchbruch. Karl-Franz Lehmann wurde beerdigt, niemand vermutete ein Verbrechen.

Ihren zweiten Mord beging Christa Lehmann, um sich von einem Mann zu befreien, der ihrer Sehnsucht nach einem freieren Leben im Weg stand. Diesmal musste der Schwiegervater, in dessen Haus sie mit ihren beiden Kindern lebte, dran glauben. Schon während ihrer Ehe verhielt er sich als Störfaktor, hetzte seinen Sohn gegen die Ehefrau auf, behauptete, Karl-Franz stünde unter dem Pantoffel. Nach dem Tod des Sohnes hatte er öfters den »lockeren Lebenswandel« seiner verwitweten Schwiegertochter moniert und gedroht, sie bei der »Sittenpolizei« wegen ihrer vielen Freunde anzuzeigen. Ihre Kinder wären dann in die gefürchtete Fürsorgeerziehung geraten, die damals mit liebevoller Betreuung wenig zu tun hatte.

Christa Lehmann stellte die Situation folgendermaßen dar:

> *»Da hat mein Schwiegervater gesagt, ich wäre laufend fort, das ginge nicht so. Da habe ich ihm gesagt, das ginge ihn nichts an. Da sind wir in Reibereien reingegangen und da ist der Kurzschluß bei mir gekommen: Schaffst den weg.«*

Sie servierte dem 75-Jährigen einen mit E-605 angereicherten Joghurt. Auch dieser Mord blieb unentdeckt, der Tod des alten Herrn wurde auf eine natürliche Ursache – Herzversagen – zurückgeführt.

Zum dritten Mord gibt es zwei unterschiedliche Versionen: Die erste besagt, Christa Lehmann habe die Mutter ihrer besten Freundin Anni

Hamann, Eva Ruh, mit einer Giftpraline töten wollen, weil diese Frau vermutete, dass die Vertraute ihrer Tochter die Hand bei den zwei ihr sehr gelegen kommenden Todesfällen im Spiel gehabt habe. Gegen Christa Lehmann habe Frau Ruh zudem seit längerem einen Groll gehegt, weil sie befürchtete, die lustige Witwe könne ihre Tochter ebenfalls zu einem für damalige Verhältnisse als all zu locker empfundenen Lebenswandel – besonders zu wechselnden Männerbekanntschaften – verführen. Als die Streitereien mit Annis Mutter zugenommen hätten und sie zum Störfaktor geworden wäre, hätte Christa Lehmann beschlossen, sie in gewohnter Manier aus dem Weg zu räumen: Sie füllte einen Schokoladenpilz mit E-605. Allerdings wurde dieser aus Versehen von Anni selbst verzehrt, die daran starb.

Die Beschuldigte erzählte Jahre später eine andere Version. Nicht sie, sondern Anni sei die Lebenshungrige gewesen, die immerzu habe ausgehen wollen. Schließlich sei es Christa Lehmann immer schwerer gefallen, jemanden zu finden, der auf ihre Kinder aufpasste, während sie sich von Anni zum Ausgehen überreden ließ. Sie habe deshalb Frau Ruh nur krank machen wollen, damit ihre Freundin zu Hause bleiben und die kranke Mutter pflegen müsse. Aber ist das glaubwürdig? Christa Lehmann wusste inzwischen um die fatale Wirkung von E-605. Hätte sie nicht einfach nur öfter nein zu ihrer amüsierwütigen Freundin sagen müssen? Warum hielt sie dies für unmöglich und wählte den riskanteren Weg des Giftanschlags?

Erst nach dem unerwarteten Tod der jungen Anni Hamann setzten Ermittlungen ein, die am 19. Februar 1954 zur Verhaftung Christa Lehmanns führten. Sie war unter Verdacht geraten, weil sie es gewesen war, die Frau Ruh den Schokoladenpilz geschenkt hatte. Als daher routinemäßig ihr Umfeld und Vorleben durchleuchtet wurde, erschienen die plötzlichen Todesfälle in der Familie Lehmann auf einmal verdächtig. Da es sich bei E-605 allerdings um ein bis dahin unbekanntes Gift handelte, hatten die Toxikologen Schwierigkeiten, es nachzuweisen. Bei einer Hausdurchsuchung fand die Polizei kein Pflanzengift bei Christa Lehmann, man konnte ihr nichts beweisen. Doch völlig überraschend legte sie am 23. Februar ein Geständnis ab, in dem sie zugab, den Giftpilz, an dem Anni Hamann gestorben war, mit E-605 präpariert zu haben.

Der Prozess fand im September 1954 vor dem Mainzer Schwurgericht statt. Die Zeitungen titelten »größter Giftmordfall der Nachkriegszeit« oder »der größte Kriminalprozeß der Bundesrepublik« und machten die Verhandlung so zu einem Sensationsprozess. Besonders die »Bildzeitung« nahm sich des Falles an und prägte für Christa Lehmann so bezeichnende Namen wie »Wormser Giftmischerin« und »Pralinen-Mörderin«.

Die Presse stilisierte sie zum Klischee der eiskalten Giftmörderin, deren Selbstsucht weder vor Freundinnen noch ihren eigenen Angehörigen halt gemacht hätte. Die miserable Ehe, der gewalttätige Ehemann und dessen Alkoholismus – all dies kam in der Berichterstattung nicht vor. Verständnis oder Mitgefühl wurden der Angeklagten nicht entgegen gebracht. Vielmehr diffamierten die Medien sie als »sexuell verderbte Frau«, stürzten sich lüstern auf die anzüglichen Details ihres angeblich »ausschweifenden Liebeslebens« und fuhren so eine mediale Doppelstrategie: einerseits schwang sich die Presse zur moralischen Instanz auf, wenn sie die Angeklagte als lasterhaft verdammte, andererseits ergötzten sich die Leser in den prüden 1950er Jahren an genau den pikanten Aspekten des Falles, derentwegen die sündige Frau abgestraft wurde.

Darüber hinaus unterstellte man ihr weitere damals für eine Frau negative Eigenschaften und Verhaltensweisen. »Bild« wusste über den Lebenswandel der Beschuldigten zu berichten: »Während sie mit Besatzungssoldaten und zwielichtigen Freunden Sekt trank und Boogie tanzte, verkamen zu Hause die Kinder.« Das Boulevardblatt beschrieb die Angeklagte nicht nur als eine miserable Mutter und vergnügungssüchtige Lebedame, sondern auch noch als eine schlechte Deutsche, die sich mit ausländischen Soldaten herumtrieb. Damit die Leserschaft dies nicht vergaß, verunglimpfte »Bild« Christa Lehmann immer wieder in beleidigender Weise als »Flittchen«, »Amiliebchen« und »Rabenmutter«, deren Wohnung ein schmutziger »Dreckstall« gewesen sei.

Der Angeklagten wurde nicht nur in den Zeitungen, sondern auch im Prozess ihre angebliche »Triebhaftigkeit« vorgeworfen. Besonders vernichtend wirkte die Beschuldigung, sie habe Verhältnisse zu Amerikanern unterhalten. So wurde Christa Lehmann quasi zur Landesverräterin gestempelt. Dieser Aspekt überdauerte die Berichterstattung der 1950er Jahre und taucht beispielsweise auch in den Artikeln über den Fall Weimar (Kapitel 2) immer wieder auf.

Christa Lehmann selbst gab nur zwei Affären zu, die sie beide erst nach dem Tod ihres Mannes begonnen haben wollte: Einmal eine Liebschaft mit einem angehenden Sparkassendirektor, den sie über Anni Hamann kennen gelernt habe. Seinen Namen verschwieg sie vor Gericht, um seine Stellung nicht zu gefährden. Aus einer zweiten Verbindung mit einem verheirateten Trierer Handwerker entsprang ihr unehelicher Sohn Ferdinand, der zur Zeit der Verhaftung seiner Mutter gerade zehn Wochen alt war.

Eine Ehefrau, die es wagte, in den patriarchalisch-strengen 50er Jahren ihren Gatten und weitere männliche Familienangehörige zu ermorden, schockierte die Öffentlichkeit besonders und wurde von den Medien scharf verdammt, um nur ja keine anderen unglücklichen und frustrierten Hausfrauen als Nachahmerinnen zu diesem Mittel der Selbstverwirklichung greifen zu lassen. Die gefährliche Faszination, die Christa Lehmann gerade auf Frauen auszuüben schien, betonte z. B. die »Neue Illustrierte«:

> *»Im Bann der Bestie von Worms: Frauen, Frauen! In den Gerichtsgängen drängen sich die Frauen, sie blicken wie hypnotisiert auf die vorüberschreitende Giftmörderin im grünen Kleid. ›Das ist sie!‹ flüstern sie entsetzt.«*

Christa Lehmann war zu diesem Zeitpunkt medial allgegenwärtig. So verwundert es kaum, dass selbst das Geschäft, in dem sie den viel beschriebenen Schokoladenpilz gekauft hatte, versuchte, aus diesem Umstand – wenn auch auf sehr makabre Art und Weise – Kapital zu schlagen: Der »Spiegel« berichtete, das Kaufhaus »Wortmann & Co.« in Worms plane, zum Prozess einen Anstecker in Pilzform mit dem Aufdruck »E-605« zu verkaufen.

Obwohl das Gericht vor Verhandlungsbeginn die Presse darum bat, das Gift in der Berichterstattung nicht beim Namen zu nennen, setzte sich E-605 in der Folgezeit dennoch als Mord- und Selbstmordmittel durch: Der »Stern« berichtete schon im März 1954, kurz nach Christa Lehmanns Verhaftung und dem Bekanntwerden ihrer Taten, in einen

Artikel unter der Überschrift »Immer wieder Selbstmord mit E-605« über die rasante Zunahme von Selbsttötungen mit dem Pflanzenschutzmittel, und die »Bildzeitung« forderte aufgeregt »Stoppt endlich die Selbstmord-Serie«.

Am 20. September 1954 erging gegen Christa Lehmann das Urteil: Dreimal lebenslängliche Haft, was zu diesem Zeitpunkt zunächst einmal wirklich Inhaftierung bis zum Tode bedeutete, wenn keine Begnadigung erfolgte. Im Urteil wird sie als »Psychopathin, die rücksichtslos die kleinsten Hindernisse mit radikalen Mitteln beseitigt!« und als »egozentrische, gefühlskalte und geltungssüchtige Person« beschrieben.

Ihre Kinder, zu diesem Zeitpunkt sechs und fünf Jahre sowie zehn Wochen alt, kamen zunächst ins Heim, dann zu Pflegeeltern, jahrelang bestand Kontaktverbot zur Mutter. Wiederholt drängte man die verurteilte Mörderin, Franz und Bärbel zur Adoption freizugeben, sie weigerte sich jedoch beharrlich. Während dieser Zeit unternahm die Inhaftierte drei Selbstmordversuche, wurde wiederholt auf eine psychiatrische Station verlegt. Schließlich ließen die Behörden nach fast vier Jahren wieder Briefkontakt zwischen Mutter und Kindern zu, Besuche waren jedoch erst möglich, als die Kinder 16 Jahre alt wurden.

Auch in der Folgezeit erschweren die Strafvollzugsbehörden Zusammenkünfte. Alles muss beantragt werden, z. B. das Schreiben einer Glückwunschkarte zur Verlobung des Sohnes. Oftmals werden Genehmigungen »aus vollzugstechnischen Gründen« verweigert. Zunächst sitzt Christa Lehmann 17 Jahre in der Frauenstrafanstalt Neuwied ein, wo ihr Verhalten 1969 als »im wesentlichen hausordnungsgemäß« bezeichnet wird.

Dennoch steht in der über sie gefällten Prognose:

> *»daß Lehmann, sollte sie noch einmal in die Freiheit zurückkehren, sich kaum zurechtfinden wird. Sie wird wahrscheinlich dann wieder alles aus dem Weg räumen, was ihr Schwierigkeiten bereitet, unter Umständen sogar einen neuen Mord begehen.«*

Worauf sich diese negative Einschätzung gründet, ist nicht ersichtlich. Seit Haftantritt hatte die Vorsteherin des Gefängnisses allerdings immer wieder klargestellt, dass die prominente Gefangene keine Sonderbehandlung zu erwarten hätte.

Im Sommer 1971 wurde Christa Lehmann in die Haftanstalt Küstrin verlegt. Dort saß sie noch 1977 ein. Ihr weiteres Schicksal ist unbekannt.

## Tatort Krankenhaus

Patientenmorde gelten als typisch weibliche Taten, wahrscheinlich, weil Krankenschwester als der Frauenberuf schlechthin gesehen wird: aufopferungsvoll helfen und dienen die Pflegerinnen einem Personenkreis – den Kranken und Alten – der öffentlich nur zu gern ausgeblendet wird. Der Beruf erscheint als Ausdruck angeblich typisch weiblicher Charaktereigenschaften, nicht als ökonomische Notwendigkeit, und wird deshalb auch schlecht bezahlt. Die adrette patente Krankenschwester vertritt neben der Mutter das Idealbild der Frau – übrigens im Gegensatz zur studierten Ärztin, der verstärktes Karrierestreben unterstellt wird. Überraschenderweise sind dennoch die überwiegende Zahl der ertappten Patientenmörder männlichen Geschlechts (und dies, obwohl die überwiegende Zahl der in Pflegeberufen Tätigen Frauen sind) – vielleicht auch deshalb, weil bei Krankenschwestern solch zerstörerisches Verhalten gegenüber ihnen anvertrauten Personen als schlicht nicht vorstellbar gilt.

Die Welle spektakulärer Krankenmorde – wenn man die schrecklichen Verbrechen der nationalsozialistischen »Euthanasie« ausklammert – setzte in Deutschland in den 1970er Jahren ein. In Wuppertal war damals ein Altenpfleger angeklagt, in einem Heim mindestens zwei Senioren ermordet zu haben. 1981 wurde in Freiburg ein Krankenpfleger zu sieben Jahren Haft verurteilt, weil er sieben Patienten vergiftet hatte. Der Krankenpfleger Olaf Däter ermordete im Juni 2001 fünf pflegebedürftige Seniorinnen. Stephan L. verübte wahrscheinlich die größte Mordserie der Nachkriegszeit, als er zwischen Februar 2003 und Juli 2004 im Krankenhaus der Stadt Sonthofen mindestens 29 Patienten tötete.

Auch bei Aufsehen erregenden ausländischen Fällen handelt es sich bei den Tätern fast immer um Männer – 1977 in Holland, 1983 in Norwegen, 1987 in den USA. Eine Ausnahme stellen hier die berüchtigten »Todesschwestern von Wien« dar, die von 1988 bis 1989 im Lainzer Klinikum 42 Kranke angeblich aus Mitleid ermordeten. Dieser Fall wird während des Prozesses gegen Michaela Roeder aufgedeckt und weist beklemmende Parallelen dazu auf. Der Arzt Harold Shipmann ermordete in England bis zu seiner Festnahme 1998 mindestens 77 seiner Patienten, wahrscheinlich geht die Zahl seiner Opfer jedoch in die Hunderte.

Der Gerichtsreporter Gerhard Mauz schrieb über dieses Phänomen 1989 im »Spiegel«:

> *»Warum seit zehn bis fünfzehn Jahren überall in der Welt immer wieder Patienten von Angehörigen des Pflegepersonals getötet werden – dafür hat sich bis heute eine Erklärung nicht finden lassen.«*

Im Fall Roeder deuteten sich jedoch einige Gründe an bzw. wurden in ihn hineininterpretiert: Die anonyme Apparate-Medizin, Kommunikationsstörungen zwischen Ärzten und Schwestern, geringe Personaldecke und daher Überarbeitung des Klinikpersonals. Doch glücklicherweise wird nicht jeder überlastete Krankenhausmitarbeiter zum Mörder. Mit den Arbeitsbedingungen in modernen Kliniken muss eine spezielle Persönlichkeitsstruktur einhergehen. Untersuchungen stellten fest, dass die meisten Täter und Täterinnen durch Selbstunsicherheit und Selbstmitleid gekennzeichnet seien. Sie möchten, dass man ihren Handlungen altruistische Motive unterstellt.

Handelt es sich bei diesen Taten aber um Serienmorde? Die Serialität ist gegeben. Den Tätern kann ein Bedürfnis nach Kontrolle und Machtausübung zugeschrieben werden, einige genießen ihre Rolle als Herrscher über Leben und Tod. Sowohl die Täter-Kategorie des »Visionary type« als auch des »Mission-oriented type« sind denkbar, wenn kranke oder alte Patienten als störende Gruppe betrachtet werden, die es zu beseitigen gelte. Michaela Roeder berichtete in ihrem Prozess von einem starken Drang, die Kranken zu erlösen. Ein so gearteter innerer Antrieb würde zu einer Serienkillerin passen.

Dennoch gelten Patientenmorde als Sonderfälle. Vielleicht liegt dies daran, dass der Serien- nur allzu oft mit dem Lustmörder verwechselt wird, und ein sexuelles Motiv bei der Tötung alter und/oder kranker Menschen abwegig erscheint. Am Beispiel des Falles Michaela Roeder werden jedoch nicht nur die Probleme der Einordnung ihrer Verbrechen in kriminalistische Kategorien untersucht, sondern vielmehr versucht, die von Mauz aufgeworfene Frage dahingehend zu beantworten, warum über Patientenmorde plötzlich so prominent berichtet wurde bzw. welche gesellschaftlichen Probleme und Veränderungen sich mit diesem Phänomen verknüpfen ließen.

## Michaela Roeder, der »Wuppertaler Todesengel« (1989)

Die Taten Michaela Roeders ereigneten sich wie die Serie von Patiententötungen 1977 in Wuppertal, diesmal jedoch im Stadtteil Barmen am dortigen St. Petrus-Krankenhaus, wo die Krankenschwester seit 1978 auf der Intensivstation arbeitete. Pflegerin war ihr Traumberuf, den sie nach Abschluss der Hauptschule ergriff. Vorbild dafür war eine in der Nachbarschaft lebende Ärztin, mit der sie später eng zusammenarbeiten sollte.

Ihre Jugend beschrieb die 1959 geborene Michaela Roeder vor Gericht als harmonisch und schön, allerdings auch geprägt durch ein gestörtes Verhältnis zur perfektionistischen Mutter und Eifersucht auf den jüngeren Bruder. Von der Mutter will sie nie rechte Anerkennung erfahren haben, deren Aussprüche wie: »Der Tag, an dem Du geboren wurdest, war der schwärzeste meines Lebens!« prägten das Kind.

Schon während der Ausbildung auf der Pflegeschule fiel auf, dass Michaela immer zu Diensten war, ständig bereit, jede ihr übertragene Aufgabe zu erfüllen, um so Bestätigung zu erhalten. Dies führte dazu, dass die anderen Schülerinnen sie als »Streberin« und »Schleimerin« ausschlossen, die älteren Ausbilderinnen sie jedoch – oftmals ohne bösen Hintergedanken – ausnutzten, wobei es ihnen die willfährige Schwesternschülerin auch sehr leicht machte. Eine ihrer Lehrerinnen beschrieb Michaela so:

> *»Sie war [...] hilfsbereit und freundlich und immer da, wirklich immer. Wenn man mit dem Auto kam, war sie gleich da und hat die Tasche abgenommen. Oder wenn das Auto dreckig war, bevor man sich umgucken konnte, war es geputzt.«*

Michaela Roeders Beziehungen zum anderen Geschlecht verliefen unglücklich. Einmal war sie mit einem Mann liiert, der ihr später gestand, verheiratet zu sein. Ein anderes Mal wurde sie vom Bekannten einer

Freundin sexuell genötigt. Diese Tat zeigte sie nicht an, stattdessen kapselte sie sich außerhalb ihrer Arbeit immer stärker ab, ihr Beruf wurde zum einzigen Sinnstifter ihres Lebens. Sie übernahm immer öfter Doppelschichten, setzte sich zunehmend stärker unter Druck, alle auf der Station an sie herangetragenen Anforderungen perfekt zu erfüllen. So galt sie dort den meisten – sowohl Kollegen als auch Patienten – als Idealbild der korrekten Krankenschwester und fungierte zudem als verlängerter Arm der Chefärztin Dr. Rita-Renate Hesslenberg (51), ihrer Jugendfreundin. Dies gedieh ihr andererseits, wie bereits auf der Schwesternschule, zum Nachteil, da ihre Kollegen vom Pflegepersonal fürchteten, sie könne für die Chefin spionieren, und sie deshalb öfters außen vor ließen.

Auf der Intensivstation des St. Petrus-Krankenhauses schien einiges im Argen gelegen zu haben. Elementare Geräte waren veraltet – wie z. B. die Beatmungsmaschine – oder intensivmedizinisch erforderliche Utensilien schlicht nicht vorhanden – z. B. ein Automat zur Blutgasanalyse. Dies wurde im Prozess besonders der Chefärztin angelastet, deren Wissen nicht auf dem neuesten Stand der Forschung gewesen sein soll, die zudem mit Kollegen im Streit lag und angeblich ein Alkoholproblem hatte. Kompetenzstreitigkeiten hätten das Arbeitsklima zusehends vergiftet, das ohnehin schon angespannt war, weil die Station chronisch unterfinanziert und damit auch unterbesetzt war. Stress und Hektik prägten die Arbeitsabläufe, Zeit für Zuwendung an die schwerstkranken Patienten blieb kaum, die Dokumentation der Krankengeschichte erfolgte lückenhaft.

In dieser Situation setzte sich das Pflegepersonal öfters über Anordnungen der Ärzte hinweg und entschied selbst auf der Basis von Erfahrung und Gutdünken über die Medikation einzelner Kranker. Kontrolle darüber war kaum gegeben, sowohl Ärzte als auch leitende Pflegerinnen scheinen häufig durch Abwesenheit geglänzt zu haben. Deshalb bezeichneten Gutachter im Prozess die Zustände als »unhaltbar« und »katastrophal« und merkten an, die ungewöhnlich hohe Zahl der Sterbefälle auf dieser Station sei nicht allein mit dem Wirken Michaela Roeders zu erklären, sondern auch auf die herrschenden Bedingungen zurückzuführen.

In einer solchen Atmosphäre fiel es Michaela Roeder leicht, ihre Taten zu verbergen. Sie gab später an, sich nicht mehr genau erinnern zu können, wann sie begonnen habe, ihr anvertraute Kranke umzubringen. Die erste angeklagte Tat ereignete sich am 6. Februar 1984, an diesem Tag verstarb der 53-jährige Peter Günter H. unter verdächtigen Umständen.

Wie genau Michaela Roeder vorging, ließ sich aufgrund widersprüchlicher Aussagen nicht rekonstruieren: In den polizeilichen Vernehmungen nach ihrer Verhaftung am 13. März 1986 gab die Beschuldigte zunächst an, den Patienten zuerst das blutdrucksenkende Medikament Catapresan mit dem Wirkstoff Clonidin gespritzt und dann, als Blutdruck und Herzfrequenz absackten, Kaliumchlorid injiziert zu haben. Vor Gericht behauptete sie dann 1989, Catapresan und Kaliumchlorid gleichzeitig benutzt zu habe. Dazu ist von Sachverständigen angemerkt worden, dass sich die Täterin damit quasi doppelte Mühe gemacht habe, denn schon die Kaliumchlorid-Spritzen allein hätten tödlich gewirkt. Die vorherige Gabe von Catapresan mache nur insofern Sinn, als sie den Tod durch den Blutdruckabfall, also eine Verschlechterung der Konstitution des Patienten, habe natürlicher erscheinen lassen wollen. Dagegen wurde eingewandt, dass das Verabreichen von Clonidin eben nicht zu einem als normal anzusehenden Blutdruckabfall führe, sondern zu einem abrupten Sinken der Herz-Kreislauftätigkeit, also den Tod eher verdächtig erscheinen lasse. Zudem könne man Catapresan post mortem – wenn auch schwierig – nachweisen, der Kaliumchloridgehalt steige dem gegenüber nach dem Tod auf natürliche Weise an, so dass ein Mord damit schwerer beweisbar ist.

Einen Skandal stellte die nur sehr zögerliche Aufdeckung der Morde dar. Die Klinikleitung zeigte kein gesteigertes Interesse an der Aufklärung der zunehmend gehäuft auftretenden Todesfälle auf der Intensivstation. Im Kollegenkreis hatte Michaela Roeder bereits den Spitznamen »Todesengel« erhalten – später ein gefundenes Fressen für die Presse –, weil während ihrer Arbeitszeit besonders viel gestorben wurde. Allerdings hegte niemand einen Verdacht, sie könne dabei ihre Hand im Spiel haben. Dies mag daran gelegen haben, dass es sich bei den meisten ihrer Opfer in den zwei Jahren zwischen 1984 und 1986 um alte, schwer kranke Menschen handelte, die bereits häufig operiert worden und vom medizinischen Standpunkt aus als tot geweiht anzusehen waren. Im Widerspruch dazu bekundeten die Angehörigen vor Gericht in den allermeisten Fällen den Lebenswillen ihrer Verwandten, der ja auch durch die Einwilligung in die Operation dokumentiert worden sei.

Fast anderthalb Jahre konnte Michaela Roeder ungestört »erlösen«. Am 23. September 1985 überraschte jedoch ein Kollege die Krankenschwester dabei, wie sie dem an Kehlkopfkrebs leidenden Patienten Willi T. eine Spritze verabreichte – angeblich das Schmerzmittel Baralgin – dabei jedoch eine Schachtel Catapresan in der Hand hielt. Auch im Abfall fanden sich anschließend leere Catapresan-Ampullen. Der Kranke starb noch am gleichen Tag. Der Pfleger konnte es zunächst kaum fassen, dass die »Superschwester« Michaela das Schicksal des Mannes in ihre Hände genommen hatte, schwieg daher über seine Beobachtung und beschloss, erst einmal die weitere Entwicklung abzuwarten, zog allerdings einen Kollegen ins Vertrauen.

Am 6. Dezember verstarb während der Nachtschicht Michaela Roeders die 82-jährige Maria K. Im Übergabebuch fand sich dazu die zynische Notiz: »Pat. wurde auf eigenen Wunsch um 22.18 in LH [Leichenhalle] verlegt. [...] Micha.« Der Verdacht der beiden Pfleger verstärkte sich nun, sie zogen den Oberarzt der Station ins Vertrauen und ließen eine Blutprobe der Toten analysieren. Diese ergab einen extrem hohen Kaliumwert, der jedoch auch natürlich erklärbar war.

Am 7. Januar 1986 verstarb die ehemalige Krankenschwester Anny J., nachdem Michaela Roeder bei ihrer Reanimation mitgeholfen hatte. Nur einen Tag später ereilte den 94-jährigen Emil Sch. überraschend der Tod. Beides mal fanden die mißtrauischen Pfleger Catapresan-Ampullen im Müll, die niemandem verordnet worden waren. Der Verdacht wurde nun so drückend, dass die Kollegen die Chefärztin Frau Dr. Hesslenberg informierten. Diese nahm ihre Lieblingsschwester Michaela jedoch in Schutz und beschuldigte die beiden Männer, ihre Kollegin aus Missgunst fälschlich anzuschwärzen. Es wurde strengstes Stillschweigen angeordnet, nur widerwillig benachrichtigte die Chefärztin den Justitiar und den Geschäftsführer der Klinik. Michaela Roeder tat weiterhin Dienst.

Und das Sterben während ihrer Schichten ging weiter: Am 5. Februar traf es Gertrud H. (77), wieder fanden sich Catapresan- und Kaliumchlorid-Ampullen. Endlich, zwei Tage später, suspendierte die Klinikleitung Schwester Michaela, die in dieser unverhofft freien Zeit erst einmal mit einer Freundin eine Woche zum Skifahren aufbrach. Bei ihrer Rückkehr am 13. März erwartete sie die Polizei: 23 verdächtige Todesfälle galt es aufzuklären. Aus diesen wurden später sogar 38 aus ärztlicher Sicht unbegründet erscheinende Sterbefälle auf der Intensivstation seit 1978.

Michaela Roeder gab die gegen sie erhobenen Vorwürfe zunächst unumwunden zu. Es erschien den Vernehmungsbeamten, als empfände sie es als befreiend, endlich über ihre Taten sprechen zu können. Einen Anwalt lehnte sie anfangs ab. Daraus ergaben sich später Anfeindungen gegen die Polizei, die ihr angeblich einen Rechtsbeistand verwehrt und es zugelassen habe, dass sich die Beschuldigte schwer belastete. Andererseits kann der Verzicht auf einen Rechtsanwalt auch dahin gehend gedeutet werden, dass es Michaela Roeder schlicht an Unrechtsbewusstsein mangelte. Hielt sie die Tötungen gar für humane Sterbehilfe, die sich in einer in Krankenhäusern allgegenwärtigen Grauzone abspielte? Psychologisch ist ihr Verhalten als Bemühen darum interpretiert worden, statt als »Superschwester« nun als »perfekte Verdächtige« durchzugehen. Jedenfalls hat Michaela Roeder im Prozess zahlreiche ihrer Angaben vor der Polizei widerrufen. Nachdem ihr ein Anwalt gestellt wurde, schwieg sie zudem in den Befragungen.

Die Medien stürzten sich wie die Geier auf den Fall des »Todesengels von Wuppertal«. Michaelas Kollegen wurden bestürmt, falsche Todesnachrichten verbreitet. Besonders die »Bildzeitung« tat sich hervor, begleitete detailliert die gruseligen Exhumierungen der auf der Intensivstation Verstorbenen. Zudem verkaufte Michaelas Familie – um die Anwaltskosten zu decken – die Exklusivrechte an der Geschichte ihrer Tochter an das Springer-Blatt. In fünf Teilen beantwortete diese dann mit Insiderwissen »alle Fragen«. So erfuhren die Leser beispielsweise so Bedeutsames wie das der »Roboter des Todes« eine Katzennärrin war und einen Wellensittich hielt.

Der »Stern« widmete der mordenden Krankenschwester eine Titelgeschichte, dichtete ihr ein »lesbisches Verhältnis« mit der Chefärztin Dr. Hesslenberg an. Gerhard Mauz bezeichnete diese Art des Journalismus im »Spiegel« zwar als »glitschige ›Unten-ohne-Schreibe‹«, doch auch er kolportierte die Legende vom Verhältnis der »sehr herb wirkenden Schwester zu ihrer Vorgesetzten«. Später stellte die »Westdeutsche Zeitung« aus Wuppertal Michaela Roeder anlässlich der Verhaftung eines Mannes, der sechs Obdachlose mit einem Hammer erschlagen hatte, als »berüchtigt« in eine Reihe mit den Serienmördern Fritz Haarmann und Jürgen Bartsch. Selbst international erregte der Fall Aufsehen, über den Prozess wird z. B. in der russischen »Iswestija«, aber auch im exotischen Costa Rica, ja selbst in Honduras berichtet.

Über drei Jahre verbrachte Michaela Roeder in Untersuchungshaft. Die Ermittlungen gestalteten sich schwierig. Da sie sich nicht genau an alle Tötungen erinnern konnte, wurden insgesamt 28 Leichen exhumiert und untersucht. Dabei war besonders der Nachweis von Catapresan post mortem schwierig, zeitaufwendig und teuer.

Ihre psychiatrische Begutachtung dauerte mit acht Monaten ebenfalls ungewöhnlich lange. In Hamburg widmeten sich der bekannte Gutachter Prof. Dr. Eberhard Schorsch, der Begründer des so genannten psychodynamischen Modells der Verbrechensinterpretation, und Dr. Herbert Maisch von Universitätskrankenhaus Eppendorf der Probandin.

In der Anklage vom Juni 1988 waren von den 38 Verdachtsfällen noch 17 übrig geblieben, in denen Michaela Roeder des Mordes beschuldigt wird. 14 der Toten waren älter als 70 Jahre. Staatsanwalt Majorowsky, der sich vor der Presse in Szene zu setzen wusste, bezeichnete die Taten als »eiskalten Mord«, die Beschuldigte habe sich »als Herrin über Leben und Tod aufgespielt«. Am 10. Januar 1989 begann dann endlich das Verfahren vor der 5. Schwurgerichtskammer des Landgerichts Wuppertal. Der Medienandrang war gewaltig, eine Viertelstunde fotografierten und filmten die Pressevertreter zum Verhandlungsauftakt, bis der Richter sie aus dem Saal wies.

Das Verhalten der Angeklagten beschrieben viele Prozessbeobachter als merkwürdig. Die Presse erwartete eigentlich eine Angeklagte, die von den ungeheuren Vorwürfen, die gegen sie erhoben wurden, niedergeworfen sein müsste. Dies hätte so passend korrespondiert mit dem popularisierten Bild der mildtätigen Sterbehelferin, die, als ihr der Umfang ihrer Taten bewusst wird, zusammenbricht. Doch davon war Michaela Roeder weit entfernt. Ihre Antworten kamen wie aus der

Pistole geschossen, wirkten wie auswendig gelernt. Sie sprach laut und deutlich, war immer aufmerksam. Nie überlegte sie, nie zögerte sie, eben die »perfekte Angeklagte«. Es wirkte so, als wäre sie sich der Schwere der gegen sie erhobenen Vorwürfe überhaupt nicht bewusst. Ihre Arbeit als Krankenschwester beschrieb sie als »mehr eine Berufung als einen Beruf.« Als Motiv für die Tötungen, von denen sie vor Gericht acht einräumte, bekannte sie, das Gefühl gehabt zu haben, »jemandem helfen zu müssen« und dass sie »jemandem das Leiden verkürzen wollte«.

Die befragten Zeugen, Kollegen und Freunde beschrieben Michaela Roeder einerseits als immer lustig und pflichtbewusst, andererseits aber auch als launisch und ruppig. Nach einer enttäuschenden Beziehung habe sie etwa 1985 begonnen, immer neue Geschichten über den Tod ihres Liebhabers und seiner Familie zu erfinden. Dies sei ihren Bekannten zwar seltsam vorgekommen, sie darauf angesprochen oder bei ihren Problemen geholfen hat jedoch keiner.

Insgesamt ergibt sich das Bild einer vereinsamten jungen Frau, die privat als einzige Gesellschaft nur ihre Katze hatte und ihren Beruf über alles stellte. Dieser Perfektionismus erzeugte großen Druck, über den sie allerdings nie klagte, sondern den sie durch die Patiententötungen abzubauen suchte.

Die Staatsanwaltschaft warf ihr dagegen vor, sich einfach lästiger Patienten entledigt zu haben. Oder handelte es sich doch um Sterbehilfe, wie die Angeklagte behauptete, die auch vor Gericht nicht in der Lage war, sich zu öffnen und Einblicke in ihr Seelenleben zu gewähren? Aufschluss darüber sollten die von der Anklage beauftragten psychiatrischen Gutachter bringen, denn wie Gerhard Mauz im »Spiegel« schrieb: »[...] offenbar ist nichts in ihr (oder ihr in ihr selbst nicht zugänglich), was sie vortragen könnte.« Sie sei eben »keine Ideologin der Sterbehilfe« wie etwas Julius Hackethal, sondern habe sich »keine großen Gedanken [...] gemacht«.

Schorsch und Maisch kamen zwar zu dem Schluss, dass die Angeklagte voll schuldfähig sei, bemühten sich aber dennoch, die psychischen Triebfedern hinter ihren Taten zu entschlüsseln. Sie führten aus, dass Michaela Roeders Handlungen nicht monokausal erklärbar seien, sondern durch eine Reihe von Faktoren bestimmt wurden:

*»Trauer, Hilflosigkeit, Wut über sich selbst und über sinnlose und leidensverursachende ärztliche Maßnahmen, Angst und Unsicherheit, den Patienten die eigenen Mitleidsgefühle zu verraten, Ärger darüber, daß die Patienten sich täuschen lassen, ihre hoffnungslose Situation nicht erkennen, Gefühle von Feigheit [...]«*

Doch trotz des unterstellten Mitleids formulierten die Gutachter: »Die Tötungen waren an ihre eigene Befindlichkeit gebunden.« Letztlich hatte sich Michaela Roeder aufgrund eigener Überzeugungen zur Herrin über Leben und Tod gemacht, auch wenn sie dies vor sich selbst mit Anteilnahme und Erbarmen rechtfertigte.

Allerdings: »Es gibt Entwicklungen, bei welchen Persönlichkeitsstrukturen und äußere Umstände wie Schlüssel und Schloß zueinander passen und in einer verhängnisvollen Verhakung arretieren.« Michaela Roeder, die ihre Unsicherheit durch unbegrenzte Leistungsfähigkeit zu überspielen suchte und nicht in der Lage war, ihre sich häufenden Probleme zu artikulieren, fand an ihrem Arbeitsplatz ein Klima vor, dass ihr jeden Halt in dem sensiblen und anstrengenden Metier vorenthielt.

Da die Staatsanwaltschaft befürchtete, die eingebrachte Mordanklage könne unter diesen Umständen in Totschlag abgemildert werden, schickte sie einen Gegengutachter ins Rennen, der die Expertise von Schorsch und Maisch, ebenfalls von der Staatsanwaltschaft bestellt, knacken sollte, allerdings nur auf Aktenbasis, ohne ein persönliches Gespräch mit der Angeklagten. Dazu wählte man Prof. Dr. Dr. Paul H. Bresser, der sich bereits im ersten Prozess gegen Jürgen Bartsch 1967 als harter Hund hervorgetan hatte, inzwischen jedoch emeritiert war. Gerhard Mauz schrieb über ihn: »Professor Bressers Wuppertaler Auftritt 1967 ist ein düsteres Kapitel in der Geschichte des Strafprozesses in der Bundesrepublik.« Doch dies focht Staatsanwalt Majorowsky nicht an.

Bresser diffamierte zunächst den nicht unumstrittenen Schorsch, indem er, sehr zur Erheiterung des Publikums, einige anzügliche Bemerkungen über den Sexualwissenschaftler und seine Zunft streute. Trotz seines veralteten Vokabulars – er sprach häufig von der »Gesinnung« der Angeklagten, unterstellte ihr »geringen Lebensernst« – und der unverhohlenen Ablehnung gegenüber seinen Sachverständigen-

Kollegen, die sich angeblich durch »Sympathie« für die Beschuldigte hätten leiten lassen, wies er doch auf einige wichtige Punkte hin, die auch Schorsch und Maisch nicht schlüssig hatten klären können. Wie ist Michaela Roeders Mordserie, der ihr anvertraute, wehrlose Menschen zum Opfer fielen, mit Mitleid erklärbar? Handelt es sich hierbei nicht doch um eine Schutzbehauptung, um die wahren Gründe auch vor sich selbst nicht eingestehen zu müssen? Hatte Michaela Roeder nicht unter Umständen gearbeitet, die zwar hart und manchmal menschenverachtend waren, aber dennoch von Tausenden anderen Krankenschwestern tagtäglich ertragen wurden, ohne zu morden? Könne die fehlende Anerkennung durch die Mutter wirklich als Triebfeder einer solchen Tötungsserie gesehen werden, wie Schorsch und Maisch es psychoanalytisch beeinflusst getan hatten?

Der Richter schloss sich jedoch der Beurteilung von Schorsch und Maisch an und fällte ein ob seiner Milde umstrittenes Urteil. Michaela Roeder wurde nicht des Mordes schuldig gesprochen, sondern ihre Taten nur als Totschlag gewertet, da sie sich psychisch in einer emotionalen Ausnahmesituation befunden habe. Niedrige Beweggründe ließen sich ebenso wenig feststellen wie Heimtücke. Außerdem legte ihr das Urteil statt der angeklagten 17 Tötungen nur noch fünfmal Totschlag, einmal Tötung auf Verlangen, einmal fahrlässige Tötung und einen versuchten Totschlag zur Last. Dafür erhielt sie elf Jahre Haft. Empörung löste aus, dass der Richter kein lebenslanges Berufsverbot aussprach. Michaela Roeder könnte also – und bei ihrer Persönlichkeitsstruktur ist gute Führung geradezu vorprogrammiert – bereits nach Verbüßung von zwei Dritteln der Haftstrafe wieder auf freien Fuß gelangen und erneut als Krankenschwester arbeiten.

Während des Prozesses zeichneten sich zwei große Problemfelder ab, die dem Fall Bedeutung verliehen. Da war zunächst einmal die technikfeindliche Strömung der westdeutschen 1980er Jahre, der auch die Grünen-Partei ihren Aufstieg verdankte. Die moderne »Apparate-Medizin« wurde als den Patienten zum bloßen Objekt ärztlichen Ehrgeizes degradierend wahrgenommen, den »Göttern in Weiß« menschenverachtender Machbarkeitswahn unterstellt. Immer wieder wurden während des Prozesses erschütternde Szenen bei Reanimationen heraufbeschworen, die dem Pflegepersonal an die Nieren gegangen waren. Man zeichnete vor Gericht Bilder von verkabelten und mit Schläuchen gespickten Patienten. Und nicht nur dort: Der »Spiegel« brachte im Februar 1989 im Zusammenhang mit dem Fall Roeder eine Titelgeschichte unter der Überschrift »Intensivstation – Endstation?«, die reichlich bebildert war mit Fotos, auf denen mehr technische Apparaturen als Menschen zu sehen waren. Im Artikel selbst wurde Intensivmedizin als »Generalangriff der Heilkunst« bezeichnet, den die meisten Schwerstkranken eher »lebend überstanden« hätten als das er ihrer Gesundheit wirklich förderlich gewesen sei. Thematisiert wurde die »Janusköpfigkeit« der modernen Behandlungsmethoden, die die feststehend geglaubte Grenze zwischen Leben und Tod neu zögen und zunehmend fließend erscheinen ließen.

Immer wieder warf die Presse jedoch auch die Frage auf, wann sich eine solch im wahrsten Sinne des Wortes intensive Therapie lohne. Dabei stand nicht zuletzt der finanzielle Aspekt im Fordergrund, wenn die hohen Kosten der eingesetzten Präparate explizit herausgestrichen wurden und gleichzeitig Erwähnung fand, dass heute, im Gegensatz zu noch vor dreißig Jahren, die Patienten weit älter seien und von multiplen Organschäden betroffen. Dies erzeugte den Eindruck, dass sich der Aufwand teurer Intensivmedizin vielleicht in der Vergangenheit bei jungen, nur eingeschränkt Erkrankten gelohnt habe, heute jedoch hauptsächlich todgeweihte Alte kostspielig und menschenunwürdig künstlich am Leben gehalten würden. Das Gute, das der medizinische Fortschritt mit sich gebracht hatte, wurde in diesen Besprechungen des Falles Roeder weitgehend ignoriert.

Deutlich heraus kam auch, dass sich Schwestern und Pfleger allein gelassen fühlten mit ihren Frustrationen; niemand interessierte sich für ihr Mitleiden an den Patientenschicksalen. Supervisionsgruppen für Intensivpflegekräfte existierten nicht, es gab keine Stelle, an der sie über ihre Erlebnisse im Grenzbereich zwischen Leben und Tod sprechen konnten. Der »Spiegel« fragte in diesem Zusammenhang: »Überfordert die Intensivstation von irgendeinem Zeitpunkt an ihr Personal?« Dabei existierten bereits in den 1980er Jahren zahlreiche Untersuchungen, die sich den oftmals traumatisierenden Ausnahmesituationen, denen sich Pflegekräfte auf Intensivstationen ständig gegenüber sehen, widmeten. Das Problem war seit langem bekannt, nur hatte es die Verantwortlichen der Wuppertaler Klinik scheinbar nicht interessiert, die angebotenen Lösungsvorschläge aufzugreifen.

In diesem Spannungsfeld bewegte sich auch das zweite große Thema des Roeder-Prozesses, das auch heute noch, z. B. in der Diskussion um den Schweizer Verein »Dignitas«, heftig umstritten ist: die aktive Sterbehilfe. Darf diese zugelassen werden? Soll sie weiter, wie viele Studien beweisen, im Ermessen des Arztes liegen, der sie zwar heimlich vornehmen, jedoch in den seltensten Fällen bei Aufdeckung mit Strafverfolgung rechnen muss? Oder soll die Euthanasie – trotz ihrer grauenvollen Tradition in Deutschland – endlich legalisiert werden, damit klare Regeln für ihre Anwendung geschaffen werden können? Die damals angestoßene Diskussion hat heute zumindest das Recht auf die Beachtung so genannter Patientenverfügungen hervorgebracht, die Patientenschicksale wie z. B. Operationen trotz hoffnungsloser Lage oder Lebenserhaltung um jeden Preis, wie sie im Verfahren gegen Michaela Roeder beschrieben wurden, verhindern sollen.

## Jugendkriminalität: Morden Mädchen?

Auffällig ist: je jünger die Tatverdächtigen bei Verbrechen sind, desto höher ist der Anteil weiblicher Täter. Kinder unter 14 Jahren verübten 2004 immerhin 115.770 Straftaten, wobei in jedem dritten Fall ein Mädchen dringend verdächtig war (29,4 Prozent). Bei den Jugendlichen war der Anteil weiblicher Täter bereits auf 26,2 Prozent gesunken, bei den Heranwachsenden lag er nur noch bei 20,1 Prozent. Daraus kann abgeleitet werden: Je mehr ein Mädchen im Laufe seines Aufwachsens weibliche Rollenbilder verinnerlicht, desto unwahrscheinlicher wird seine Beteiligung an Verbrechen.

Überraschenderweise scheint sich jedoch kaum eine Untersuchung speziell mit Mädchenkriminalität zu beschäftigen, geschweige denn sich mit jungen Frauen auseinanderzusetzen, die Gewaltstraftaten begehen. So liegen denn auch für junge Leute keine nach Geschlecht unterscheidenden Zahlen für Mord und Totschlag vor. 2004 betrug der Anteil von Kindern, Jugendlichen und Heranwachsenden bei Mordtatverdächtigen insgesamt 15 Prozent und lag damit höher als der Frauenanteil von 12,8 Prozent. Während Kinder unter 14 Jahren jedoch mit 0,2 Prozent aller Tatverdächtigen kaum eine Rolle spielen, waren 6,5 Prozent aller Mörder zwischen 14 und 18 Jahren alt und bereits 8,3 Prozent 18 bis 21 Jahre.

### *Die Jugendkultur wird zum Problem*

Seit den 1950er Jahren rückte die Jugendkriminalität immer stärker in den Blickpunkt der Kriminologen und der breiten Öffentlichkeit. Postuliert wurde eine gewaltige Zunahme dieses Problems, dessen Kulminationspunkt man dann in der »Gammler-Bewegung« Ende der 1960er Jahre und dem Beginn der 68er-Revolten sah. Die Abgrenzung zwischen »Denen« – Rockern, Gammlern, Halbstarken und Hippies – und »Uns« – der anständigen bürgerlichen Gesellschaft – schien benötigt zu werden, um die althergebrachte Ordnung, gegen die die Jugend zunehmend rebellierte, aufrechtzuerhalten. Dazu wurden die sich immer mehr ausdifferenzierenden Jugendbewegungen und jugendlichen Subkulturen, denen die Erwachsenen mit Ablehnung und Unverständnis gegenüber standen, kriminalisiert, um so für diese, den traditionellen Autoritäten zunehmend verschlossenen Welten, Deutungsschemata zu entwickeln. Negative Beispiele konnten dabei die Verteufelung neuer jugendlicher Lebensentwürfe erleichtern.

Als ein Hauptauslöser für den empfundenen Anstieg der Jugendkriminalität galten die sich besonders bei Jugendlichen großer Beliebtheit erfreuenden Erzeugnisse der sich entwickelnden populären Massenkultur wie Comics und Groschenhefte mit Abenteuergeschichten, das Kino, Rock 'n' Roll und Beatmusik. Die bürgerliche Mittelschicht fürchtete ob der Verbreitung dieser »Auswüchse westlicher Zivilisation« – im Gegensatz zum deutschen Kulturbegriff – um ihre Vormachtstellung bei der Definition gesellschaftlicher Norm- und Wertvorstellungen. Daher bekämpfte sie im Namen des Jugendschutzes die Ausbreitung neuer Freizeitvergnügungen der jungen Generation oder achtete auf die strenge Einhaltung gesellschaftlicher Konventionen – so kam es bei einem Konzert Bill Haleys in Hamburg deshalb zu einer Massenschlägerei, weil Ordner Paare daran hinderten, in den Gängen der ehrwürdigen Ernst-Merck-Halle zu tanzen.

Doch all dies half nichts, Jugendliche gingen zunehmend lieber in Cafés oder Kneipen, auf Konzerte oder ins Kino, statt ihre Freizeit im Schoß der Familie zu verbringen. Die Erwachsenenwelt wurde jedoch nicht müde, das Umsichgreifen der Populärkultur als »brutalisierend«, »tierische Triebe ansprechend« oder »kriminelles Verhalten auslösend« zu bezeichnen.

Besondere Prominenz erreichte 1966 der Fall des »Krimes-Mörders« Jürgen Bartsch, der als 19-Jähriger wegen vierfachen Kindermordes verhaftet worden war. Ein Aufschrei der Empörung ging durch die deutsche Öffentlichkeit. Der »Spiegel« sprach von »einem Dutzend ähnlicher Fälle« und fragte »Werden Pubertierende heute häufiger zu Triebverbrechern?«

## *Die Meinung der Experten*

Die beunruhigende Antwort des Experten Friedrich Geerds, studierter Jurist und damals Direktor des Instituts für Kriminologie an der Frankfurter Johann-Wolfgang-Goethe-Universität, lautete: »Die

Schwerkriminalität Jugendlicher hat zugenommen.« Weiter führte er aus:

> *»14 bis 18 Jahre – hier verläuft die Kurve nun wirklich beängstigend. [...] In den zehn Jahren von 1954 bis 1963 [...] stieg die Quote von 843 auf 1499* [Verurteilungen auf jeweils 100.000 Strafmündige der betreffenden Gruppe]*, also um rund 80 Prozent.«*

Über die Gründe hierfür wurde heftig spekuliert: Lag es an der »beschleunigten körperlichen Akzeleration« – der früheren körperlichen Reife – oder der Zunahme an Freizeit junger Menschen (»Wenn man Jugendliche ganztägig zur Schule gehen oder sie wie früher zehn Stunden arbeiten läßt, so sind sie müde und fallen ins Bett, jedoch nicht mehr sozial auf.«)?

Es meldeten sich jedoch auch Stimmen, die versuchten, bei der allgemein um sich greifenden Panik ob der Verderbung der Jugend die Verhältnismäßigkeit zu wahren. So schrieb Joachim Hellmer 1966 in seinem Buch »Jugendkriminalität in unserer Zeit«: »Mord und Totschlag spielen in der Jugendkriminalität keine große Rolle.« An konkreten Zahlen nannte er: »Von etwa 250 Verurteilungen wegen Mordes und Totschlags jährlich entfallen in der BRD etwa 210 auf Erwachsene [über 21], der Rest meist auf Heranwachsende [18–21].« Die von Jugendlichen im Sinne § 1 Abs. 2 JGG (Personen über 14 aber unter 18 Jahren) begangenen Taten beschrieb er als »Gelegenheits- besser Konfliktstaten, d. h. sie geschehen nicht aus Mord- oder Tötungslust, sondern aus einem (einmaligen) Konflikt [...]«

Ideen zur Prävention spielten in der öffentlichen Diskussion kaum eine Rolle. Zwar wurde während der 60er Jahre an einem neuen Strafgesetzbuch gearbeitet, doch zu dieser Zeit setzten die Sachverständigen im Bereich Jugendkriminalität noch ganz auf Repression mittels Strafrecht und Strafverfolgung statt auf Besserung durch Erziehung.

Allerdings scheint es sich bei der Jugendkriminalität um ein Problemfeld gehandelt zu haben, auf dem ausschließlich Jungen agierten. Alle beispielsweise bei Hellmer angeführten Täter waren männlich. Zwar hatten diese »Halbstarken« ihre »Bräute«, doch die galten als passive Mitläuferinnen. Dass weibliche Teenager seltener kriminell wurden, lag auch am dichten Netz aus kontrollierenden Fürsorgeeinrichtungen, die bei »gefallenen Mädchen« schneller eingriffen als bei gestrauchelten männlichen Jugendlichen, und diese Mädchen beispielsweise in speziellen geschlossenen Einrichtungen unterbrachten. Umso schockierter reagierte die Öffentlichkeit auf vereinzelte Fälle von kriminellen Mädchen, die nun endgültig als der Untergang des Abendlandes gedeutet wurden.

### *Kriminelle Mädchen*

Doch wenn schon bei Jungen die gefährliche Gewaltkriminalität kaum eine Rolle spielte, scheinen mordende Mädchen wirklich absolute Ausnahmen gebildet zu haben. Harald Jaeger beschäftigte sich in seiner Dissertation von 1963 – die eine der wenigen Veröffentlichungen zum Thema darstellte – zwar explizit mit der »Kriminalität der 14- bis 18-jährigen Mädchen [...] während der Jahre 1942 bis 1952«, erwähnte aber in seinem Kapitel über »Die gegen die Person gerichteten Taten« lediglich »Körperverletzung« und bezeichnender Weise »Abtreibung«; Mord tauchte nicht auf.

Interessanterweise analysierte er verstärkt die familiären Verhältnisse der Delinquentinnen, unterschied akribisch zwischen »Der vaterlosen Halbwaise« und »Der mutterlosen Halbwaise«, »Täterinnen aus ungeordneten Familienverhältnissen« und betrachtete auch »Das unehelich geborene Kind«. Die Familiensituation nahm damit bei ihm einen weit größeren Raum ein als beispielsweise »Der Einfluß der Notzeiten« nach Kriegsende, dem er gerade einmal eine Seite widmete.

Zwar tauchten auch bei ihm soziale Faktoren auf, die »Persönlichkeit der Täterin« wurde jedoch stärker betont. Fürsorgeerziehung – damals hauptsächlich auf die mehr oder weniger brutale Unterdrückung der Jugendlichen und das Brechen ihrer Persönlichkeit ausgerichtet – wertete der Autor nicht als Kriminalität auslösenden Faktor, sondern deutete sie als Zeichen der »Verwahrlosung«, in dem Sinne, dass, wer dort hineingeraten sei, es schon verdient habe, wobei nicht berücksichtigt wurde, dass das jeweilige Kind durch die dort gemachten Erfahrungen kriminell geworden sein könnte, weil er oder sie beispielsweise Misshandlungen hatte erdulden müssen. Die »Prügel-Pädagogik« schürte mit Sicherheit

Hass auf die Gesellschaft und trug nicht dazu bei, die Heimkinder zu selbstbewussten Individuen zu erziehen.

Demgegenüber wurden von Jaeger »Verstöße gegen Vorschriften, die der Verhütung der Verwahrlosung dienen« als Vergehen gewertet, ohne zu begreifen, dass diese Art »Kriminalität« nur entstehen konnte, weil eine zuvor willkürlich gesetzte Norm verletzt worden war. So erzeugte sich weibliche Kriminalität selbst. Ähnlich sind »Die gegen Sitte und Anstand gerichtete Taten« zu bewerten, die heutzutage längst aus dem Katalog krimineller Vergehen verschwunden sind, damals aber noch als sanktionswert angesehen wurden.

Außerdem bezog Jaeger auch Straftaten im Sinne der nationalsozialistischen Gesetzgebung – z. B. »Verstöße gegen die Regelungen des Umgangs mit Kriegsgefangenen« oder »Die Verletzung der Reichs-Arbeits-Dienst-Pflicht« – in seine Untersuchung mit ein, scheint also die Tatsache, dass Kriminalität immer auch als das zu sehen ist, was zeitgeistabhängig als abweichendes Verhalten definiert wird und sich deshalb je nach Definition auch ändern kann, ausgeblendet zu haben.

Das in der Dissertation vertretene Frauenbild schockiert heute nur noch. So äußerte sich der Autor über die 15-jährige D. G., die sich in Fürsorgeerziehung befand: »Als sie bei den Pflegeeltern wohnte, wurde sie von drei Männern zu unzüchtigen Handlungen verleitet.« Dies wurde jedoch nicht den erwachsenen Tätern als sexueller Missbrauch angelastet, sondern im Gegenteil der Fehler beim Opfer gesehen, wenn es hieß, »daß G. gleich dreimal von erwachsenen Männern verleitet worden ist, [lässt] vermuten, daß ihr die gesteigerte Bereitschaft anzumerken war.« Nicht die Männer trugen die Schuld, sondern das minderjährige Mädchen!

Bei der Erklärung der Mädchenkriminalität unterschied Jaeger zwei Typen, die »Vorbelasteten« und die »Verwahrlosten«. Als Motive der Täterinnen zählte er im Einzelnen auf »Habsucht«, »Geltungssucht« und »Vergnügungssucht«. Weniger negativ befrachtete, dafür bei seiner jugendlichen Klientel aber sicher verbreitetere Beweggründe spielten bei ihm dagegen eine weniger prominente Rolle, wie z. B. »Heimweh«, »Übermut« oder »Angst vor Strafe«.

Vor diesem Hintergrund und unter Berücksichtigung solchen Zeitgeistes sind die beiden exemplarischen Fälle zu sehen, die im Folgenden vorgestellt werden.

## »Lockvogel des Todes«: Der Fall Inge Marchlowitz (1956)

Am Abend des 19. Dezember 1956 sprach die hübsche Inge Marchlowitz, damals 16 Jahre alt, den jungverheirateten Getreidekaufmann Heinrich Bick (29) am Steintorplatz, auf dem Strich in Hannover, an. Sie gab sich ihm als Prostituierte zu erkennen, und ihr potentieller Freier zeigte Interesse. Doch als beide bei Bicks Wagen angekommen waren, um zu einer Stelle zu fahren, an der sie ungestört sein können, tauchte plötzlich Inges angebliche Cousine auf. Das charmante Freudenmädchen bat den etwas verdutzten Bick, ihre Verwandte doch vor dem Liebesspiel nach Hause zu fahren. Der Kunde willigte überrumpelt ein. Die Cousine nahm auf dem Beifahrersitz platz, Inge setzte sich auf die Rückbank. Von dort dirigierte sie den Fahrer in die einsame, an einem Bahndamm entlang führende Karl-Keller-Straße und bat ihn anzuhalten. Dann fielen mehrere Schüsse. Der Gerichtsmediziner stellte später fest, dass Bick einen Streifschuß erlitten hatte und sein Körper noch zwei weitere Einschüsse aufwies, wovon ein Kopftreffer tödlich gewesen war.

Das Gespann raubte dem Toten 200 Mark aus der Brieftasche. Die Leiche fuhren sie mit dem Auto zum nahe gelegenen Mittellandlkanal und warfen sie hinein. Schon am nächsten Tag wurde Bick aufgefischt, sein Wagen einen Tag vor Weihnachten in einem Waldstück entdeckt. Von den Tätern fehlte jede Spur, allerdings fanden Polizisten in einem Gebüsch Frauenkleider.

Die Polizei verdächtigte zunächst die Prostituierte Margot W. und ihren Zuhälter, den Raubmord begangen zu haben. Bick schien einer der Stammfreier der W. gewesen zu sein. Zeugen wollen beide am Todestag zusammen gesehen haben. Im Auto Bicks fand sich ein helles Haar, das der »blonden Margot« zugeordnet wurde. Die leugnete jedoch und musste schließlich aus der Haft entlassen werden.

Kaum vier Wochen nach Bicks Tod, am 16. Januar 1957, wiederholten sich die Ereignisse. Das Opfer war diesmal der 37-jährige Vertreter Heinz Engels, den Inge in einem Café aufriss. Auch Engels lud das junge Mädchen zu einer »Spazierfahrt« ein, auch diesmal tauchte die Cousine auf, wieder ging die Fahrt in die Karl-Keller-Straße. Hier wurde Heinz Engels erschossen. Diesmal betrug die Beute 400 Mark. Der Wagen lag einen Tag später bei Celle im Straßengraben, die Leiche tauchte erst zwölf Tage später ebenfalls in einem Waldstück auf.

Die Kripo Hannover bildete eine Sonderkommission und stellte auffällige Parallelen zwischen den beiden Taten fest: Beide Opfer bewegten sich im Hannoveraner Rotlichtviertel, beiden raubte man nur Bargeld, Autos und Leichen wurden getrennt entsorgt.

Derweil ging der Polizei der aus dem Gefängnis entflohene Räuber Gerhard Popp ins Netz. Er wurde beschuldigt, am 21. September 1956 einen versuchten Überfall auf ein Ehepaar in Misburg verübt zu haben. Die Beamten staunten nicht schlecht, als ein routinemäßiger Abgleich der dort verschossenen Kugeln ergab, dass in Misburg dieselbe Waffe wie bei den beiden ungeklärten Raubmordfällen benutzt worden war.

Popp, 36 Jahre alt und Sohn eines Tagelöhners, war als professioneller Einbrecher bekannt. Während des Krieges hatte er als Lokomotivführer gearbeitet, in der Nachkriegszeit schloss er sich dann einer Bande an, die in großem Stil Güterzüge ausraubte. Später, zu Beginn der 1950er Jahre, verlegte es sich auf Kabeldiebstähle, um das erbeutete Kupfer zu verkaufen. Zu dieser Zeit lernte er auch den Friseur Ewald Melzer kennen. Der stiftete ihn schließlich zu der Tat in Misburg an.

Bei einem seiner zahlreichen Gefängnisaufenthalte hatte Popp den Kleinkriminellen Friedrich Marchlowitz getroffen, der eigentlich Arbeiter bei der Firma »Edelstahl« in Hannover gewesen war, in der Notzeit nach dem Krieg aber ebenfalls auf die schiefe Bahn geriet. Über Marchlowitz bekam Popp auch Kontakt zu dessen Ehefrau Johanna, zu der er immer dann intime Beziehungen aufnahm, wenn ihr Gatte im Gefängnis saß.

In der Familie Marchlowitz war das Geld ständig knapp, zumal dann, wenn der Vater hinter Gittern weilte. Die Kinder, Inge und ihr ein Jahr älterer Bruder Hans-Dieter, mussten immer »Geld ranschaffen«, bemerkten die wechselnden Männerbekanntschaften der Mutter – die wahrscheinlich eine der damals zahlreichen Gelegenheitsprostituierten war – und wurden zunehmend in die illegalen Geschäfte der Eltern verstrickt. Inge musste als Achtjährige Schmiere stehen, als Zwölfjährige gestohlene Waren verkaufen und versetzen, als 13-Jährige durch Kellerfenster in Gaststätten einsteigen und die Beute herausreichen. Auch der Fürsorge war die Familie bekannt.

Inge schien jedoch bestrebt gewesen zu sein, diesem kleinkriminellen Milieu mit ehrlicher Arbeit zu entkommen. Ihre Lehrer stellten ihr nur die besten Zeugnisse aus. Nach der Schule, mit 15, fand sie Arbeit als Haushaltshilfe und Kindermädchen. Die Familie, bei der sie tätig war, lobte sie ebenfalls in den höchsten Tönen.

Gerhard Popp hatte sich derweil zunehmend zu Inges Ersatzvater entwickelt. Er spielte sich im Haushalt Marchlowitz als Hausherr auf, beschenkte die Familie reichlich. Damit imponierte er der jungen Inge, die sonst nur Not und Elend kannte. Er wurde der strahlende Held ihrer Jugend.

Diese Stellung begann er zunehmend auszunutzen, indem er das Kind zu so genannten »Mutproben« zwang: Inge musste vor Popps Augen Zigaretten essen, sich einen Fingernagel ausreißen, einen gesunden Zahn ziehen. Ihre Mutter schaute dabei zu, griff nicht ein. Inge wollte durch ihren Gehorsam den Ersatzvater beeindrucken, dieser durch die Misshandlungen ihren Willen brechen. Mit 14 fesselte er sie schließlich eine Nacht lang nackt im Wald an einen Baum. Um nicht auch ihren neuen »Vater« zu verlieren, unterwarf sich das Mädchen bedingungslos jeder Tortur. So wurde sie Popps Geliebte und 1957 von ihm schwanger. Der gemeinsame Sohn Gerhard wird genau ein Jahr nach der Ermordung Heinrich Bicks am 20. Dezember 1957 geboren.

Die Polizei vermutete, dass sowohl Popp als auch Inge Marchlowitz an den beiden Raubmorden beteiligt waren, doch welche Rollen sie jeweils gespielt hatten, blieb unklar. Popp schwieg dazu in den Vernehmungen, und auch Inge beabsichtigte nicht, den Vater ihres Sohnes zu verraten.

Da griff die Polizei zu einem Trick. Im Krankenhaus hatte sich Inge mit einer anderen jungen Mutter, Ursula Koch, angefreundet. Diese warb die Kripo nun für ihre Zwecke an. Die Freundin überbrachte Inge eine angebliche Nachricht ihres Geliebten aus der Untersuchungshaft: Sie wisse zu viel und müsse sich deshalb, um Popp nicht belasten zu können, umbringen. Das junge Mädchen war sofort bereit, auch diesen Wunsch ihres Idols zu erfüllen. Gemeinsam mit Ursula wollte sie im März 1958 ihrem »verpfuschten Leben« ein Ende setzen. Vor dem gemeinsamen Freitod mit Pflanzenschutzmittel (eine Reminiszenz an den Fall Lehmann aus Kapitel 3) führte sie mit ihrer Freundin noch ein letztes Gespräch, in dem sie auch von den beiden Raubmorden erzählte. Ursula Koch war jedoch verwanzt, das Geständnis wurde von der Polizei mitgehört, die gerade noch rechtzeitig eingreifen konnte.

In den ersten offiziellen Vernehmungen nahm Inge dann alle Schuld auf sich, behauptete, bei den beiden Überfällen die Schützin gewesen zu sein. Auch das Rätsel um ihre Cousine löste sie auf: Dabei habe es sich um den als Frau verkleideten Popp gehandelt. Dieser sei jedoch nicht der Initiator der Taten gewesen. Die wären von Eduard Melzer angeregt worden, der mit den Raubmorden erst die Kaltblütigkeit des Paares habe prüfen wollen, bevor er ihnen größere Aufgaben übertrug.

Die Vernehmungsbeamten glaubten jedoch nicht, dass ein zu diesem Zeitpunkt gerade 16-jähriges Kind zwei Männer erschossen hatte. Vor Gericht belastete sich Popp zudem selbst schwer. Plötzlich gestand er, gab die Ermordung Bicks und Engels unumwunden zu, obwohl die Beweislage nicht eindeutig war. Ohne Geständnis hätte sich nicht beweisen lassen, welcher der beiden Angeklagten abgedrückt hatte. Doch Popp spielte im Gerichtssaal den »großen Gangster«, stellte sich als kaltblütigen Killer dar. Melzer, der nach seiner Verhaftung gegen Popp aussagte, wurde als Anstifter denunziert, die Rolle Inges, die von der Polizei hereingelegt worden war, spielte Popp herunter.

Inge Marchlowitz behauptete während der Verhandlung, nur mitgemacht zu haben, weil Gerhard Popp, den sie liebe, es von ihr verlangt habe. Ihre Zweifel und Gewissensbisse habe sie verdrängt. Von der Beute kaufte Popp ihr Schokolade und einen Wintermantel.

Die Gutachter widmeten sich schwerpunktmäßig der eigenartigen Beziehung der 16-Jährigen zu ihrem 20 Jahre älteren Helden. Nach wochenlanger Begutachtung kam ein Sachverständiger zu dem Schluss:

> *»Die kriminellen Handlungen der Inge Marchlowitz sind nicht persönlichkeitsbedingt. Inge war dem vergötterten Leitbild Popps seit ihrem sechsten Lebensjahr völlig ausgeliefert. Sie fühlte sich ganz eins mit dieser mephistophelischen Vaterfigur!«*

Ob man dem Verbrecher Popp mit dieser Charakterisierung nicht zu viel der Ehre angedeihen ließ, bleibt dahingestellt. Jedenfalls deutete das Gericht Inges Verhalten als von Popp aktiv beeinflusst, nicht als

Auswuchs einer kriminellen Persönlichkeit, die sich aufgrund ihres Lebensweges sicher genauso leicht hätte konstruieren lassen, wie es in anderen Verfahren der Zeit geschah. Doch Inge Marchlowitz galt nicht als verkommenes »Gangsterliebchen«, sondern als Popps naives Geschöpf und williges Werkzeug.

Dies und ihre Jugend sowie ihr schüchternes, zurückhaltendes Auftreten vor Gericht brachten ihr eine relativ milde Strafe ein. In ihrem Schlusswort fand sie zudem zurück in die Arme der bürgerlichen Gesellschaft und bekannte sich zu deren Idealen als sie sagte:

> *»Ich bedauere zutiefst das, was geschehen ist, und ich will bestimmt sehen, daß so etwas nie wieder passiert [...] Ich will in der Strafanstalt etwas ordentliches lernen, damit ich, wenn ich aus der Haft komme, mein Kind zu mir nehmen und für ihn sorgen kann.«*

Popp wurde als Haupttäter zu lebenslangem Zuchthaus verurteilt, Melzer erhielt wegen Begünstigung immerhin noch vier Jahre Haft. Das Urteil des Schwurgerichts gegen Inge Marchlowitz schickte sie am 29. Januar 1959, nach nur drei Verhandlungstagen, für sieben Jahre ins Jugendgefängnis. Damit blieb der Richter sogar noch zwei Jahre unter dem Antrag der Staatsanwaltschaft.

Zahlreiche Ungereimtheiten konnten wegen der Kürze des Verfahrens nicht geklärt werden: So hatten Zeugen an den Tatabenden zwar Inge in Begleitung der jeweiligen Opfer gesehen, eine zweite Frau oder ein verkleideter Mann war allerdings niemandem aufgefallen. In den Taschen von Inges Mantel fanden sich zudem Pulverrückstände, was dafür spricht, dass sie eine Waffe, aus der geschossen worden war, dort hineingesteckt hatte. Sicher hat Inge nicht allein gehandelt, sie konnte nicht Autofahren und auch nicht die schweren Leichen schleppen; wer allerdings in den zwei Fällen wirklich geschossen hat, muss als fraglich angesehen werden.

Inge Marchlowitz verbüßte nur einen Teil ihrer Strafe im ehemaligen Kloster Vechta und wurde vorzeitig auf Bewährung entlassen. 1967 lebte und arbeitete sie in einer westdeutschen Großstadt, sogar ihr Kind durfte bei ihr wohnen. Gerhard Popp dagegen versuchte vergeblich, eine Revision des Urteils zu erreichen. Er behauptete plötzlich entgegen seiner Aussagen vor Gericht, Inge habe die Opfer ganz alleine angesprochen, sei mit ihnen alleine in die Einsamkeit gefahren, habe alleine geschossen. Er sei erst nach der Tat zugestiegen, um beim Beseitigen der Toten zu helfen. Sein Wiederaufnahmegesuch scheiterte jedoch, der zuständige Richter hielt diese Aussagen für nicht glaubwürdig.

Man fragt sich, warum gerade Inge Marchlowitz soviel Nachsicht durch die Justiz erfuhr. Andere Fälle haben gezeigt, dass Frauen aus ihrem Milieu kaum mit Gnade zu rechnen hatten. War es ihre Jugend? Überzeugte ihr scheues Auftreten den Richter davon, dass die Angeklagte keinen »defekten Charakter« hatte, sondern aus Liebe zu Popp gehandelt hatte? Ihr gesittetes Benehmen im Gerichtssaal und bei der psychiatrischen Untersuchung entsprach dem Wunschbild des damaligen Teenagers. Ihre ehrerbietige und sanfte Art erleichterte es dem Gericht, Rücksicht auf ihre schwere Jugend, die zerrütteten häuslichen Verhältnisse und die Misshandlungen Popps zu nehmen und dies strafmildernd zu werten. In anderen Fällen, wo ebenfalls deprimierende Vorgeschichten der Täterinnen zu Tage gefördert wurden, verwendete die Justiz solche Fakten eher gegen die weiblichen Beschuldigten, die oftmals in den Verhandlungen vehement ihre Unschuld beteuerten, kalt oder abgestumpft wirkten. Bei Inge Marchlowitz glaubte der Richter hingegen, als Motiv romantische Verliebtheit unterstellen zu können, was seinem bürgerlichen Mädchenbild nicht widersprach.

Der Fall Inge Marchlowitz konfrontierte die westdeutsche Öffentlichkeit aber auch mit den Schattenseiten des Wirtschaftswunders. Oft wird vergessen, dass die Arbeitslosigkeit bis weit in die 1950er Jahre hinein hoch war und sich der Lebensstandard zunächst nur durch sparsames Wirtschaften hob. Dann jedoch verbesserten sich die Einkommen gerade der Arbeiterschicht zwischen 1955 und 1965 erheblich. Konsumgüter, die bisher der Mittel- und Oberschicht vorbehalten gewesen waren, hielten Einzug auch in weniger begüterte Haushalte: Fernseher, Waschmaschinen, Kühlschränke, nicht zu vergessen das Auto. Doch neben all dem neuen Wohlstand existierte eine Welt der Armut weiter, die jedoch zunehmend aus dem öffentlichen Bewusstsein verdrängt wurde, weil sie einfach nicht zum selbstbewussten »Wir sind wieder wer« der Nachkriegsdeutschen passen wollte, die sich durch ihren erwirtschafteten Überschuss als heimliche Sieger des Krieges fühlen konnten.

Vollbeschäftigung und gute Löhne erlaubten gerade jungen Leuten aus der Arbeiterklasse dann seit Beginn der 1960er Jahre ein relativ selbstbestimmtes Leben zu führen. Dies und das Herüberschwappen des Rock 'n' Roll aus den USA begünstigte die Entwicklungen eigenständiger unterschiedlicher Jugendkulturen, die von der bürgerlichen Erwachsenenwelt zunehmend als Bedrohung der hergebrachten Ordnung aufgefasst wurden. Am prominentesten waren dabei zunächst die »Halbstarken« der späten 1950er Jahre – meist in Leder gekleidete Rock 'n' Roller, die entgegen der landläufigen Meinung nicht nur aus dem Arbeitermilieu stammten, und besonders zwischen 1956 und 1958 durch Krawalle großes Aufsehen erregten – deren Abgrenzungsmethoden was Kleidung und Auftreten betraf Vorbild für andere Jugendbewegungen wurden. In diesen Kreisen spielt sich der nächste zu schildernde Fall ab.

## Monika Scherer und Margarete Schmitz: Die »teuflischen Teenager von Köln« (1966)

Die beiden Teenager Margarete Schmitz (18) und Monika Scherer (17), die 1966 in Köln eine Frau brutal ermordeten, stammten wie Inge Marchlowitz aus Arbeiterfamilien, die in die Kleinkriminalität abgerutscht waren. Armut und Gewalt prägten von Beginn an ihre Lebensumstände.

Monikas Eltern ließen sich scheiden, als das Mädchen fünf war. Mutter, Bruder und Monika lebten von Fürsorgeunterstützung, der Vater saß häufig im Gefängnis. Die Mutter musste zur Stütze abends als Platzanweiserin im Kino etwas dazuverdienen, um die Familie über die Runden zu bringen. Als die Mutter krank wurde, begann die pubertierende Tochter, jeden Halt zu verlieren. Sie fing an, sich herumzutreiben, kam nachts nicht mehr nach Hause. Die Mutter wandte sich schließlich mit der Bitte um Hilfe ans Jugendamt, das ihr jedoch mitteilte, sie müsse mit ihren Kindern allein fertig werden.

Auch Margarete Schmitz Familie kann als zerrüttet betrachtet werden. Der Vater ging regelmäßig fremd, trennte sich schließlich von der Mutter. Seine Tochter zog zu ihm, versuchte, ihm den Haushalt zu führen. Doch schien das junge Mädchen das ihr dafür zugeteilte Geld lieber anderweitig auszugeben. So wandte sich auch ihr Vater an die Fürsorge, versuchte, seine aufmüpfige Tochter in ein Heim abzuschieben. Doch das Amt lehnte ab, Margaretes Verfehlungen seien nicht so schlimm als dass sie eine Heimunterbringung rechtfertigen würden.

Margarete und Monika kannten sich aus der Schule, wo sie sich beide nicht besonders ausgezeichnet hatten. So blieb ihnen nach dem Volksschulabschluss nur der Gang in die Fabrik, wo sie sich als Hilfsarbeiterinnen verdingten. Doch die beiden wollten mehr vom Leben. Sie tanzten zu »Beat-Musik«, tranken, lernten Jungen kennen. Immer wieder verloren sie ihre Arbeitsstellen, weil sie zu spät kamen und zu wenig schafften.

Bald schlossen sie sich einer Clique an, deren Mitglieder ebenfalls nicht vom Leben verwöhnt worden waren. Die ehemaligen Heimkinder, junge Männer Anfang 20, waren meist vorbestraft, traten aggressiv auf, imponierten so den jungen Mädchen. Ihr Verhalten wurde allerdings nicht als Produkt der harschen Erziehungsmethoden in den Heimen der 1950er und 1960er Jahre gesehen, sondern als ein ihnen innewohnender Hang, der auch durch Strenge und Prügelstrafe nicht auszutreiben war. Dass das System der entseelten Fürsorgeerziehung eher abgestumpfte Jugendliche produzierte, statt jungen Menschen einen Ausweg aus ihrem Elend aufzuzeigen, wird erst ein Jahrzehnt später erkannt.

Margarete Schmitz und Monika Scherer zeigten nun auch durch ihre Kleidung, dass sie sich einer spießbürgerlichen Existenz verweigerten. Sie kleideten sich wie »Rocker«, trugen Hosen, Stiefel und tief ausgeschnittene enge Pullover. Später wird vor Gericht auch von »Orgien« die Rede sein, denen sich die beiden Mädchen mit den anderen Cliquen-Mitgliedern hingaben. Bei »dröhnender Musik« habe Monika auf den Partys mit sämtlichen anwesenden Männern geschlafen. Inwiefern solche Aussagen auf Wahrheit beruhten oder entweder der schmutzigen Fantasie der Juristen oder dem Streben nach Aufmerksamkeit von Seiten der Mädchen entsprachen, lässt sich nicht mehr klären. Jedenfalls passte dies angebliche promiske Verhalten vorzüglich zum Klischee der »gefallenen Mädchen«, die sich aufgrund ihrer Anlagen auf direktem Weg in die Prostitution befänden.

In der Clique sahen die beiden Mädchen schnell ihre Ersatzfamilie. Sie begingen kleinere Straftaten wie Handtaschendiebstähle und harmlose Einbrüche, bei denen sie kaum Beute machten, sondern höchstens Essen oder Kleidung mitnahmen. Alles hatte mehr den Anschein von Mutproben als von Verbrechen.

Doch auch Gewalttätigkeiten der beiden Teenager sind überliefert. Monika vergiftete mit 14 Jahren einen Hamster, als sie eine klösterliche Hauswirtschaftsschule besuchte. Margarete tötete den Wellensittich ihres Arbeitgebers. Immer wieder sagten die beiden Mädchen später aus, sie hätten »eine Wut« gehabt, sich deshalb mit anderen Mädchen geprügelt. Sie reagierten ihre Aggressionen immer stärker über körperliche Gewalt ab.

Im Juli 1965 begannen sie dann, die Mutter eines Cliquen-Mitglieds, Frau Langer, zu terrorisieren. Eine verhängnisvolle Spirale der Gewalt setzte sich in Bewegung, die von niemandem gestoppt wurde. In der Wohnung von Frau Langer hatten öfters Partys der Truppe stattgefunden, Margarete und Monika besaßen einen Schlüssel. Zunächst kamen und gingen die Mädchen nur, wie es ihnen beliebte, dann nahmen sie der Mieterin Geld, Lebensmittel und Kleidung ab. Dabei schüchterten sie die Frau verbal ein, drohten ihr. Als Frau Langer einmal um Hilfe schrie, drosselten die Mädchen ihr Opfer mit einem Handtuch, bis die alte Dame blau anlief.

Dies war der Auftakt zu wahren Gewaltexzessen: Margarete Schmitz und Monika Scherer zwangen Frau Langer, sich in die Badewanne zu setzen, schrubbten sie mit Scheuerpulver ab, begossen sie mit kochendem Wasser, zwangen sie, nackt ihre Blusen zu bügeln. Es ging um Macht und Unterwerfung, die beiden Teenager machten sich die erwachsene Frau gefügig, die schließlich völlig verängstigt war. Zur Polizei ging sie aus Frucht nicht, doch wandte sie sich Hilfe suchend an ihre Nachbarn, die jedoch nicht eingriffen, obwohl sie das Schreien und Wimmern der gequälten Frau gehört haben müssen.

Ab dem 15. Juli arteten die Besuche der Mädchen in wahre Folterungen aus: Sie stachen ihrem Opfer so lange mit einem Toupierkamm in die Ohren, bis das Blut herauslief, sprühten ihr Haar-Spray in die Augen, brachten ihr mit einem Kochlöffel schwere Unterleibsverletzungen bei. Wurde das Opfer ohnmächtig, weckten die Mädchen es durch Übergießen mit kaltem Wasser wieder auf, um mit den Quälereien fortzufahren.

Schließlich hielt Frau Langer die Torturen nicht mehr aus und ging zum Arzt. Der stellte zahllose Biss-, Schlag- und Brandverletzungen fest und redete seiner Patientin ins Gewissen, sich endlich an die Polizei zu wenden. Das tat Frau Langer auch am nächsten Morgen, sie erstattete Anzeige gegen ihre beiden minderjährigen Peinigerinnen.

Gegen Mittag tauchten die beiden wieder vor der Wohnung der Frau Langer auf, die sie willfährig hereinließ. Zunächst räumten Margarete und Monika den Eisschrank aus. Auf der Suche nach Geld fanden sie dann in einer Manteltasche eine Abschrift der Anzeige. Es folgte ein neuerlicher Gewaltausbruch. Schließlich würgten die beiden Mädchen Frau Langer abwechselnd so lange, bis sie erstickte. Anschließend brieten sich die Jugendlichen kaltblütig Spiegeleier und aßen sie neben der Leiche ihres Opfers am Küchentisch.

Schnell konnten die beiden gefasst werden. Ihr unfassbar sadistisches Verhalten schockierte Gericht und Öffentlichkeit. Dennoch wurde ihnen auch Verständnis entgegengebracht. Teile der Presse ereiferten sich zwar, dass psychiatrische Sachverständige die Folterungen mit »lausbübischem Vorwitz« und »kecker Undiszipliniertheit« erklärten und so scheinbar verharmlosten, aber dennoch legte man ihnen ihr Vorleben nicht nur als Ausdruck ihres »geborenen Verbrechertums« aus, sondern versuchte, ihre schwere Kindheit strafmildernd zu berücksichtigen.

Die Zeiten änderten sich und mit ihnen auch die Vorstellungen über Kriminalität. Auch wenn Artikel Margarete Scherer den »wiegenden Gang einer berufsmäßigen Prostituierten« zuschrieben, scheinen sich andere Zeitungen langsam von der Vorstellung verabschiedet zu haben, dass kriminelle Jugendliche quasi böse geboren würden und nur eine Vorstufe des erwachsenen Berufsverbrechers darstellten. So war denn beispielsweise von »fehlender Nestwärme« zu lesen, die die Angeklagten brutalisiert habe. In einem anderen Bericht stand: »Sie bedienten sich dieser Frau wie Kinder eines Käfers, dem sie erst mal die Beine ausreißen, ehe sie ihn töten.«

Das Gericht reagierte auf solche Darstellungen abweisend. Der Staatsanwalt donnerte: »Man würde den Tieren Unrecht tun, würde man das unfaßbar rohe und gefühllose Verhalten der beiden Angeklagten als tierisch bezeichnen.« Und der Richter tönte: »Ihre Verbrechen lassen einen menschlichen Tiefstand erkennen, der auch das Gericht hat schaudern lassen.« Die beiden Angeklagten erhielten daher die Höchststrafe von zehn Jahren Jugendhaft, was sie ungerührt hinnahmen.

Was blieb, war Ratlosigkeit. Warum waren die beiden Mädchen so grausam vorgegangen, was hatte sie zu den sadistischen Folterungen getrieben? Ihre Kindheit war nicht schlechter als die vieler anderer Kinder im Arbeitermilieu der 1960er Jahre. Welch schlummerndes Potential möglicherweise »teuflischer Teenager« bedrohte die Erwachsenenwelt? Doch statt neuer Konzepte im Umgang mit auffälligen Jugendlichen anzuregen, folgerte beispielsweise die Journalistin Hildegard Damrow lediglich: »Die Unterscheidung zwischen Hangtäter, also echtem Verbrecher, und Verwahrlosungstäter, der durch Nacherziehung resozialisiert werden kann, ist außerordentlich schwer.« Diese Kategorien entstammen ebenso wie die hinter ihnen stehenden Konzepte vom besserungsfähigen Täter, bei dem sich Resozialisierung lohnt, und dem unverbesserlichen Gewohnheitsverbrecher, noch den 1920er Jahren.

Interessanterweise scheinen sich die Ideen zur Wiedereingliederung Straffälliger in die Gesellschaft seit der Jahrhundertwende ebenfalls nicht weiterentwickelt zu haben. Ein Gutachter sah in Margarete Scherers Interesse an einem kranken Säugling ein »Zeichen von Besserungsfähigkeit«. Das erinnert stark an den Ansatz von William I. Thomas, das Interesse straffälliger Frauen auf Babys zu lenken und sie so wieder ihrer natürlichen Bestimmung zugänglich zu machen.

Margarete Schmitz und Monika Scherer verletzten nicht nur gesellschaftliche Vorstellungen über das Verhalten weiblicher Jugendlicher, sie hielten sich auch nicht an die Regeln der Subkulturen, die Mädchen allenfalls die Rolle als schmückendes Beiwerk in Jugendbanden zugedachten. Zwar ließen sie sich während der »Orgien« zu Sexualobjekten der männlichen Cliquen-Mitglieder machen, doch durchbrachen sie diese ihnen zugewiesene Bestimmung rasch und wurden selbst aktiv. Sie kleideten sich wie Männer in Hosen, gingen Arm in Arm, begingen selbstständig Straftaten. Sie waren eben keine »berufsmäßigen Prostituierten«, sondern Gewaltverbrecherinnen. Ihnen wurden Abenteuerlust und Aggressivität zugeschrieben, angeblich typisch männliche Eigenschaften. So weichten Margarete Schmitz und Monika Scherer die Geschlechtergrenzen auf und schockierten in Kombination mit ihrem brutalen Mord die Öffentlichkeit doppelt.

# Der klassische Gattenmord

Frauen werden nach einem so genannten »Tötungsdelikt am Partner« zweieinhalb mal öfter wegen Mordes verurteilt als Männer, die in solchen Fällen häufig bloß als Totschläger gelten. Gattenmord scheint daher eine geradezu klassische weibliche Tat zu sein.

Der Kriminalist Erich Wulffen sah bereits 1923 als Hauptgrund für die Ermordung des Ehegatten »eine Ehe, die [...] mißraten ist.« Er stellte eine auffällige Ähnlichkeit der Fälle fest: Der Mann »ist brutal und mißhandelt die Frau, er ist Trinker [...]«. Die Frau »hat den Mann oft ohne jede Neigung [...] geheiratet«, ist »enttäuscht, vereinsamt, unterdrückt«. Häufig sei daher auch ein Liebhaber im Spiel. Die folgenden Fälle zeigen, dass sich seit damals wenig verändert hat.

## *Das Schuldprinzip: Ehescheidung im Kaiserreich*

Doch warum eine unglückliche Ehe mit Mord statt mit Scheidung beenden? Das Scheidungsrecht wurde mit Inkrafttreten des Bürgerlichen Gesetzbuches (BGB) am 1. Januar 1900 neu geregelt. Mit einer Ausnahme – Scheidung wegen Geisteskrankheit – galt nun das Verschuldensprinzip, d. h., eine Partei musste als schuldig am Scheitern der Ehe von der anderen Partei verklagt werden. Bei Ehebruch (§ 1565), »Lebensnachstellung« (§ 1566) und »böslicher Verlassung« (§ 1567) hatte dies bereits in älteren Gesetzeskodifikationen gegolten.

Nun sollte das Schuldprinzip aber auch auf den neu geschaffenen Scheidungsgrund der »tiefen Zerrüttung« angewandt werden. In § 1568 hieß es:

> *»Ein Ehegatte kann auf Scheidung klagen, wenn der andere Ehegatte durch schwere Verletzungen der durch die Ehe begründeten Pflichten oder durch ehrloses oder unsittliches Verhalten eine so tiefe Zerrüttung der ehelichen Verhältnisse verschuldet hat, daß dem Ehegatten die Fortsetzung der Ehe nicht zugemutet werden kann.«*

Der Richter musste also in jedem Fall einen Schuldigen am Zerbrechen der Ehe feststellen. Zwar bestand die Möglichkeit, beide Parteien für schuldig zu erachten, doch da die Schuldfeststellung weitreichende

Konsequenzen nach sich zog, sollte der Vorsitzende bestrebt sein, möglichst eindeutige Schuldzuweisungen auszusprechen. Dies stellte die Gerichte vor eine schwere Aufgabe, denn wie ließ sich die Schuld daran, dass zwei Menschen einfach nicht (mehr) zusammen passten und sich deshalb trennen wollten – auch damals schon der Hauptgrund für eine Scheidungsklage – eindeutig zuweisen?

Daher führte die Anwendung des Schuldprinzips dazu, dass in Scheidungsprozessen viel schmutzige Wäsche gewaschen wurde. Um die Schuld eines Ehepartners nachzuweisen, war der Kläger gezwungen, detailliert auf die Zustände des Zusammenlebens einzugehen. Damit beabsichtigte der Gesetzgeber, die Scheidung zu erschweren und Scheidungswillige abzuschrecken, denn die Ehe galt als Basis der bürgerlichen Gesellschaft und sollte daher geschützt werden. Dass viele Ehepaare, die in zerrütteten Ehen lebten, diesen »Schutz« als Zwang wahrnahmen, wurde in Kauf genommen.

Zahlenmäßig lässt sich sogar zunächst ein gewisser Erfolg der Aufrechterhaltungsbestrebungen von Ehen nach Inkrafttreten des BGB feststellen. Wurden 1895 im gesamten Deutschen Reich noch 8.326 Ehen aufgelöst, waren es 1901 nur noch 7.892. Da im gleichen Zeitraum die Zahl der bestehenden Ehen stark zunahm (z. B. für Preußen von 1895 = 5.437.664 auf 1901 = 6.092.997), ist ein bedeutender Rückgang der Scheidungen festzustellen.

Oft ist die Vorstellung von der »ritterlichen« Ehescheidung verbreitet worden, in der eine Partei willig die Schuld auf sich nahm, auch wenn dies nicht der Wahrheit entsprach, um eine schnelle und reibungslose Auflösung der Ehe zu erreichen. Dies scheint jedoch nicht besonders häufig vorgekommen zu sein. Eine solche Konventionalscheidung, bei der Ehepaare dem Gericht die Scheidungsgründe so vortrugen, dass das Ergebnis den Wünschen auch für Unterhalt und Sorgerecht entsprach, kam scheinbar nur bei Ehepaaren vor, die in gesicherten sozialen Verhältnissen lebten. Alle anderen rangen erbittert um den Schuldspruch.

Dies lag daran, dass der schuldig geschiedene Teil zunächst einmal eine gewisse soziale Stigmatisierung verkraften musste. Die scheint jedoch bei Frauen weitreichender gewesen zu sein als bei Männern, die eine viel bessere Chance hatten, erneut zu heiraten. 1910 standen beispielsweise 49.000 männlichen 89.000 weibliche ledige Geschiedene gegenüber.

Noch nachteiliger wirkte sich für Frauen das Unterhaltsrecht aus. Dabei ist zu berücksichtigen, dass damals die meisten Frauen entweder erst gar keinen Beruf gelernt oder diesen spätestens mit der Heirat aufgegeben hatten. Wurden sie schuldig geschieden, verloren sie neben ihren Kindern auch ihren Versorgungsanspruch. Bekam aber der Ehemann die Schuld, sah es für die geschiedene Gattin nicht viel besser aus, denn ihr Exmann musste ihr und den Kindern den »standesmäßigen Unterhalt« nur insoweit zahlen, als sie nicht selbst arbeiten konnte. Doch auch wenn die Exfrau keiner Erwerbsarbeit nachging – was meist der Fall gewesen sein dürfte – konnte der geschiedene Mann erst einmal zwei Drittel seines Einkommens bzw. so viel für sich behalten, wie er zur Bestreitung seines gewohnten Lebens benötigte. Erst vom Rest musste Unterhalt gezahlt werden. War der Mann gar wieder verheiratet, durfte er so viel zurückbehalten »was mit Rücksicht auf die Bedürfnisse [...] der Beteiligten der Billigkeit entspricht.« Diese schwammige Formulierung der »Billigkeit« wurde meist zum Nachteil der geschiedenen Frau ausgelegt.

So stürzte eine Scheidung die Ehefrau, auch wenn sie nicht als schuldige Partei galt, meist in große finanzielle und soziale Schwierigkeiten, der Mann kam dagegen oftmals recht glimpflich davon, auch wenn er für das Scheitern der Ehe verantwortlich war. Dies führte dazu, dass gerade Ehefrauen davor zurückschreckten, die Scheidung einzureichen. Das Dasein als Witwe war gesellschaftlich weitaus angesehener und auch finanziell besser abgesichert.

Daher blieben die Scheidungszahlen zunächst bis zum Ende des Ersten Weltkriegs stabil. Spätestens dann zeigte sich jedoch an immer stärker steigenden Scheidungsziffern, dass es sich zunehmend schwerer gestaltete, Menschen aneinander zu binden, die nicht mehr miteinander zurechtkamen.

## *Nationalsozialismus und Ehescheidung*

In den Jahren 1923 bis 1929 wurden in Preußen durchschnittlich 23.000 Ehen geschieden, was einer Scheidungsziffer von 30 entsprach, im Vergleich zu 7,7 für das Jahr 1901. 1934 stieg die Scheidungsziffer (Zahl der Scheidungen auf 10.000 stehende Ehen) sogar auf 37 an. Die inzwischen regierenden Nationalsozialisten mussten sich einer Wirklichkeit stellen, in der die heile Familie zunehmend verschwand. Dazu trugen auch die braunen Machthaber bei, die zur Durchsetzung ihrer perfiden Rassenideologie z. B. auf die Auflösung von Ehen zwischen »Ariern« und »Juden« drängten. In diesem Geiste entstand das nationalsozialistische Eherecht von 1938.

Dies hob die bisherigen Regelungen des BGB zwar auf, wirklich neu war aber erst der § 55, der die Scheidung im Falle der »Auflösung der häuslichen Gemeinschaft« erlaubte. Auch hier galt zunächst noch das Schuldprinzip, doch konnte eine Ehe geschieden werden, wenn die Partner seit drei Jahren getrennt lebten und infolge einer tief greifenden Zerrüttung nicht mit einer Wiederherstellung der ehelichen Verbindung gerechnet werden konnte. So wurde erstmals das Schuld- mit dem heute noch geltenden Zerrüttungsprinzip kombiniert. Zudem erfolgte eine Neuregelung des Unterhaltsrechts, wobei der schuldige Teil nicht mehr automatisch seinen Unterhaltsanspruch verlor, sondern gerade bei Scheidungen nach § 55 der Ehegatte, »der sich nicht selbst erhalten kann« – meist die Frau – vom anderen einen Beitrag zu seinen Lebenshaltungskosten erhielt. Auch das Sorgerecht wurde so abgeändert, dass es dem schuldigen Teil nicht mehr automatisch abgesprochen, sondern vielmehr danach entschieden wurde, »was [...] dem Wohl des Kindes am besten entspricht.«

### *Rückschritt in der Adenauer-Republik*

Nach 1945 blieb das nationalsozialistische Scheidungsrecht mit kleinen Änderungen durch den alliierten Kontrollrat zwischen 1946 und 1950 zunächst in Kraft. Mit der Neufassung des bundesdeutschen Scheidungsrechts vom 1. Januar 1962 wurde dann der relativ liberale § 55 wieder gestrichen – wie der konservative Familienminister Franz-Josef Wuermeling bemerkte, ausdrücklich gegen »Fahnenflüchtige der Ehe« – und eine Rückkehr zum alleinig geltenden Schuldprinzip vollzogen. Angeblich sollte dadurch der »schuldlosen, verlassenen Frau eine stärkere Rechtsposition« zugestanden werden. Dass diese Vorstellung nicht mehr mit gesellschaftlichen Realitäten übereinstimmte, zeigte die heftige Kritik an den neuen Vorschriften. Die

SPD erreichte schließlich, dass 1967 eine Eherechtskommission eingesetzt wurde, deren Ergebnisse jedoch erst zehn Jahre später umgesetzt wurden.

Das Schuldprinzip galt bei Ehescheidungen bis zur Eherechtsreform 1977. Seitdem besteht als einziger Scheidungsgrund nur noch die unheilbare Zerrüttung der Ehe, die als gegeben angesehen wird, wenn die Ehepartner länger als ein Jahr getrennt leben. Ein Verschuldensnachweis ist vom Kläger nicht mehr zu erbringen. Das Unterhaltsrecht wurde ebenso wie die Sorgerechtszusprechung reformiert und gestaltet sich nun nicht mehr ganz so nachteilig für die Frauen.

Bis zu einem gewissen Grad haben diese Neuerungen sicher dazu beigetragen, die Fälle von Gattenmord zu verringern. Als eine Ausnahme muss dabei allerdings der so genannte »Haustyrannenmord« gelten, bei dem sich die misshandelte Ehefrau nicht anders als durch Tötung des Ehemannes zu helfen weiß. Die meisten Tötungsverbrechen am Partner, die heute von Frauen begangen werden, fallen traurigerweise in diese Kategorie. Auch im ersten zu schildernden Fall – ein klassischer Gattenmord mit Hilfe von Gift – wird häusliche Gewalt eine entscheidende Rolle spielen.

## »Die beiden Freundinnen und ihr Giftmord«: Elli Klein und Grete Nebbe (1922)

Elli Klein vergiftete Ende März 1922 unter Mitwissen ihrer Freundin Grete Nebbe, mit der sie ein lesbisches Verhältnis unterhielt, in Berlin ihren gewalttätigen Ehemann. Der bekannte Schriftsteller Alfred Döblin setzte den beiden Frauen in seiner Erzählung »Die beiden Freundinnen und ihr Giftmord«, 1924 erschienen in der Reihe »Außenseiter der Gesellschaft. Verbrechen der Gegenwart«, ein literarisches Denkmal. Der Fall bewegte nicht nur wegen der pikanten erotischen Details die Gemüter der Weimarer Republik, er galt schnell auch als Menetekel für das Elend zerrütteter Ehen.

Elli, geboren am 11. Juli 1900, stammte aus Braunschweig und war gelernte Friseuse. Kurz nach dem Ersten Weltkrieg lernte sie im November 1919 in Berlin den Tischler Willi Klein kennen. Ein Jahr später heirateten beide, obwohl sich die Beziehung von Beginn an schwierig gestaltete. Willi Klein war ein grober Mann, der zu Jähzorn und Wutanfällen neigte und alles in sich hineinfraß, um schließlich zu explodieren.

Auch nach der Hochzeit gab es immer wieder Probleme. Das junge Paar lebte bei der Schwiegermutter, mit der sich Elli nicht verstand. Die ständigen Streitereien erzürnten Klein; hatte er sich zunächst noch auf die Seite seiner Frau gestellt, ergriff er bald die Partei der Mutter, begann zu toben, seine Frau zu beschimpfen. Darüber hinaus misshandelte Willi Klein seine Gattin, die später vor Gericht auch von »widerlichen Zumutungen« sexueller Art berichtete. Mehrfach kam es zu brutalen Vergewaltigungen. Deshalb floh Elli Klein bereits ein halbes Jahr nach ihrer Hochzeit zurück zu ihren Eltern. Vater und Ehemann drängten jedoch auf eine Versöhnung, und nach 14 Tagen kehrte Elli zu ihrem Gatten nach Berlin zurück. Doch die Situation besserte sich – trotz des Umzugs der Eheleute in eine eigene Wohnung – nicht.

Da lernte Elli Klein im August 1921 Grete Nebbe kennen, die mit Mutter und Ehemann in der Nachbarschaft wohnte und ebenfalls unglücklich verheiratet war. Drei Jahre älter als Elli, hatte sie den Eisenbahnschaffner Nebbe im Mai 1918 geheiratet Es entspann sich schnell eine Freundschaft zwischen den beiden bekümmerten Frauen, die vom Naturell sehr unterschiedlich waren, aber in ähnlich trostlosen Beziehungen lebten: Elli Klein galt als kindlich, ein munterer blonder Lockenkopf, während Grete mit ihrem strengen knochigen Gesicht verschlossen wirkte und ein dunkles Pathos verströmte.

Bald besuchten sich die beiden Frauen täglich, klagten sich gegenseitig ihr Leid. Es entwickelte sich darüber hinaus ein erregter Briefwechsel, jeden Tag schrieben sie sich Zettel, in denen sie über ihre Männer herzogen, ihre Situation bedauerten, sich ewige Treue schworen. Derweil verschlimmerte sich die Ehe der Kleins. Willi Klein kam beinahe jeden Abend betrunken nach Hause, und wenn ihm dort etwas nicht passte, das Essen nicht schmeckte oder seine Frau etwas vergessen hatte, begann er zu toben, die Möbel zu zerschlagen, mit Geschirr zu schmeißen und schließlich seine Frau zu verprügeln.

Die fand bei ihrer Freundin Trost. Langsam entspann sich zwischen den beiden enttäuschten jungen Frauen ein Liebesverhältnis. Aus beruhigenden Umarmungen wurden Zärtlichkeiten, besonders Elli erlebte zum ersten Mal befriedigende Sexualität. Von ihrem Mann fühlte sie sich seit langem angeekelt und abgestoßen. Die beiden Freundinnen steigerten sich nun immer stärker in den Hass auf ihre Ehemänner hinein. Dies diente ihnen auch als Rechtfertigung ihrer Gefühle füreinander, die sie einerseits glücklich machten, in ihnen jedoch auch Scham- und Schuldgefühle weckten.

Schließlich fasste Elli den Entschluss, sich von ihrem Mann zu trennen. Der beschrieb die häuslichen Verhältnisse in einem Brief an seine Schwiegereltern folgendermaßen:

> *»Wie oft habe ich meine liebe Frau gebeten [...], sprich doch mal ein paar Worte, wenn ich nach Hause komme. Wie oft habe ich gebeten: Geh nicht den ganzen Tag zu Nebbes. [...] Auch daß ich Elli geschlagen habe, muss zu verstehen sein. Denkt daran, um meiner Frau ein schönes und gemütliches Weihnachtsfest bereiten zu können und weiterzukommen, habe ich lange gearbeitet, und von solcher Arbeit komme ich körperlich und geistig abgespannt nach Hause. Elli will Einkäufe machen und geht gegen meinen Wunsch und den des Herrn Nebbe doch zu ihrer Freundin. [...] Warum muss Elli das tun? Elli hat mir ins Gesicht geschlagen und auch von mir ein paar Klapse bekommen.«*

Die Misshandlung seiner Frau rechtfertigte Klein mit deren angeblichem Ungehorsam. Er sah sich als ihren Herren, dem sie gehorchen musste, sonst gab es »ein paar Klapse«. So harmlos gestalteten sich seine Züchtigungen jedoch kaum, Nachbarn sagten später aus, Klein habe seine Frau oft grün und blau geprügelt.

Nach einer schlimmen Sylvesternacht, die Elli aus Angst vor ihrem gewalttätigen Mann bei dessen Schwester verbrachte, verließ sie am 2. Januar 1922 ihren Gatten erneut, nahm sich aber diesmal ein eigenes Zimmer, um nicht mehr von den Eltern abhängig zu sein. Über einen Anwalt reichte sie die Scheidung ein. Zudem hatte sie sich die Verletzungen durch Misshandlungen von einem Arzt bescheinigen lassen, um ihren Mann vor Gericht als schuldige Partei darstellen zu können. Zunächst erreichte sie am 19. Januar eine einstweilige Verfügung, die es ihr gestattete, von ihrem Mann getrennt zu leben und ihn obendrein verpflichtete, seiner Frau einen Unterhaltsvorschuss zu zahlen. Als Scheidungstermin wurde der 9. Februar festgesetzt.

Doch auch diesmal griff ihr Vater ein und befahl ihr mit dem Argument »Die Frau gehört zum Mann!« die Rückkehr in die eheliche Wohnung. Ihr Mann, der ihre neue Adresse von ihren Eltern erhalten hatte, bedrohte sie massiv, so dass Elli keine andere Möglichkeit sah, als am 20. Januar erneut zu Willi Klein zurückzukehren. Zudem, so gab sie später vor Gericht an, habe ihre Freundin begonnen, sie einzuengen. Ihre Beziehung zu Grete Nebbe entbehrte all dessen, was ihr eine heterosexuelle Ehe an Annehmlichkeiten brachte: eine gesicherte gesellschaftliche Stellung als Ehefrau und ein geregeltes Einkommen.

Doch die Ehe besserte sich nicht, obwohl Klein geschworen hatte, sich zusammenzureißen. In einem Brief Ellis an Grete stand: »Es ist wahrlich ein Trauerspiel, daß wir solche Kerls auf dem Halse haben und wir uns solchen Zwang antun müssen.« Elli schrieb an ihre Freundin sogar von Selbstmordabsichten. Die Idee, sich zu vergiften, schien jedoch in der Folgezeit umgeschlagen zu sein: In den Briefen ist von »Freiheit« die Rede und davon, dass Grete Elli »Ruhe verschaffen« möchte. So entstand zunächst der Plan, Ellis Mann krank zu machen, ihn dadurch ans Bett zu fesseln, ihn leiden zu lassen und so zu bestrafen.

Dazu wollte sich Elli Arsen als Rattengift aus der Drogerie besorgen. Doch dort erhielt sie zunächst nur Rattenkuchen, der für ihre Zwecke nicht geeignet war. Daher bat sie nach kurzer Zeit um ein stärkeres Gift und erhielt schließlich 15 Gramm Arsen, von dem sie ihrem Mann im Februar und März 1922 geringe Mengen ins Essen mischte. Darauf erkrankte Willi Klein, bekam Magen- und Darmprobleme, schwitzte stark, fühlte sich müde und schlapp. Der Arzt diagnostizierte eine Grippe, die auf die Lunge geschlagen sei. Seine Ehefrau pflegte ihn aufopferungsvoll, teils fasziniert von ihrer Macht, teils geplagt von Schuldgefühlen. An Grete schrieb sie: »Wenn das Schwein doch nur bald krepierte. Das Schwein ist ja so zähe.« Dann wieder warf sie eines Tages aus Angst vor Entdeckung den Rest des Giftes ins Klosett. Nun bat sie die Freundin: »Grete versuch doch mal, ob du etwas bekommst. […] Warum musste ich doch so törich sein? […] ich will ihn los sein. Denn ich hasse ihn zu sehr.«

Ihre Freundin wusste, was im Hause Klein vor sich ging. Immer, wenn Elli schwach wurde und aufhören wollte, ihrem Mann das Arsen zu verabreichen, bestärkte Grete sie, weiter zu machen. Getrieben von der Angst, ihre Geliebte könne die Vergiftung beenden und damit erneut nachgeben wie im Januar, als sie die Scheidung zurückgezogen hatte, versprach Grete, auch den eigenen Mann zu töten, um für Elli frei zu sein. Allerdings wollte sie damit bis zu Kleins Tot warten, damit kein Verdacht aufkomme.

Klein litt derweil unter Kopfschmerzen, Ohnmachtsanfällen, Delirien. Sein Zustand verschlimmerte sich zusehends. Am 1. April ertrug seine Frau den Anblick seiner Schmerzen nicht mehr, sie ließ ihn ins Lichtenberger Krankenhaus einliefern. Doch er war bereits zu geschwächt, noch am gleichen Tag starb Willi Klein, gerade 30 Jahre alt. Der Totenschein vermerkte als Todesursache eine Vergiftung mit Methylalkohol.

Die junge Witwe schien zunächst erleichtert: Ihr Mann war tot, sein grausames Leiden (und auch ihres) beendet. Sie schrieb an Grete: »Ich bin nur froh und glücklich, daß ich erlöst bin.« Dennoch begann sie, ihre Ehe mit Klein zu verklären. Gegenüber Grete Nebbes Mutter erzählte sie auch von guten Zeiten, die sie mit Klein verlebt haben wollte.

Die Mutter Willi Kleins, die nichts von seiner »Krankheit« erfahren hatte, war vom frühen Tod ihres Sohen schockiert. Trotz der Bescheinigung einer natürlichen Ursache ging sie zur Polizei und beschuldigte ihre Schwiegertochter, beim Sterben des Sohnes die Hand im Spiel gehabt zu haben. Elli Klein wurde daraufhin polizeilich vernommen. Parallel dazu untersuchten Gerichtsmediziner die Leiche, fanden aber keinen Methylalkohol, sondern Arsen, und zwar eine so hohe Dosis, dass damit problemlos mehrere Menschen hätten vergiftet werden können. Eine daraufhin angesetzte Hausdurchsuchung in der Wohnung der Kleins förderte einen ganzen Packen Briefe zu Tage, eben jene, in denen Elli und Grete ganz offen über die Ermordung Kleins und ihre Liebe zueinander geschrieben hatten. Am 19. Mai 1922 erfolgte die Verhaftung Elli Kleins, eine Woche später, am 26. Mai, kam auch Grete Nebbe in Haft.

Die Presse sowohl in Berlin als auch überregional berichtete ausführlich über den Fall. Gattenmord durch Gift entsprach der klassischen Vorstellung von der verschlagenen Giftmischerin. Gewürzt wurde diese Gemengelage noch durch das lesbische Verhältnis der beiden jungen Protagonistinnen. Zunächst stellten die Zeitungen die

Täterinnen als »entmenschte Frauen« dar, die »in einem sexuellen Hörigkeitsverhältnis zueinander« gestanden hätten. Die Briefe schienen dabei die kühle Planung des Verbrechens zu belegen.

Weibliche Homosexualität war übrigens während der Weimarer Republik nicht strafbar – ganz im Gegensatz zum § 175, der schwule Männer mit Haftstrafen bedrohte und bis in die 1970er Jahre hinein galt. Homosexuelle Frauen wurden von der Obrigkeit offenbar nicht als Bedrohung wahrgenommen, sondern befriedigten vielleicht sogar geheime sexuelle Fantasien der überwiegend männlichen Spitzen der Gesellschaft.

Besonders in Berlin existierte eine bunte lesbische Szene mit eigenen Treffpunkten in Bars und Cafés sowie eigenen Zeitschriften mit Titeln wie »Die Freundin« oder, eindeutiger, »Frauenliebe«. Lesbisch zu sein oder zumindest damit zu kokettieren galt in der Großstadt als schick – und die burschikose Garçonne-Mode einer Marlene Dietrich wurde zum Vorbild der goldenen Zwanziger. Künstlerinnen wie die Dietrich oder Claire Waldoff bildeten als Pionierinnen der Androgynität die Speerspitze einer lesbischen Welt, die jedoch niemals solche Einheit entfaltete wie schon damals die Schwulenbewegung, die allerdings auch geeint wurde durch ihren Kampf gegen den § 175.

Auch der Prozess gegen Klein und Nebbe zeigte, dass homosexuelle Frauen nicht rundheraus mit Abscheu und Ablehnung rechnen mussten, sondern dass ihnen in viel stärkerem Maße als schwulen Männern Verständnis entgegen gebracht wurde.

Fast ein Jahr dauerten die Ermittlungen, saßen die beiden Frauen in Untersuchungshaft. Dann endlich fand die Verhandlung gegen beide vom 12. bis 16. März 1923 vor dem Berliner Landgericht statt. Elli Klein wurde die Ermordung ihres Ehemannes zur Last gelegt, Grete Nebbe der Anstiftung und Mitwisserschaft beschuldigt. Zeitungen titelten »Giftmischerinnen aus Liebe« oder »Die Liebesbriefe der Giftmischerinnen«. Die Vernehmungen der Angeklagten erschütterten dann jedoch die in der Öffentlichkeit verbreitete schlechte Meinung über die beiden Frauen. Nun zeichnete sich überdeutlich das soziale Drama der »zerrütteten Ehen« ab.

Elli Klein gab zum Prozessauftakt die Tat zu und stellte es so dar, dass sie keinen anderen Ausweg mehr gesehen habe: Vom Mann geschlagen und vergewaltigt, vom Vater jedoch immer wieder zurückgeschickt in die Ehehölle, sei ihr der Tod des Gatten als einziger Ausweg erschienen. »Und deshalb beherrschte mich Tag und Nacht nur ein Gedanke: frei, nur frei. Das machte mich für alles andere kopflos.« Auf die Nachfrage des Richters, ob sie denn über die zwei Monate hinweg, in denen sie Willi Klein das Arsen verabreicht hatte, nie gezögert habe, gab sie zu, mehrmals ans Aufhören gedacht zu haben, dann jedoch durch die Erinnerungen an die Misshandlungen zum Weitermachen getrieben worden zu sein.

Auch die Presse akzeptierte diese Version und zeigte nun Verständnis. Das »Berliner Tageblatt« schrieb am 13. März 1923 von zwei Ehen, die »denkbar tiefste Zerrüttung« aufwiesen und folgerte: »So erklärt sich [...] der grauenvolle Entschluß der beiden sich sehr nahestehenden Ehefrauen.« Der Gattenmord entwickelte sich immer mehr zur sozialen Tragödie. Im Gegensatz zum gewalttätigen Ehedrama der Kleins erschien die lesbische Freundschaft der beiden Frauen als zartes Idyll.

Grete Nebbe wurde auch zu den Drohungen befragt, ihren eigenen Ehemann vergiften zu wollen. Sie erklärte, dies sei nur ein Spaß gewesen, deshalb habe sie auch nicht geglaubt, dass ihre Freundin ihren Mann wirklich mit Gift zu töten versuchte. Von Mitwisserschaft oder Beihilfe könne also keine Rede sein.

Andere Zeugen bestätigten den verheerenden Zustand der Ehe der Kleins. Ellis Vater berichtete von den Misshandlungen, über die seine Tochter gesprochen hatte. Ein Arbeitskollege des Toten erklärte, dieser sei »ein in der Trunkenheit brutaler Mann gewesen, der zu sexuellen Exzessen neigte, sich ihrer rühmte.«

Doch nicht nur die Presse nahm sich des Falles an. So beschäftigte sich auch der berühmte Sexualwissenschaftler Magnus Hirschfeld mit den psycho-sexuellen Aspekten des Falles Klein/Nebbe. Er trat im Prozess als Sachverständiger auf und kam in seinem Gutachten zu dem Schluss, dass der langsame Giftmord Ergebnis eines tiefen Hasses gewesen sei. Allerdings sah er dadurch die freie Willensbildung der Angeklagten nicht eingeschränkt, stellte also keine Unzurechnungsfähigkeit im Sinne des Gesetzes fest.

Auch die anderen Experten sprachen zwar vom »Rausch der Liebe« zwischen den beiden Frauen, dem »Bann überwertiger Gefühle«, und stellten eine »hochgradige und abnorme Überspannung« fest, doch reichte dies nicht aus, den Beschuldigten die Zurechnungsfähigkeit abzusprechen. Eine mildere Kategorie wie die verminderte Zurechnungsfähigkeit existierte im Strafgesetzbuch der Weimarer Republik noch nicht, obwohl eine solche Einschätzung in den Gutachten immer wieder anklang. So äußerte sich beispielsweise Sanitätsrat Dr. Juliusburg, man könne nicht sagen, dass § 51 (Strafausschluss wegen Unzurechnungsfähigkeit) nicht zutreffe, könne aber ebenfalls nicht erklären, er treffe zu.

Diese Einschätzung der Täterinnen ließ der Öffentlichkeit, die zusehends Mitleid mit den »Verbrecherinnen aus Liebe« bekam, eine verringerte Schuldfähigkeit aufgrund von geistiger Verwirrung als annehmbar erscheinen, auch wenn eine solche Kategorie vom Gesetzgeber nicht vorgesehen war. Es machte sich ein Gefühl breit, dass beide Frauen nicht mit der vollen Härte des Gesetzes bestraft werden dürften. Die Vorgeschichte der Tat war zu tragisch, die Flucht in die lesbische Liebe erschien als verständlich.

Das Urteil fiel denn auch milde aus. Zwar hatte die Staatsanwaltschaft für Elli Klein fünf Jahre Gefängnis und für Grete Nebbe sogar fünf Jahre Zuchthaus gefordert, der Richter verurteilte die beiden Angeklagten jedoch nur zu vier Jahren Gefängnis bzw. 18 Monaten Zuchthaus. Da die einjährige Untersuchungshaft angerechnet wurde, kam Grete Nebbe bereits ein halbes Jahr nach Prozessende wieder frei.

Die Presse reagierte in zahlreichen Kommentaren auf den Richterspruch. Einige porträtierten Klein und Nebbe als die Opfer der gesellschaftlichen Zustände: Sie prangerten die Erschwerung der Ehescheidung an, mahnten Eltern, Kinder nicht gegen ihren Willen in unglückliche Ehen mit ungeeigneten Partnern zu treiben. Andere Zeitungen verwahrten sich gegen eine solche als Verdrehung der Tatsachen empfundene Darstellung und stellten die »Lichterfelder Giftmischerinnen« in eine Reihe mit berühmten Mörderinnen. Die protestantisch-konservative »Kreuzzeitung« schrieb beispielsweise:

> *»[...] als Motive wurden sexuelle Verirrungen und die dadurch heraufbeschworenen Streitigkeiten in der Ehe festgestellt und sie genügten vollauf zur Erklärung der Tat. [...] das Gericht ließ sich von den Verbrecherinnen, die sich reinzuwaschen versuchten, allerhand erzählen [...] wohin kommt aber die Gesellschaft, wenn Verbrechen so milde beurteilt werden?«*

## Ruth Blaue, Madonna und Mörderin (1946/1955)

Der Fall der Ruth Blaue, die 1946 zusammen mit ihrem zehn Jahre jüngeren Geliebten Horst Buchholz ihren Ehemann ermordete, bietet auch heute noch Möglichkeiten zur Spekulation. Nicht zuletzt deshalb, weil die Täterin selbst verschiedene Versionen der Geschehnisse lieferte, konnte der genaue Tathergang nie rekonstruiert werden.

Ruth Blaue, geborene Heine, war anders als die Mehrzahl der Mörderinnen, die uns bisher begegneten. Sie wurde 1914 in ein bürgerliches Elternhaus in Breslau geboren, wo ihr Vater als Ausbilder beim Militär fungierte. Nach dem Ersten Weltkrieg zog die Familie nach Halberstadt, wo Ruth eine unbeschwerte Jugend verlebte. Der Vater baute dort eine Fabrik auf, die Familie war wohlhabend. Schließlich gingen die Heines nach Hamburg. Dort absolvierte Ruth als Vorbereitung auf ihr späteres Leben als Hausfrau und Mutter eine hauswirtschaftliche Ausbildung, um anschließend in einem medizinischen Labor der Staatskrankenanstalt Friedrichsberg zu arbeiten. Allerdings schien sie diese Tätigkeit nicht wirklich ernst genommen, sondern eher als Heiratsmarkt gesehen zu haben, denn sie berichtete von der Stelle lediglich, dass sie als jüngste Mitarbeiterin »verwöhnt und begönnert« worden sei. Bald wechselte sie als Assistentin in ein Forschungsinstitut im Krankenhaus Eppendorf. Dort tippte sie Berichte, fütterte Versuchstiere und lernte den attraktiven Assistenzarzt Wolfgang Trautmann kennen, mit dem sie eine Affäre begann. Er wurde die große Liebe ihres Lebens, obwohl er sie ständig betrog und ausnutzte. Die beiden stürzten sich ins Hamburger Nachtleben, feierten mit Freunden bis zum Morgengrauen.

Als Ruths Eltern schließlich hinter die Liebesbeziehung kamen, drängten sie auf eine Heirat. Doch der junge Arzt zeigte sich mehr als unwillig, eine ernsthafte Verbindung hatte er eigentlich nicht im Sinn. Er machte seiner Verlobten klar, dass er sie, wenn überhaupt, nur mit einer großzügigen Mitgift zur Frau nehmen werde. Das verliebte Mädchen fälschte daraufhin ihr Sparbuch. Am 23. August 1933 – die Braut war gerade 19 – heiratete das Paar. Der Betrug flog jedoch auf, Ruths Eltern erreichten nur mit Mühe, dass gegen ihre Tochter kein Verfahren eingeleitet wurde. Die Frischvermählten gingen zwar noch auf Hochzeitsreise, aber als Trautmann erfuhr, dass seine Gattin nicht über die versprochenen finanziellen Mittel verfüge, beantragte er bei der Rückkehr aus den Flitterwochen die Annullierung der Ehe. Sie dauerte gerade einmal drei Monate lang, zu Weihnachten 1933 war das Paar getrennt.

Kurz darauf entdeckte Ruth Trautmann, dass sie schwanger war. Sie versuchte noch einmal einen Neuanfang mit ihrem Exmann, der jedoch nur weiterhin ihr Geld mit beiden Händen ausgab. Um den erwarteten Lebensstandard zu halten, begann Ruth, ihren Schmuck, Kleider, Möbel zu versetzen und zu verkaufen. Doch ihre Habe ging zur Neige, und als sie schließlich noch eine Fehlgeburt erlitt, beschloss ihr geschiedener Mann, sie sei eine zu große Belastung für ihn geworden und trennte sich endgültig von ihr.

Dies müssen für die junge Frau traumatische Erlebnisse gewesen sein. Sie verlor jeden Halt, unternahm sogar einen Selbstmordversuch. Der Kontakt zu den Eltern war abgebrochen, aus ihrem möblierten Zimmer wurde sie wegen Mietschulden hinausgesetzt. Um Geld zu verdienen begann sie, als Prostituierte zu arbeiten. Nach und nach entglitt Ruth jedes Gespür für die Wirklichkeit, sie lebte mehr und mehr in einer Traumwelt. Dafür spricht, dass sie mit ihrem hart verdienten Liebeslohn ihren Exgatten unterstützte, der als Arzt eigentlich ein gutes Einkommen hatte. Doch er nahm ihr Geld gerne, so dass sie noch eine weitere Geldquelle auftun musste, um den gierigen Trautmann zufrieden zu stellen. Sie stahl deshalb Bücher aus der Leihbibliothek und verkaufte sie, erschwindelte einen Mercedes.

Dieses Mal wurde Ruth verhaftet, doch zu einer Anklage kam es wieder nicht, die Eltern intervenierten erneut, indem sie ihre Tochter mit Hilfe eines befreundeten Psychiaters als unzurechnungsfähig darstellen ließen. Ruth lebte anschließend wieder im Haus ihrer Eltern und nahm eine Büroarbeit auf. Doch von Trautmann konnte sie nicht lassen, die beiden trafen sich mit Unterbrechungen immer wieder. Um Geld für ihn aufzutreiben, beging Ruth bei der Arbeit erneut Diebereien. Diesmal konnten auch die Eltern nicht mehr helfen, Ruth wurde wegen Betrugs, Urkundenfälschung und Unterschlagung zu einer Gefängnisstrafe von neun Monaten verurteilt.

Nach der Haftentlassung lernte sie über Freunde den gleichaltrigen Kapitänsanwärter John Blaue kennen. Für Ruth war es zunächst nur eine Freundschaft unter vielen, denn John Blaue unterschied sich in vielem von ihrer großen Liebe Wolfgang Trautmann. War ihr Exmann gegen die regierenden Nazis eingestellt gewesen, stand Blaue dem Regime in keinster Weise kritisch gegenüber. Wo Trautmann sich für Kunst und Musik interessiert hatte, war Blaue sportbegeistert. Neigte der Arzt zum Philosophieren, war der Seefahrtsschüler eher ein praktischer und etwas schlichter Geist. Aber vielleicht trugen diese Unterschiede gerade dazu bei, dass Ruth John Blaue schließlich erhörte und eine Beziehung mit ihm begann. Sie wollte endlich von ihrem geschiedenen Mann loskommen.

John Blaue erhielt Ende der 1930er Jahre sein Kapitänspatent und ging auf große Fahrt. Doch als sein Vater starb, kehrte der Sohn nach Hamburg zurück und begann mit dem Aufbau einer Spedition. Dabei war ihm Ruth eine große Hilfe. Als dann jedoch 1939 der Zweite Weltkrieg ausbrach, wurden die Lastwagen der Firma beschlagnahmt und John Blaue zur Marine eingezogen. Da er für eine Ehefrau leichter Urlaub bekam als für eine Freundin, heiratete das Paar umständehalber 1940. Ruth zog anschließend mit ihrem Mann für einige Jahre ins besetzte Polen, wo John Blaue als Lehrer an der Marineschule in Gotenhafen (Gdynia) in der Nähe von Danzig unterrichtete. Die frischgebackene Ehefrau, von ihrem ersten Mann bereits politisch sensibilisiert, war schockiert über die Behandlung, die die Polen durch die deutschen Besatzer erfuhren und daher fast froh, als sie vor der heranrückenden Roten Armee fliehen musste. Es verschlug sie schließlich nach Elmshorn in der Nähe von Hamburg, weil ihre Eltern dorthin vor den ständigen Bombenangriffen auf die Hansestadt geflohen waren. In den letzten Kriegsmonaten meldete sich Ruth Blaue dann, trotz ihrer kritischen Einstellung zum Nazi-Regime, zur Ausbildung als Flak-Helferin.

Sie erlebte das Kriegsende unbeschadet. Ihr Mann geriet allerdings in Kriegsgefangenschaft. Wegen des Wohnraummangels nach dem Krieg – Hamburg lag in Trümmern, Schleswig-Holstein wurde von Vertriebenen aus dem Osten überschwemmt – wurden im Haus von Ruths Familie in der Ollnstraße 153 zahlreiche Flüchtlinge einquartiert. Darunter war auch der 21-jährige Horst Buchholz aus Sonneberg in Thüringen, der aus der sowjetisch besetzten Zone hatte verschwinden müssen. Als Sohn des NSDAP-Kreisamtsleiters, den die Sowjets bereits ins Lager gesperrt hatten, war er in der NS-Jugendbewegung aktiv gewesen, was ihm nun zum Verhängnis zu werden drohte. Im Krieg als Kampfpilot mehrfach abgeschossen, versuchte Buchholz nach dem Krieg sein Glück als Holzschnitzer.

Ruth Blaue hatte zu diesem Zeitpunkt in Elmshorn die »Blaue Stube« eröffnet, eine Buchhandlung mit Kunstgewerbeladen. Der Ort entwickelte sich zum Treffpunkt junger Intellektueller, die nach dem verlorenen Krieg und den Schrecken der Diktatur auf der Suche nach neuen Lebensmodellen waren. Ruth wird schnell Mittelpunkt dieses alternativen Zirkels und genießt diese Rolle sehr. Sie beginnt eine Affäre mit dem jungen Buchholz. Vor Gericht schilderte sie später den Charakter ihrer Beziehung so: »Die Liebe war eigentlich immer da, vom ersten Augenblick an. Es war eine Liebe ohne die sonst üblichen Spannungen. Sie war etwas Selbstverständliches.«

In dieses Idyll platzte Anfang 1946 John Blaue, der aus Kriegsgefangenschaft in Skandinavien zurückkehrte. Ruth stand zwischen zwei Männern. Von ihrem Ehemann hatte sie sich bereits in Gotenhafen immer mehr entfremdet und eine Affäre mit einem seiner Kollegen begonnen. Dennoch empfand sie eine gewisse Verbundenheit mit John Blaue und wollte nicht erneut geschieden werden. Ihre Beziehung zu Buchholz andererseits ist Ausdruck der chaotischen Verhältnisse der Nachkriegszeit, als vieles unsicher wirkte, nichts planbar war und Nachdenken über die Zukunft müßig erschien. Nach den düsteren Kriegsjahren herrschte eine Sehnsucht nach Ablenkung, »Amüsierwut« griff um sich, eine Gier nach Leben setzte ein. Moralische Bedenken zählten in dieser Zeit nicht viel, ebenso wie ein Menschenleben.

John Blaue bemerkte den Seitensprung seiner Frau, wiederholt kam es zu lautstarken Auseinandersetzungen. Wegen der Wohnungsnot konnte der Rivale jedoch nicht aus dem Haus gewiesen werden. So lebten das Ehepaar Blaue und Buchholz weiter auf beengtem Raum zusammen.

Der Geliebte stellte seinerseits Forderungen an Ruth; sie solle sich von ihrem Mann trennen. Doch sie schreckte davor zurück, sich an den viel jüngeren Mann zu binden. So verging das Jahr 1946. Vor Gericht beschrieb Ruth Blaue diese Zeit 1955: »Wir litten alle drei unter dem

Zusammenleben in der engen Wohnung. Wir waren mit den Nerven herunter.«

Was genau dann am 14. November 1946 geschah, ist umstritten. Die gerichtsnotorische Version lautet folgendermaßen: Zunächst betäubte Ruth Blaue ihren Ehemann mit Schlaftabletten. Als er eingeschlafen war, schlich sie sich zusammen mit Buchholz ins Schlafzimmer und schlug zweimal mit einer Axt auf den Schädel John Blaues ein. Mit den Worten: »Ich kann nicht mehr!« gab sie das Beil dann an Buchholz weiter, der mit drei weiteren Hieben den Mord vollendete. Anschließend wickelten beide die Leiche in einen Teppich, steckten sie in einen alten Seesack und brachten den Toten so verpackt zu einer nahe gelegenen ehemaligen Kiesgrube, wo sie ihn in einem Baggerloch versenkten.

Einige Tage später erstattete Ruth Blaue Vermisstenanzeige. Sie gab an, ihr Mann, der versucht hatte, seinen Fuhrbetrieb wieder aufzubauen, sei in die Ostzone gefahren, um dort einen LKW zu kaufen, und nicht zurückgekehrt. Niemand vermutete ein Verbrechen. Zwei Monate nach Blaues »Verschwinden« verkaufte die Ehefrau seine Speditеurskonzession und seine Anzüge.

Ende 1946 zogen Blaue und Buchholz dann nach Dithmarschen. Sie versuchten so, Distanz zwischen sich und John Blaue zu bringen. Es war bekannt, dass das Paar nicht heiraten konnte, weil Ruths Ehemann sich angeblich an einen unbekannten Ort abgesetzt hatte und für eine Scheidung nicht auffindbar war. Ende 1947 mussten Blaue und Buchholz dann überraschend zur Polizei. In einer Kiesgrube hatten spielende Kinder einen Totenschädel gefunden, eine genaue Absuchung förderte eine nackte Männerleiche in einem Seesack zu Tage. Ruth Blaue sollte den Toten als ihren Mann identifizieren. Sie bestritt zwar, dass es sich um ihren verschwundenen Gatten handelte, doch sie und Buchholz wechselten kurz darauf erneut den Wohnsitz. Diesmal gingen sie weiter fort, nach Gremmelsbach im Schwarzwald.

Das Zusammenleben der beiden schien schwierig und konfliktreich gewesen zu sein. Aneinandergekettet durch das gemeinsam begangene Verbrechen, stritten sie oft heftig. Die Bluttat stellte in der Beziehung ein Tabu dar, an das nicht gerührt werden durfte. Ruth versuchte, den Mord zu verdrängen, doch immer wieder plagten sie Schuldgefühle. Sie fühlte sich für die Tat verantwortlich, versuchte, Buchholz keine Vorwürfe zu machen, weil sie befürchtete, ihr Geliebter könne an der Tat zerbrechen. Buchholz wiederum scheint zunehmend Angst vor seiner Partnerin bekommen zu haben, wiederholt äußerte er sich in Gegenwart Dritter aber auch abfällig über Ruth. Bekannte sahen in ihr den dominanten Part der Beziehung, Horst Buchholz erweckte dagegen den Eindruck, als habe er sich innerlich bereits von seiner Geliebten getrennt. Er litt zunehmend unter Depressionen. Teilweise sei die Atmosphäre im Haus der beiden unerträglich gewesen.

Das Paar schlug sich mehr schlecht als recht durch. Buchholz schnitzte religiöse Holzfiguren und verkaufte sie. Als Vorbild für seine Madonnenstatuen diente ihm dabei Ruth Blaue, was später im Prozess als besonders makaber angesehen wird: Eine Gattenmörderin als Heilige! Ruth Blaue arbeitete in einem Büro. Das Paar lebte sehr zurückgezogen, Freunde hatten sie keine, nur Nachbarn und flüchtige Bekannte. Das Schicksal John Blaues galt weiterhin als ungeklärt.

Bis 1954 die Itzehoer Mordkommission begann, den Fall des vermissten Spediteurs erneut aufzurollen. Die Ermittler gingen plötzlich von einem Verbrechen aus. Bei einer erneuten Untersuchung der 1947 in der Kiesgrube gefundenen Leiche fielen Verschnürungen mit einem Spezialdraht auf, der nur von Künstlern zur Stabilisierung von Skulpturen verwendet wird. Leicht ließ sich herausfinden, dass zur Zeit des Verschwindens von John Blaue dessen Untermieter ein Bildhauer namens Buchholz war.

Am 16. August 1954 erfolgte dann die Verhaftung von Ruth Blaue und Horst Buchholz. Sie verstrickten sich schnell in Widersprüche, logen, erzählten immer neue, immer unglaubhaftere Versionen, allein Ruth Blaue erfand 20 verschiedene Tathergänge. So behauptete sie schließlich, ihr Mann hätte sich mit Schlaftabletten selbst vergiftet. Buchholz hätte, als er auf ihren Mann einschlug, einen bereits toten Selbstmörder »ermordet«. Mit dieser abenteuerlichen Geschichte wollte sie ihren Geliebten angeblich entlasten, schob ihm jedoch subtil die Alleinverantwortung zu.

Buchholz dagegen belastete seine Komplizin schwer. Sie hätte ihn zu dem Mord angestiftet und sowohl bei der Tat als auch bei der Beseitigung der Leiche geholfen. Mit diesen Aussagen konfrontiert, nahm Ruth Blaue plötzlich alle Schuld auf sich allein, wollte John Blaue eigenhändig getötet haben. Daraufhin gestand wiederum Buchholz, der Alleintäter gewesen zu sein.

Vier Tage vor Beginn des Prozesses schnitt sich Horst Buchholz in seiner Zelle die Pulsadern auf. Ruth Blaue erfuhr davon erst kurz vor der Verhandlung, die am 14. November 1955 begann, auf den Tag genau acht Jahre nach der Ermordung John Blaues. Später sagte sie, sie sei vor Gericht »wie betäubt« gewesen. Diese Betäubung hinderte sie jedoch nicht daran, nun endgültig alle Verantwortung auf Buchholz abzuwälzen, der sich nicht mehr wehren konnte. Er habe ihren Ehemann aus Eifersucht allein erschlagen, sie habe zwar während der Tat geahnt, was vor sich ging, sei jedoch wie gelähmt gewesen und habe sich im Bad eingeschlossen, Buchholz daher nicht abhalten können. Deshalb habe sie sich auch verantwortlich und schuldig gefühlt, beim Fortschaffen des Toten geholfen und all die Jahre geschwiegen.

Ihr Anwalt äußerte zu Prozessbeginn die Gewissheit, dass seine Mandantin freigesprochen und allerhöchstens wegen Begünstigung bestraft werden würde. »Buchholz hat die Tat allein begangen. [...] Frau Blaue hat sich schützend vor den Geliebten gestellt.«, zitierte ihn das »Hamburger Abendblatt«. Ruth Blaue hielt vor Gericht an ihrer Version fest, ihr Mann habe sich in ihrem Beisein mit Evipan-Tabletten vergiftet. Sie sei daraufhin aus dem Zimmer gelaufen. Auf dem Flur sei sie mit Horst Buchholz zusammen gestoßen, habe gerufen »Ich kann nicht mehr!« und sich im Bad eingeschlossen. Buchholz müsse mit der Axt auf Blaue eingeschlagen haben, ohne zu bemerken, dass dieser bereits tot war.

Doch der Staatsanwalt hielt Ruth Blaue für die Anstifterin zum Mord. »Horst Buchholz war nur der verlängerte Arm der Angeklagten«, behauptete er in seinem Plädoyer. Weiter donnerte er: »Moralisch ist diese Frau [...] auch für den Tod Horst Buchholz verantwortlich.« Die Anklage orientierte sich am letzten Geständnis des Selbstmörders. Darin stand zu lesen:

> *»Schon am Vortage sagte Frau Blaue: ›Es muß gehandelt werden. Es ist jetzt genug.‹ Ich holte die Axt herauf [...] In der Nacht zum 14. weckte sie mich und sagte: ›John war wieder gemein zu mir und hat mich geschlagen.‹ Sie hatte das Beil in der Hand. Ich nahm es ihr ab und ging*

*in das Zimmer, in dem Blaue auf der Couch schlief. Ich habe ihm mehrere Schläge mit dem Beil auf den Kopf versetzt. Er hat sich nicht mehr gerührt. Nachher sagte Frau Blaue zu mir: ›Nun darfst du nicht den Kopf verlieren.‹«*

Diese Version des Tatgeschehens klang glaubwürdiger als die vom ermordeten Selbstmörder. Dennoch schien der Ausgang des Prozesses völlig offen. Der Richter zählte nach Schluss der Beweisaufnahme neun rechtliche Bewertungsmöglichkeiten auf: Vom schweren Verbrechen des Gattenmordes über Totschlag bis zum verhältnismäßig geringen Vergehen der unterlassenen Hilfeleistung. Anschließend richtete der Vorsitzende noch einen eindringlichen Appell an die Angeklagte: Sie sei die einzig noch lebende Zeugin der Tat, nur sie könne Aufklärung leisten. Wenn sie Buchholz zu unrecht als Alleintäter belaste, könne sie dann »selbst noch je mit gutem Gewissen an sein Grab treten?« Die Ansprache schloss mit den Worten: »Sie wissen, ob sie schuldig sind. Wenn sie es sind, dann erleichtern sie ihr Gewissen!« Doch die Angeklagte hatte ihren Aussagen nichts mehr hinzuzufügen.

Das Interesse des Publikums an dem Verfahren war groß, es entbrannte Streit um die nur 70 Eintrittskarten. Die Presse nannte Ruth Blaue eine »ungewöhnliche Angeklagte«, betonte ihr hohes Bildungsniveau, das sich sowohl in ihrer Sprache als auch in ihrem Auftreten vor Gericht zeige. Dort gab sie »mit hoher weicher Stimme […] geschliffen formulierte Auskunft über ihren Lebensweg.« Zahlreiche ihrer in der Haft geschriebenen Gedichte wurden verlesen. Daneben gab sich die Angeklagte sehr religiös und »reingeistig«, faltete die Hände wie zum Gebet, beschrieb sich in ihrer Poesie als »vom Himmel herabgestiegen«.

Doch all dies half ihr wenig, das Gericht glaubte am Ende Ruth Blaue nicht. Vielmehr sah es in der Angeklagten die treibende Kraft zur Tat. Im Urteil heißt es, sie verfüge »über erhebliche Energie, Durchstehvermögen und einseitigen Fanatismus.« Zudem sei sie zwar »intellektuell überdurchschnittlich begabt«, aber »Gefühl und Herz sind bei ihr über das Infantile hinaus nicht entwickelt«. Ruth Blaue sei »eine ungewöhnliche, in vieler Hinsicht abartige Frau«. Sie erhielt wegen Mordes eine lebenslange Zuchthausstrafe.

Die Verurteilte wurde in der Strafanstalt Lauerhof bei Lübeck eingesperrt. Dort fügte sie sich nur schlecht ein, galt als Querulantin. Zu hoch trug sie ihre Nase, hielt sich für etwas Besseres als die anderen Insassinnen, betonte durch die Arbeit in der Bücherei ihren gehobenen Bildungsgrad. Ein angestrebtes Wiederaufnahmeverfahren scheiterte. Anfang der 1960er Jahre versuchte sie dann, ihre Gefängnis-Tagebücher zu veröffentlichen. Die Anstaltsleitung verbot dies jedoch, die Gefangene sollte kein Kapital aus ihrer Haft schlagen, da dies deren Strafcharakter aufweichen würde. Daraufhin rief Ruth Blaue das Bundesverfassungsgericht an. Das ließ sich fünf Jahre mit der Verhandlung Zeit und wurde schließlich durch den Tod der Klägerin einer Entscheidung enthoben.

1968 wird bei der Verurteilten Krebs diagnostiziert, daraufhin Anfang 1969 ihre Haftstrafe unterbrochen, sie kommt bis zur Besserung ihres Zustandes auf freien Fuß. Eine Genesung stellt sich jedoch nicht mehr ein, Ruth Blaue stirbt am 27. Dezember 1972.

Sie wurde in einer Zeit zur Mörderin, in der das Leben vieler Menschen aus den Fugen geriet. Die erste Nachkriegszeit war hart. Die meisten Männer befanden sich unmittelbar nach dem Krieg in Gefangenschaft, sofern sie überhaupt noch lebten, was ihren Angehörigen oftmals unbekannt war. Die Frauen waren, wie fast den ganzen Krieg hindurch, auf sich allein gestellt. Viele mussten versuchen, irgendwie zu überleben und sich eine neue Existenz aufzubauen – wirtschaftlich und privat. Frauen besetzten Arbeitsplätze, die bisher als traditionell männlich gegolten hatten, und verdienten ihr eigenes Geld. Frauen begannen allerdings auch aufgrund der langen Abwesenheit ihrer Ehegatten und deren ungewissem Schicksal Verhältnisse mit anderen Männern.

Diese neue Autonomie der Frauen, gerade auch auf sexuellem Gebiet, wurde nach der Heimkehr der Soldaten von diesen als großes Problem empfunden. Doch nicht nur Ehebruch war Schuld am Scheitern vieler Ehen in der Nachkriegszeit, oftmals hatten beide Partner in der langen Zeit der Trennung vollkommen unterschiedliche – oft auch traumatisierende – Erfahrungen gemacht, die sie nicht miteinander teilen konnten und wollten: beispielsweise die Teilnahme an Kriegsverbrechen bei Männern, das Durchleben der Bombennächte bei

Frauen und Kindern. Die ehemaligen Soldaten hatten darüber hinaus oftmals mit Schwierigkeiten zu kämpfen, sich in den normalen zivilen Alltag und die Abläufe des Familienlebens einzufinden, die von Frauen gemanagt wurden, die sich darin bereits während des Krieges geübt und bewährt hatten.

Oftmals kam den Ehefrauen der heimgekehrte Gatte fremd vor; viele hatten sich aufgrund von Kriegserlebnissen verändert, litten unter Depressionen, waren verwundet oder verkrüppelt oder stießen bei der Neuorientierung auf ungeahnte Schwierigkeiten. All dies ließ eine Atmosphäre entstehen, die allgemein als »der Krieg im Kleinen« beschrieben wurde: Die Auseinandersetzungen verlagerten sich von der Bühne der Weltpolitik hin zu Streitereien innerhalb der Familien. Nicht umsonst stiegen die Scheidungszahlen nach dem Krieg zunächst stark an, Politiker prangerten das Auseinanderbrechen des traditionellen Familienverbandes an. So sind die restaurativen 1950er Jahre auch als Gegenbewegung zu den als chaotisch empfundenen Zuständen der Jahre bis zur Währungsreform 1948 zu verstehen.

Ruth Blaues wilde Ehe mit dem zehn Jahre jüngeren Buchholz muss in den 1950er Jahren vor Gericht skandalös gewirkt haben. Obwohl es ihre Herkunft aus gutem Hause schwierig machte, sie als typische Verbrecherin darzustellen, reichte das Verhältnis zu Buchholz aus, sie zumindest als moralisch verderbt zu charakterisieren. Der Prozess fast eine Dekade nach der Tat erleichterte es den Richtern zudem, die damaligen schwierigen Zeitumstände zu ignorieren. Der Blaue-Prozess erinnerte viele an die »Niederlage« 1945 und die unmittelbare Nachkriegszeit, die im Deutschland des beginnenden Wirtschaftswunders verdrängt und vergessen sein wollte. Rückschau galt als kontraproduktiv, nur die Zukunft zählte. Man war schließlich langsam wieder wer, da sollte nichts mehr an früher erinnern, an eine Zeit, in der viele sich nun entrüstet gebende Bürger selbst in Kriminalität verstrickt gewesen waren. Dieser Umstand erschwerte jedoch die Abgrenzung zur bösen Gattenmörderin und die damit einhergehende Definition als anständige Mehrheit, weshalb er geflissentlich übersehen wurde.

### *Der Haustyrannenmord: Wenn Opfer zurückschlagen*

In zahlreichen bereits vorgestellten Fällen spielte häusliche Gewalt eine Rolle als Tatmotivation oder -auslöser. Frauen töten häufig, um sich von ihrem prügelnden Ehemann zu befreien. Sie sind dann, meist nach einem jahrelangen Martyrium, an einem Punkt angelangt, an dem die Beseitigung ihres Peinigers als einziger Ausweg erscheint. Versuche der Trennung oder Scheidung, also einer akzeptierten Lösung des Konflikts, wurden meist im Vorweg durch den Gatten mittels Drohungen oder Schlägen verhindert. Misshandelte Frauen verlieren zudem mit der Zeit jedes Selbstbewusstsein und fügen sich in ihr Schicksal, bis in einigen Fällen das Maß schließlich voll ist.

Dennoch ging die Rechtsprechung in solchen Fällen lange davon aus, dass den Frauen die Möglichkeit einer Auflösung der Ehe offen stünde und wertete den Gattenmord daher als besonders verwerflich. Weder Notwehr wurde den Frauen zugestanden – selbst dann nicht, wenn sie ihren Mann in einer Lage, in der sie akut um ihr Leben fürchten mussten und sogar mit dem Tod bedroht wurden, töteten – noch eine Handlung im Affekt, wenn sie ihren Unterdrücker beispielsweise kurz nach einer Prügelorgie umbrachten. Oft klingen die Begründungen geradezu zynisch: die Frauen seien solche Schläge doch gewohnt gewesen, hätten also wissen müssen, das Todesdrohungen nicht in die Tat umgesetzt würden; die Verhältnismäßigkeit sei nicht gewahrt worden, denn der Mann habe nur geprügelt, die Frau hingegen zugestochen. Täterinnen, die ihren ihnen körperlich überlegenen Mann schließlich im Schlaf töteten, da sie nur so überhaupt auf ein Gelingen hoffen konnten, wurde das Mordmerkmal Heimtücke unterstellt – die Tat also nicht als Totschlag gewertet – da sie die Arg- und Wehrlosigkeit des Opfers ausgenützt hätten. Dass dies meist jahrelang in ihrer Ehe umgekehrt gewesen war, blieb unberücksichtigt, wie überhaupt in solchen Fällen die Vorgeschichte von der Justiz nur selten strafmildernd herangezogen wurde.

Erst in letzter Zeit hat sich durch einige BGH-Urteile an dieser Praxis etwas zu Gunsten der Frauen geändert. Eine Betroffene erstritt die Feststellung, dass bei Tötungen nach langjährigen Misshandlungen die gesetzlichen Notstandsvorschriften zumindest zu prüfen sind. Außerdem ist es inzwischen juristisch leichter möglich, dem prügelnden Ehemann den Zutritt zur gemeinsamen Wohnung zu verwehren, so dass ein gewisser Schutz der Ehefrauen gegeben ist und fatale Situationen verhindert werden können.

Doch die Rechtsprechung bleibt uneinheitlich, viel hängt vom jeweiligen Richter ab. In einem Fall von »Haustyrannenmord« hat der Bundesgerichtshof das Strafmaß einer Frau von neun auf vier Jahre und sechs Monate halbiert. Vom Landgericht Ravensburg erhielt eine Frau dagegen zwölf Jahre Haft, weil sie der 17 Jahre langen Quälerei durch ihren Ehemann mit Gewalt ein Ende setzte.

## Auftragsmord: Valerie L. kauft einen Killer (1994)

Valeries Leben ist wie das vieler ihrer Leidensgenossinnen schon seit frühester Jugend von Gewalt geprägt gewesen. Sie wuchs nach dem Krieg in Hamburg auf St. Pauli – dem hafennahen Rotlicht- und Amüsierviertel – auf, hatte noch drei Geschwister, der Vater kellnerte in den ansässigen Bars. Wenn er getrunken hatte, prügelte er die Mutter windelweich. Endlich trennte sich seine Frau von ihm, doch mit vier Kindern hatte sie es schwer, sich durchzuschlagen. Ihr neuer Freund erhängte sich. Daraufhin fing auch Valeries Mutter an zu trinken, die Familie versank in Armut. Valerie war gezwungen, die Volksschule abzubrechen und Geld zu verdienen. Doch auch ihre Arbeit im Kaufhaus musste sie aufgeben, um sich um die kleineren Geschwister zu kümmern.

Mit 17 lernte sie ihren ersten Mann Uwe kennen, einen Maurer. Schnell wurde sie schwanger, der Sohn Manfred kam zur Welt, nach vier Jahren die Tochter Susanne. Alles hätte so schön, so normal sein können, aber die verhängnisvollen Muster wiederholten sich: Uwe soff, schlug Frau und Kinder, schickte Valerie schließlich, als er seine Arbeit verlor, ins Bordell anschaffen. Sie gehorchte, brachte mit ihrem Liebeslohn die Familie durch.

Im Puff traf Valerie eines Tages Volker. Er imponierte ihr mit seinem Geld, seinem Beschützerdrang. Er kaufte Valerie für sich allein, hielt sie aus, damit sie nur ihm gehörte. Bald verließ sie ihren Ehemann, doch die Kinder blieben zunächst noch bei Uwe. Der Sohn floh schließlich, nachdem der Vater eine Gitarre auf ihm zerschlagen hat, die Tochter konnte von ihrer Mutter nur mit Hilfe eines Nachbarn aus der väterlichen Wohnung befreit werden.

Valerie und Volker heirateten, sie half in seinem Dachdeckerbetrieb, machte die Buchhaltung, fuhr Material zu den Baustellen. Das Unternehmen florierte, Volker, vorher chronisch verschuldet, brachte es mit Valeries Unterstützung zum Millionär. Er baute seiner Familie ein Haus außerhalb Hamburgs, 1984 wurde der gemeinsame Sohn Volker Junior geboren. Ein gutbürgerliches Idyll.

Eine Hölle. Auch Volker war gewalttätig, beleidigte seine Frau vor den Kindern, beschimpfte sie als Nutte, spuckte sie an, kippte ihr das Essen vor die Füße, sperrte sie ein, kontrollierte sie pausenlos. Mehrmals würgte er sie bis zur Bewusstlosigkeit. Er hat sie grün und blau geschlagen, wenn ein Aschenbecher zu Boden fiel, im Klo das Licht brannte, im Garten Laub lag. Wenn er sie verprügelte, zitierte er Volker Junior herbei und ließ ihn zusehen, damit der lernte, »wie man mit so einer Schweinemutter umgeht«. Valerie wehrte sich nicht, ertrug alle Demütigungen, hoffte, dass alles gut würde.

Wenn sie es einfach nicht mehr aushielt, floh sie zu Freundinnen, doch sobald die Hämatome verblassten, kehrte sie zu Volker zurück. Blieb sie manchmal standhafter, fand er sie, setzte sie unter Druck. In Todesangst kehrte sie dann heim. Sprach sie von Scheidung, brüllte er: »Einen Volker L. verläßt man nicht!« und drohte: »Ich laß Dich abknallen, das kostet mich 10.000 Mark und ein Lächeln.« Ein brutaler Kreislauf, den weder Peiniger noch Gepeinigte durchbrechen konnten.

Nach außen hielten alle die Fassade der Normalität aufrecht. Der Unternehmer Volker L. galt als Arbeitstier, schuftete werktags in der Firma, am Wochenende in Haus und Garten. Nie sprach Valerie über ihr Leiden. Nachbarn beschrieben sie als »immer piccobello«, ihn als »fleißig«, bei den L.'s erschien alles perfekt. Volker beschenkte Frau, Sohn und Stiefkinder überschwänglich, ein Pony für die Stieftochter, ein Motorrad für Manfred, Berge von Spielzeug für Volker Junior. Valerie bekam Schmuck, ein Cabrio, Designerkleider. Materiell fehlte es an nichts, emotional herrschte Eiszeit.

Seit Anfang der 1990er schien in Valerie endlich langsam ein Plan zu reifen, sich aus der unerträglichen Situation zu befreien. Einer Vertrauten gegenüber äußerte sie: »Eines Tages schlag ich diesen Mann tot.

Dann geh ich für den Rest meiner Tage in den Lauerhof, dort hab ich Ruhe.« Der Lauerhof ist das Lübecker Frauengefängnis.

Schließlich wandte sie sich Anfang 1994 an ihre alte Jugendfreundin F., die immer noch Kontakte in die St. Pauli-Szene hatte. Über F.'s Lebensgefährten E. und dessen Bekannten M. heuerte das Quartett für 50.000 Mark einen jungen Polen als Auftragskiller an. Valeries Aufgabe bestand nun darin, M. ständig über den Aufenthaltsort ihres Mannes zu informieren, damit der Mörder zuschlagen konnte. Doch sie verhielt sich zunehmend zwiespältig: Hatte Volker sie wieder einmal misshandelt, drängte sie auf seine schnelle Beseitigung, war er einmal nett zu ihr, versuchte sie alles abzublasen. Ihre Komplizen mahnten dann immer, einem gedungenen Mörder könne man nicht absagen wie einem Partyservice.

Valerie hätte andere Möglichkeiten gehabt, ihren Mann zu töten. Volker L. war Asthmatiker, hatte immer wieder schwere Anfälle. Ein Kissen aufs Gesicht, das rettende Spray vorenthalten, kein Arzt hätte Verdacht geschöpft, keine Polizei ermittelt. Aber Valerie konnte das nicht, sie war nicht dazu fähig, sich selbst mit ihren eigenen Händen zu wehren. Hätte sie so viel Überlegung, Willen und Härte aufbringen können, wäre sie dann in dieser Ehequal gelandet?

Am 7. September 1994 wurde viermal auf Volker L. geschossen, als er nach Hause kam und das Tor zu seinem Anwesen öffnen wollte. Er starb noch im Notarztwagen. Seine Frau brach zusammen, die am Tatort eintreffenden Ermittler fanden eine in Tränen aufgelöste Witwe und schockierte Kinder vor. Bei der Beerdigung für ihren Mann erlitt Valerie einen Schwächeanfall, musste hinausgetragen werden. Alles nur gespielt, oder drückte sie ihr schlechtes Gewissen?

Die Polizei ermittelte zunächst in alle Richtungen, nur die Familie erschien unverdächtig. Valerie lenkte dann jedoch die Aufmerksamkeit selbst auf sich: Als ihr Komplize M. versuchte, sie zu erpressen, benachrichtigte sie die Polizei, gestand alles.

Valerie und ihre Mitverschwörer wurden verhaftet, der zehnjährige Volker Junior verlor nach dem Vater auch die Mutter. 1996 verurteilte die Schwurgerichtskammer am Kieler Landgericht alle vier zu lebenslangen Freiheitsstrafen. Der eigentliche Schütze wurde erst im Jahre 2001 gefasst.

In der Urteilsbegründung ist zu lesen, dass die Tat als Mord gewertet werden muss. Valerie habe sich in keiner ausweglosen Situation befunden, sie hätte ihren Mann verlassen können. Doch sie habe der »Belästigung durch eine Scheidung entgehen« wollen. Der Mordauftrag sei ihre freie Entscheidung, eine Notwehrsituation nicht gegeben gewesen. Die Morddrohungen Volker L.'s gegen sie seien als nicht ernst zu nehmen zu bewerten. Dass ihr Mann gute Kontakte nach St. Pauli hatte, wegen Körperverletzung mehrfach vorbestraft war, ein illegales Waffenlage mit diversen Handfeuerwaffen, Schnellfeuergewehren, einer Pumpgun und Dynamit angelegt hatte, blieb unberücksichtigt. Stattdessen sagte der vorsitzende Richter über Valerie:

> *»Frau L. ist ein typischer Straftäter: nicht ansatzweise nachdenkend über das, was sie tut. Sie kannte den Charakter ihres Mannes, sie hätte sich schon lange vorher überlegen müssen, ob sie mit ihm überhaupt noch ein gemeinsames Kind will.«*

Aus all dem spricht absolutes Unverständnis für die Situation, in der sich die Ehefrau befand.

Valerie L. verbüßt ihre Haft im Gefängnis Lübeck-Lauerhof. Sie sagt: »Es hieß: Du oder ich«, aber auch: »Strafe muss sein.« Von Schuldgefühlen gequält wünscht sie trotz allem, ihre Tat ungeschehen machen zu können.

## »Ich konnte es nicht mehr ertragen«: Iris P. erstach ihren prügelnden Ehemann (1996)

Ganz ähnlich verlief die Geschichte der Iris P. Sie, ein Scheidungskind, lernte sehr jung Frank kennen, einen wilden Rocker mit vielen Freundinnen, der sie mit seiner Stärke beeindruckte. Dass ein so begehrter Mann ihr Aufmerksamkeit schenkte, schmeichelte Iris. Die beiden wurden ein Paar und heirateten bereits ein Jahr später. Im darauf folgenden Jahr kam ihre erste Tochter zur Welt.

Während der Schwangerschaft zeigte Frank sein anderes, brutales Gesicht: Als Iris im fünften Monat war, stach er ihr ein Messer in den

Bauch, sie wurde ins Krankenhaus eingeliefert. Die Ärzte erstatteten Anzeige bei der Polizei, doch die war keine Hilfe, im Gegenteil: Das seien »interne Ehestreitigkeiten, die sie mal besser unter sich klären sollten«, sagte man Iris.

Sie kehrte zu ihrem Mann zurück, versuchte zu verdrängen, klammerte sich an ihre Hoffnung auf ein normales Familienleben. Er versprach Besserung. Doch als Iris erneut schwanger wurde, trat er ihr im vierten Monat derart in den Bauch, dass das Baby starb. Durch den Stoß war sein Genick gebrochen. Ein Jahr später wurde dann ihre zweite Tochter geboren.

Frank rutschte in die Drogenszene ab, nahm Kokain, arbeitete nicht mehr. Die Familie lebte von Sozialhilfe. Iris wurde zunehmend schwerer misshandelt: Bruch des Jochbeins, der Nase, mehrere Frakturen der Rippen. Mehrfach trennte sie sich, kehrte aber immer wieder zurück, als Frank sie bedrohte. Sie hat erneut Hilfe bei der Polizei gesucht, doch auch diesmal wurde ihr Schutz verweigert, mit dem Argument, man könne erst eingreifen, wenn Schlimmeres geschehen sei. Sich ausge liefert und ohnmächtig fühlend, durch seine Schläge zermürbt, brach sie schließlich alle Kontakte zur Außenwelt ab, weder Eltern noch Freunde sah sie mehr.

Isoliert, geprügelt und verzweifelt, lebte sie in ständiger Angst. Im Juli 1996, nach fünf Jahren Ehe, eskalierte die Situation: Als Frank sie erneut zusammenschlug, wehrte sie sich, stach mit einem Küchenmesser insgesamt 19-mal auf ihren Ehemann ein. Der verblutete in der Küche. Geplant sei die Tat nicht gewesen, vielmehr hätte sie wie im Rausch zugestochen, in Herz, Brust, Rücken, hätte einfach nicht mehr aufhören können.

Das Gericht sah in der Tat jedoch einen vorsätzlichen Mord und verurteilte die Täterin zu zehn Jahren Haft. Im Urteil des Landgerichts Münster heißt es: »Die Angeklagte hat einen Menschen vorsätzlich, und zwar absichtlich, und des Weiteren heimtückisch getötet.«

Zunächst saß sie in der JVA Bielefeld/Brackwede. Wie im Fall Valerie L. empfindet auch Iris ihre Haft einerseits fast als Erlösung: Zum ersten Mal bekommt sie psychologische Hilfe, kann sich von ihrem Ehemartyrium erholen, entwickelt langsam Selbstbewusstsein, das ihr Mann aus ihr herausgeprügelt hatte. Andererseits leidet sie: unter Schuldgefühlen, den Mann den sie einmal geliebt hat, den Vater ihrer beiden Töchter, getötet zu haben, besonders aber unter der Trennung von ihren Kindern.

Da Iris keinen Kontakt mehr zu ihren Eltern hatte, kamen die Töchter nach der Tat zunächst ins Heim. Niemand erklärte ihnen, warum, oder was mit ihrem Vater geschehen, wo ihre Mutter war. Ihre jüngere Tochter durfte Iris seit der Tat nicht mehr sehen. Obwohl die Mutter das Kind nicht zur Adoption freigab, lebt es seit mehreren Jahren in einer Pflegefamilie, das Jugendamt informiert Iris jedoch inzwischen regelmäßig über die Entwicklung der Tochter. Dennoch ist Iris klar, dass die Mutterrolle längst von einer anderen Frau übernommen wird. Ihr älteres Kind, das in einer Wohngruppe lebt, durfte Iris im Gefängnis besuchen, sie hat die Hoffnung, nach der Haftentlassung das Sorgerecht zurückzuerhalten. Ihre soziale Prognose sieht gut aus, sie verbringt den Rest ihrer Haftzeit im offenen Vollzug und versucht, sich über eine Ich-AG selbstständig zu machen, um nach Verbüßung ihrer Strafe endlich ein selbstbestimmtes Leben führen zu können.

Gerade am Fall Iris zeigt sich, wie hart Frauen, die töten, oft von Strafen getroffen werden. Nach dem Ende ihrer Ehehölle müssen sie nicht nur oftmals für lange Zeit ins Gefängnis, sie verlieren zudem noch ihre Kinder, die sie durch die Tat doch schützen wollten. Außerdem zeigt sich an diesem Fall die ungewöhnlich unterschiedliche Strafzumessung beim Haustyrannenmord: Für eine ähnliche Tat wie die von Iris erhielt eine Frau aus Offenburg zwei Jahre Haft auf Bewährung.

## Motiv: Habgier

Nach so unverständlichen und unerklärbar erscheinenden Taten wie Kindstötung oder Lust- und Serienmord wirkt das Motiv Habgier geradezu erfrischend nachvollziehbar. Habgier gilt als niederer Beweggrund und als ein Mordmerkmal, ebenso wie die Verdeckung einer Straftat. Die gesellschaftliche Wahrnehmung traut Frauen Tötungen aus so rationalen und nachvollziehbaren Gründen jedoch nicht wirklich zu. Allzu schmeichelhaft wäre es, würde man Frauen keine so schnöde materialistische Gesinnung zuschreiben; wahrscheinlicher verstößt die Vorstellung von einer Frau als prosaische und nüchterne Raubmörderin jedoch gegen das Bild der gefühlsbewegten Täterin, die aus emotionalen Gründen tötet.

Dabei bilden Eigentumsdelikte mit einem Anteil von fast 50 Prozent an allen begangenen Straftaten einen eindeutigen Verbrechensschwerpunkt. Allerdings erscheinen solche Taten häufig als klassisch männliche Domäne, obwohl der Frauenanteil gerade bei Raub und Körperverletzung in den letzten 20 Jahren zugenommen hat. Bei Mord in Zusammenhang mit Raubdelikten zeigt die Kriminalstatistik für 2004 jedoch, dass die öffentliche Wahrnehmung so falsch nicht liegt: 92,5 Prozent der ermittelten Täter waren männlich, damit nur 7,5 Prozent weiblich. Frauen tauchen in der Statistik dagegen überdurchschnittlich häufig bei harmloseren Delikten wie Diebstahl ohne erschwerende Umstände (hier beträgt ihr Anteil 33 Prozent) und bei Betrug (29 Prozent) auf.

Die beiden im Folgenden beschriebenen Fälle weisen neben zahlreichen Unterschieden – nicht nur die Zeiten, in denen sie sich abspielten – doch auch überraschende Gemeinsamkeiten auf. Beide Täterinnen wurden zunächst verdammt und dann zu Heldinnen stilisiert. Bei beiden Mörderinnen handelte es sich um faszinierende Persönlichkeiten. Und beiden konnte als Motiv Habgier zugeschrieben werden. Die eine hatte das Glück, zu überleben, die andere wurde mit dem Tode bestraft.

## Ein »kulturwidriges Ereignis«: Der Fall Grete Beier (1907)

Als eine der berühmtesten Mörderinnen Deutschlands galt lange Zeit die 1885 geborene Marie Margarete Beier, Bürgermeistertochter aus Brand bei Freiberg im damaligen Königreich Sachsen. Diese junge Frau beging im Alter von knapp 20 Jahren ihre Taten mit einer Gerissenheit und Kaltblütigkeit, die ihre Zeitgenossen nicht so sehr entsetzte als vielmehr verblüffte. Die Geschichte dieser »Mörderin mit dem Engelsgesicht« war die Sensation ihrer Zeit: Postkarten mit ihrem Bild waren ebenso im Handel wie Broschen mit ihrem Koterfei, in der Schreckenskammer des Wachsfigurenkabinetts in der Berliner Passage konnte ihr Abbild im Sonntagskleid bestaunt werden.

Grete Beier stammte aus gutbürgerlichem Haus und erhielt die Erziehung einer typischen höheren Tochter: Sie spielte Klavier, vertrieb sich die Zeit mit Handarbeiten und dem Lesen von Romanen, war in der Schule der Liebling aller Lehrer und galt allgemein als Musterbeispiel einer guten Haustochter. Mit 16 Jahren brachte sie ihre Mutter, zu der sie ein gespanntes Verhältnis hatte, in die Tanzstunde in Freiberg, um Grete auf die Einführung in die Gesellschaft vorzubereiten. Dort in der Tanzschule traf Grete Beier ihren ersten Verehrer, an den sie schließlich auch ihre Unschuld verlor, mit dem sie sich dann jedoch überwarf.

Mit zwanzig lernte Grete während des Faschings auf einem Maskenball im Februar 1905 dann den drei Jahre älteren Handlungsgehilfen Hans Merker kennen. Es war die große Liebe, bereits drei Wochen später war das Paar verlobt. Dies musste jedoch heimlich geschehen, denn Gretes Eltern waren strikt gegen die Verbindung. Besonders die Mutter drängte auf eine bessere Partie. Als völlig unpassender Schwiegersohn galt Merker spätestens seit Juli 1905. Zu diesem Zeitpunkt entdeckte dessen Chef, dass sein Angestellter die damals hohe Summe von 2.000 Mark unterschlagen hatte.

Grete Beier und Hans Merker schafften es jedoch, Gretes Vater dazu zu bringen, den Verlobten seiner Tochter auszulösen. Er übernahm einen Teil der Schulden, den Rest sollte der Tunichtgut innerhalb von zwei Jahren an den Kaufmann zurückzahlen. Darüber hinaus verlor Merker seine Stelle, doch Bürgermeister Beier brachte ihn in der Registratur der Saxonia-Hütte in Brand unter. Allerdings knüpfte der Vater daran eine Bedingung: Entlobung mit seiner Tochter und Abbruch jeglichen Kontaktes; einen stehlenden Schwiegersohn konnte der Bürgermeister nicht gebrauchen. Merker willigte notgedrungen ein, setzte sein Verhältnis mit Grete jedoch unbemerkt fort. Beide trafen sich heimlich und schrieben sich glühende Liebesbriefe.

Im Karneval 1906 debütierte Grete Beier in Chemnitz. Die Mutter setzte nach den unerfreulichen Ereignissen des Vorjahres nun alles daran, ihre Tochter möglichst schnell an einen gutsituierten Bewerber zu verheiraten. Als aussichtsreichster Kandidat entpuppte sich Oberingenieur Kurt Pressler, dessen Verlobung mit Grete Beier bereits im März 1906 angezeigt wurde. Zu diesem Zeitpunkt hatte Grete erfahren, dass Hans Merker sie betrog, und hatte den Kontakt zu ihm abgebrochen. Deshalb willigte sie zunächst artig in die Verbindung mit Pressler ein.

Dieser legte jedoch nach und nach ein Verhalten an den Tag, das Grete zusehends missfiel: Später behauptete sie, er sei ihr gegenüber herrisch aufgetreten, habe auf eine höhere Mitgift gedrängt und sie generell vernachlässigt. In dieser Situation sei ihr dann zu Ohren gekommen, dass Merker immer noch in sie verliebt sei. Zunächst hätte er ihr nur als Freund in der glücklosen Verlobung beistehen wollen, allerdings sei Grete von »innerer Erregung« übermannt worden und habe sich ihrer großen Liebe schließlich erneut hingegeben.

Grete beabsichtigte nun, die Verlobung mit Pressler zu lösen. Ihre Mutter drängte jedoch unter Drohungen auf die Einhaltung des Eheversprechens, nicht zuletzt, um eine Blamage vor der Gesellschaft Brands zu vermeiden. Hans Merker seinerseits reagierte zunehmend verärgert auf die Heiratsabsicht; Grete musste ihm wiederholt beteuern, dass ihr der Ingenieur nichts bedeute und sie ihren Eltern eine Zustimmung zur Ehe mit ihm, Merker, schon noch abtrotzen werde. Einstweilen solle ihr Geliebter sich noch ruhig verhalten.

Grete Beier hatte sich zwischen alle Stühle manövriert. Auf einer Rheinreise der Familien Pressler und Beier machte sie schließlich reinen Tisch und warf Pressler den Verlobungsring vor die Füße. Doch sie blieb nicht standhaft. Nach Vermittlungsversuchen der zukünftigen Schwiegermutter und Drohungen der Eltern nahm sie den Ring zurück. Sie hoffte nun, Pressler dazu bewegen zu können, die Verlobung selbst zu lösen. Dazu begann sie, sich öffentlich mit anderen Männern zu amüsieren und sich ihrem zukünftigen Gatten gegenüber kalt und abweisend zu zeigen. Doch dies fruchtete nicht, Pressler hielt an der Verbindung fest. Grete schrieb rückschauend, zu dieser Zeit sei sie »gleichgültig und stumpf« geworden und habe »die Sache gehen« lassen.

Grete Beiers Lavieren in diesem Dreiecksverhältnis mündete für sie zunächst in eine Katastrophe: Sie wurde schwanger von Hans Merker. Betroffen schrieb sie dem Kindsvater von der Angst die sie habe, ihrem Vater unter die Augen zu treten. Doch Merker beruhigte sie und erläuterte ihr, dass die Eltern nun wohl oder übel einer Hochzeit zwischen den beiden würden zustimmen müssen, um die Schande einer unehelichen Geburt abzuwenden. Pressler würde sie schwanger von einem anderen niemals ehelichen.

Bei Merker spielten inzwischen neben romantischen Motiven auch handfeste materielle Gründe eine Rolle beim Vorantreiben einer Verbindung mit Grete Beier: Er befand sich erneut in massiven finanziellen Schwierigkeiten und zählte auf die Familie seiner Geliebten, ihm erneut aus der Klemme zu helfen.

Als Grete ihrer Mutter die Schwangerschaft schließlich gestand, reagierte diese jedoch gänzlich anders als vorhergesehen. Statt einer Ehe mit Merker zuzustimmen schlug sie vor, das Kind Pressler unterzuschieben. Grete müsse sich ihrem offiziellen Verlobten dazu nur einmal hingeben. Diese Abgebrühtheit ihrer Mutter schockierte die Tochter, die drohte, sich eher das Leben zu nehmen als bei einem solchen Vorgehen mitzumachen. Die Eltern blieben jedoch hart; eine Ehe mit Merker käme unter keinen Umständen in Frage. Schließlich scheint die ganze Familie zu dem Schluss gekommen zu sein, dass einzig eine Abtreibung die verzwickte Lage würde bereinigen können.

Doch nun beging Grete Beier einen verhängnisvollen Fehler: Sie berichtete Merker ganz unverblümt, dass sie dank einer Hebamme, einer Freundin der Familie, aller Sorgen ledig sei. Merker schloss daraus auf die Vornahme einer illegalen Abtreibung und hatte nun ein gewichtiges Druckmittel gegen die ganze Familie des Bürgermeisters in der Hand. Merker begann umgehend, Vater Beier zu erpressen, sowohl um Geld als auch um die Zustimmung zur Heirat mit der Tochter. Der Bürgermeister lenkte aus Angst um das Ansehen seiner Familie ein und zahlte erneut Geld an Merker, erhielt dafür die Briefe Gretes, in denen sie von der Abtreibung berichtete. Daneben liefen jedoch die Vorbereitungen für eine Hochzeit mit Pressler weiter, der Termin wurde schließlich auf Pfingsten 1907 festgelegt.

Wie Grete Beier sich in dieser Situation verhielt, ist nicht leicht durchschaubar. Fest steht, dass sie einen Revolver kaufte – angeblich um sich selbst zu erschießen – und dass sie Merker Geld zusteckte, da die Zahlungen ihres Vater nicht ausgereicht hatten, seine Schulden zu tilgen. Diese ewige Geldnot Merkers scheint Grete auch dazu motiviert zu haben, nach langem Hin und Her in die Hochzeit mit Pressler einzuwilligen: Sie hoffte, als Ehefrau über Presslers Geld verfügen zu können und spekulierte auf eine schnelle Scheidung vom ungeliebten Ehemann. Zumindest äußerte sie sich dementsprechend gegenüber dem eifersüchtigen Merker, um ihn zu beschwichtigen und ihm zu zeigen, dass sie die Ehe mit Pressler nur aus Kalkül und nicht aus Liebe eingingе.

Dieser Strategie widersprach jedoch ein von Grete Beier raffiniert eingefädelter Plan, dessen Anfänge sich in diese Zeit datieren lassen. Plötzlich präsentierte Grete ihrem heimlichen Verlobten einen Brief, der deutlich machen sollte, dass Pressler sie gar nicht heiraten könne. Er sei nämlich bereits in Italien verheiratet! Dazu erzählte sie eine verworrene romantische Geschichte über Entehrung, Rache und Familienfehden, in die Pressler in Italien hineingeraten sei, was schließlich zu einer Zwangsehe mit einer gewissen Lenore Ferroni geführt habe. Grete berichtete weiter, sie habe die Ferroni in Chemnitz im Hotel »Sächsischer Hof« getroffen, wobei diese sie vor dem Bigamisten Pressler gewarnt habe. Merker glaubte Grete jedoch nicht, und seine Nachforschungen ergaben, dass kein Wort der Geschichte stimmte. Er konfrontierte seine Geliebte mit ihren Lügen und presste der Verblüfften die Briefe ab, die er ihrem Vater ausgehändigt hatte.

Grete befand sich weiterhin in einer prekären Situation: Die Hochzeitsvorbereitungen schritten voran, Merker hingegen drohte, die Heirat notfalls während der Trauung platzen zu lassen. Vor Gericht gestand Grete Beier später, zu dieser Zeit den definitiven Mordplan geschmiedet zu haben.

Diesen schob sie durch ein unvorhergesehenes Ereignis allerdings noch etwas auf. Am 15. April 1907 verstarb Gretes Onkel und hinterließ Sparbücher mit über 4.000 Mark sowie 500 Mark in Gold, alles aufgehoben in einer Kassette, die im Hause Beier verwahrt werden sollte, bis die Erbschaftsverhältnisse geklärt wären. Es fanden sich nämlich zwei Testamente, wobei im jüngeren der Nichte Grete die hohe Summe von 3.600 Mark vermacht wurde. Später ist spekuliert worden, dass dieser letzte Wille ein Fälschung Grete Beiers gewesen sei.

Allerdings war das Geld angelegt, und Grete konnte noch nicht frei darüber verfügen, da Formalitäten zu erledigen und die Ansprüche anderer Verwandter zu prüfen waren. Doch da Merkers finanzielle Situation katastrophale Ausmaße angenommen hatte, beschloss Grete, schnell zu handeln und offenbarte dabei erstmals ihre große Gerissenheit und kriminelle Energie: Sie fälschte die Unterschrift einer Tante, um auf deren Namen am 2. Mai 1907 Geld von einem der Sparbücher abzuheben, und kopierte den Schlüssel zur Kassette, um so zusätzlich noch 300 Goldmark zu entnehmen. Die Schlüsselkopie versteckte sie in der Wohnung der Tante, um den Verdacht auf diese zu lenken, falls der Diebstahl ruchbar werden sollte. Das ergaunerte Geld gab Grete Beier ihrem Geliebten.

Allerdings muss ihr klar gewesen sein, dass auch diese Summe Merkers Geldhunger nicht würde stillen können. Pressler hatte ihr offenbart, über ein Vermögen von 15.000 Mark zu verfügen. Diese enorme Summe schien schon eher geeignet, einige Zeit ein ruhiges Leben mit Merker führen zu können. Und so setzte Grete Beier, die brave Bürgerstochter, ihren Mordplan überlegt Schritt für Schritt um.

Sie entwendete aus Presslers Dunkelkammer ein Fläschchen Zyankali, stahl ihrem Vater den Revolver, den sie gekauft, den er ihr aber zwischenzeitlich abgenommen hatte, und fragte unter falschem Namen beim »Freiberger Anzeiger« an, wie ein rechtsgültiges Testament abgefasst sein müsse, das die Braut bereits vor der Eheschließung als Alleinerbin einsetze. Nach den ihr dort erteilten Ratschlägen fälschte Grete Beier ein solches Schriftstück, das sie auf den 9. Mai 1907 datierte – am 19. Mai sollte die Hochzeit stattfinden. Dann schrieb sie erneut zwei Briefe unter dem Namen Ferroni, einen an sich selbst, den anderen an Pressler. In dem an sich selbst gerichteten Brief wiederholte sie die Geschichte über die italienische Ehe Presslers, der Brief an ihren Verlobten enthielt Drohungen, die angebliche Bigamie öffentlich zu machen. Anschließend kündigte Grete Beier ihrem Verlobten einen Besuch in Chemnitz für den 13. Mai an und verschaffte sich für diesen Tag ein Alibi, indem sie eine Freundin bat, sie zu sich einzuladen.

Alles verlief wie geplant: Am 13. Mai besuchte Grete Beier Kurt Pressler in Chemnitz, gab ihm Zyankali in den Likör, mit dem auf die baldige Hochzeit angestoßen werden sollte, und schoss dem vergifteten zusätzlich in den Mund. Den Revolver drapierte sie so, dass es nach Selbstmord aussah. Dann legte sie das gefälschte Testament – das sie mit dem Siegelring, den sie dem Toten vom Finger gezogen hatte, siegelte – und den zweiten Ferroni-Brief auf Presslers Schreibtisch. Danach verließ sie ungesehen die Wohnung.

Trotz der etwas abenteuerlichen Ferroni-Geschichte zweifelte Presslers Familie nicht an seinem Freitod. Wahrscheinlich auch, um diese Peinlichkeit schnell unter den Teppich zu kehren, erkannte sie das aufgefundene Testament an. Pressler wurde, wie im gefälschten letzten Willen verfügt, bereits vier Tage nach seinem Tod eingeäschert, was alle Spuren verwischte. Die junge Verlobte zeigte bei der Beisetzung keinerlei Trauer, doch auch dies schien niemandem aufzufallen, zumal der zweite Ferroni-Brief Pressler auch der Familie Beier gegenüber als Bigamisten bezichtigt hatte. Einzig Hans Merker deutete Grete Beier an, dass sie bei Presslers Tot die Hand im Spiel gehabt hatte.

Doch dann wurde Grete Beier von ihrer Anfang Mai begangenen Unterschlagung eingeholt. Nach Presslers Beisetzung kam die unerlaubte Entnahme ans Licht. Die Verwandtschaft zeigte sich gegenseitig an, und schließlich wurde Grete Beier am 27. Juni 1907 verhaftet, da der Bankkassierer in ihr die Frau wieder erkannt hatte, die damals das Geld abgehoben hatte.

Grete erzählte in Polizeihaft unglaubwürdige und widersprüchliche Geschichten, belastete unter anderem auch den toten Bräutigam, in die Unterschlagung verwickelt zu sein. Schließlich wurde ihr die Verbindung zu Merker zum Verhängnis: Auch aus dem Gefängnis hatte sie ihm glühende Liebesbriefe geschrieben und ihn beschworen, ihr in dieser schweren Zeit zu helfen. Merker sollte eine Belastungszeugin die Treppe hinunter stoßen und sie so zum Schweigen bringen. Dadurch solle er sich revanchieren. So schrieb sie den verhängnisvollen Satz: »Ich habe Dich ja auch von Pressler befreit.«

Merker jedoch hatte sich nach der Verhaftung von Grete zurückgezogen, um nur ja nicht in die Ermittlungen verwickelt zu werden. Doch genau dies geschah, Merker wurde wegen Hehlerei festgenommen, da es als erwiesen galt, dass er vom unterschlagenen Geld profitiert hatte. Da schob er alle Schuld auf Grete Beier, die er niemals zu einer solchen Tat angestiftet haben wollte. Er habe nicht gewusst, woher das erhaltene Geld stammte.

Um sich zu entlasten, übergab Merker dem Untersuchungsrichter Gretes Briefe aus dem Gefängnis, darunter auch die Schreiben, in denen sie den Mord an der Zeugin und die Andeutungen in Bezug auf Presslers Tod formuliert hatte. Nun nahm die Staatsanwaltschaft auch Mordermittlungen auf. In Verhören leugnete Grete Beier jedoch weiterhin jede Beteiligung an Presslers Tod, gab lediglich zu, vor seinem Selbstmord bei ihm gewesen zu sein.

Eine Wende in ihrem Verhalten trat erst nach dem Tode des Vaters am 10. September 1907 ein. Als ihr darüber hinaus noch der Verrat Merkers hinterbracht wurde, schien sie alle Energie verloren zu haben und legte schließlich ein umfassendes Geständnis ab. Darin schrieb sie, nach den Taten habe sie sich »als eine Romanheldin betrachtet« und so die Verbrechen in eine fiktive Sphäre verschoben. Dies passte als Argument in die zeitgenössische Diskussion um die Gefahren, die das Lesen von Romanen für höhere Töchter bedeutete, da diese Lektüre angeblich die leicht beeinflussbare weibliche Fantasie durch romantische Gefühlsduselei verwirre.

Vor dem Gerichtsverfahren fand zunächst eine psychiatrische Untersuchung der Delinquentin statt, da eine so abgebrühte Tat einer ordentlichen Bürgerstochter einfach nicht zugetraut wurde und daher vielleicht ein geistiger Defekt eine Erklärung hätte bieten können. Die Beobachtungen in der Landesanstalt Waldheim zeigten allerdings nur, dass die junge Angeklagte wegen des Todes ihres Vaters leicht depressiv, darüber hinaus aber sowohl körperlich als auch geistig vollständig gesund und damit voll schuldfähig war.

Presseberichte stilisierten Grete Beier dagegen zu einer triebhaften, ja fast schon sexsüchtigen Hure, die sich angeblich oft in einem Bordell in Freiberg aufgehalten und sogar noch in der Psychiatrie ein Verhältnis mit einem Mitpatienten begonnen hätte. Ihre Affäre mit Merker wurde in der durch prüde Doppelmoral geprägten ausgehenden Kaiserzeit als Zeichen totaler sexueller Verwahrlosung, ja sogar als Anzeichen für eine hysterische Geisteskrankheit gedeutet. Eine Frau, die ihre Eltern und ihren Verlobten so geschickt hintergangen hatte, um einem sexuellen Liebesabenteuer zu frönen, galt als Gefahr für den Verhaltenskodex der ganzen bürgerlichen Schicht.

Wenn sich alle Töchter so verhielten, sich den Ehepartner selbst aussuchten und mit ihm vor der Ehe intime Beziehungen aufnähmen, wäre die Kontrolle der bürgerlichen Töchter, an deren Verhalten die gesamte Familienehre und an deren lukrativer Verheiratung nicht nach Sympathie-, sondern nach Standesgesichtspunkten der Zusammenhalt des Bürgertums hing, nicht mehr möglich gewesen. Daher mussten die negativen Aspekte des Lebens Grete Beiers herausgestellt werden, um so als Musterbeispiel dafür zu dienen, in welche Katastrophe ein solches Verhalten zwangsläufig führen musste: Betrug und Mord, öffentliche Schande, Entehrung der ganzen Familie.

Grete Beier selbst führte als Erklärung ihrer Taten das schlechte Verhältnis zur Mutter an, das von »Kaltherzigkeit und Lieblosigkeit« geprägt gewesen sei. Die Mutter »hatte nur einen Sinn für das materielle Wohl, Herzensbedürfnisse waren und sind für sie ein unbekannter Begriff.« Es kam das ganze Elend bürgerlicher Zwangsehen zum Ausdruck, die nicht auf romantischer Liebe, sondern Standesgesichtspunkten und finanzieller Absicherung fußten. Der Vater dagegen habe Grete oft ermutigt, aus Liebe zu heiraten, »damit ich nicht so unglücklich würde wie er«.

Es fiel schwer, Grete Beier während der zweitägigen Verhandlung am 29. und 30. Juni 1908 als nymphomane und sittlich verwahrloste Mörderin darzustellen. Insgesamt fanden drei Prozesse gegen sie statt: Vor der Mordanklage musste sie sich am 4. Juni 1908 vor der ersten Strafkammer des Königlichen Landgerichtes in Freiberg (Sachsen) wegen Abtreibung und am nächsten Tag wegen schweren Diebstahls, Urkundenfälschung und Aufforderung zum Mord in Sachen ihres Onkels verantworten. Der Fall der mordenden Bürgermeistertochter wurde zum Sensationsprozess.

Zunächst galt Grete Beier der Öffentlichkeit als habgierige Mörderin, die ihren Verlobten tötete, um mit ihrem Geliebten, mit dem sie

»wahre Orgien« gefeiert habe, ein ausschweifendes Leben führen zu können. Sie wurde zu einer Femme Fatale und kaltblütigen Giftmischerin stilisiert. Doch dieses Bild wollte nicht zu der Frau im Gerichtssaal passen, die so gar nichts Verschlagenes an sich hatte, sondern offen und bereitwillig auf alle Fragen des Anklägers antwortete. Im Laufe der Verhandlung kam dann zudem heraus, dass ihre Mutter an der Abtreibung beteiligt gewesen war und wie stark sie die Tochter unter Druck gesetzt hatte, Pressler zu heiraten.

Auch die Gestalt des Belastungszeugen Hans Merker erschien immer dubioser: Er hatte seine Geliebte mit seinem Wissen über ihre Abtreibung um Geld erpresst und galt deshalb als Anstifter der Taten. Die Öffentlichkeit nahm es Merker zudem übel, dass er seine Gespielin verraten hatte, indem er die inkriminierenden Briefe, in denen Grete Beier bis zuletzt ihre Liebe zu ihm beteuerte, den Behörden übergab.

Die Angeklagte erschien plötzlich eher als Opfer widerstreitender Interessen, denen sie nicht mehr hatte gerecht werden können. Auf die Frage, was sie denn bloß an dem liederlichen Merker gefunden habe, antwortete sie, sie habe Mitleid mit ihm gehabt und ihn bessern wollen. Es tauchte keine Spur der unterstellten sexuellen Hörigkeit auf, vielmehr gerierte sich die Angeklagte als edelmütige Helferin des Mannes den sie liebte und entsprach damit dem bürgerlichen Ideal der duldenden Kameradin. Erst nachdem Merker sein Wissen über die Abtreibung auszunutzen begonnen hatte, wollte Grete Beier sein wahres Wesen erkannt haben. Doch da sei sie ihm schon wehrlos ausgeliefert gewesen.

So präsentierte sich Grete Beier wieder ganz als brave Haustochter, gab alle ihr vorgeworfenen Taten zu und verstand es, die moralische Schuld einerseits auf Merker, dem sie verfallen gewesen sei und der sie am Ende schändlich verraten habe, und andererseits auf ihre Familie, die sie zu jung in eine standesgemäße Ehe mit einem ungeliebten Mann habe drängen wollen, abzuwälzen.

In ihrer im Gefängnis verfassten Lebensbeichte gibt sie die Schuld an den Ereignissen allen anderen, nur sie selbst erscheint seltsam passiv und getrieben: Die Mutter habe sie nie geliebt und immer nur den materiellen Vorteil betont, Pressler sei nicht liebenswürdig genug ihr gegenüber gewesen, Merker habe ihr Vertrauen missbraucht. Dies erweckt den Eindruck einer Zwangsläufigkeit, die so nicht bestanden hat. Wiederholt schreibt Grete Beier, sie habe sich nicht wehren können, die Mutter habe sie gezwungen, Pressler gedrängt, der Vater überredet. Ein eigener Wille Gretes wird zwar erkennbar, sie erweckt jedoch den Eindruck, diesen nicht habe durchsetzen zu können. Grete Beier zog sich so im Nachhinein ganz auf die Position der bürgerlichen Frau zurück, die eben nicht aktiv handelte, sondern der höchstens ihr Nichtstun vorzuwerfen war, das sie schließlich in eine ausweglos gezeichnete Situation gebracht habe. Ihr Fall erfuhr so die Deutung als Tragödie eines Bürgermädchens, das an den Zwängen ihrer Schicht zerbrach. Die Presse betonte wiederholt die »erschütternde Tragik« des ganzen Falles.

Während die Angeklagte sich mehr und mehr zur passiven Unschuld wandelte, die sich nicht anders hatte zu helfen wissen, und Merker als verschlagener Schürzenjäger erschien, blieb die Figur des Kurt Pressler, des eigentlichen Mordopfers, blass. Grete Beier zeichnet ihn in ihrer Lebensbeichte zwar als kaltherzig, gierig und respektlos – führt außerdem an, er habe sie kurz vor dem Mord gegen ihren Willen »geschlechtlich gebrauchen« wollen, wogegen sie den größten Abscheu gehegt habe – allerdings verfolgt sie damit den Zweck, sich selbst zu entlasten und Verständnis für ihre Tat zu erwecken, so dass diese Äußerungen nicht unbedingt glaubhaft sind.

Aufgrund des großen Mitgefühls, das der Angeklagten entgegengebracht wurde, herrschte allgemein die Annahme, dass Grete Beier nicht die Todesstrafe würde erleiden müssen. Das Gericht hatte bei den ihr zur Last gelegten Taten zwar keine andere Wahl gehabt, als sie zum Tode zu verurteilen, jedoch gleichzeitig eine Empfehlung zur Begnadigung abgegeben. Auch zu ihrem Geständnis war Grete Beier dadurch überredet worden, dass sich dies urteilsmildernd auswirken würde. Grete Beiers Verteidiger legte, da er sich einer Begnadigung zu lebenslänglichem Zuchthaus für seine Mandantin ebenfalls sicher war, keine Revision gegen das Urteil ein.

Doch der sächsische König versagte ihr den Pardon. Dies löste eine heftige Diskussion um die Todesstrafe aus. Den einen erschien die Hinrichtung der jungen Frau als »gesetzlicher Mord« und als »verrohend wirkendes mittelalterlich barbarisches Strafmittel«, den anderen als notwendige Maßnahme zur Abschreckung und einzig adäquate Sühne der begangenen Tat.

Seit fünfzig Jahren war in Sachsen keine Frau mehr hingerichtet worden. Die Enthauptung der Grete Beier fand am 23. Juli 1908 öffentlich statt, im Hof des Gefängnisses waren ca. 200 männliche Zuschauer anwesend, obwohl mehr als zehnmal so viele um Karten angestanden hatten. Doch auch die Zeitungsleser wurden in zahlreichen Artikeln detailreich über den Verlauf der Hinrichtung informiert. Ganz ins Bild der beherrschten Heldin passte das geschilderte Verhalten der Todeskandidatin. Ruhig und gefasst sei sie zur Richtstätte geschritten und habe kurz vor dem Niedersausen des Fallbeils als letzte Worte gesprochen: »Vater, jetzt komme ich.« Das halböffentliche Straftheater inspirierte den »Simplicissimus« zu einer satirischen Titelblatt-Illustration: Unter der Überschrift »Grete Beiers lobwürdige Hinrichtung« stand zu lesen: »Bravo! Bravissimo! Nochämal, nochämal! Der Gleene hier hat nischt gesähn!«

Besonders das schauerliche Spektakel der öffentlichen Hinrichtung rief nochmals die Gegner der Todesstrafe auf den Plan. Denn obwohl die Vollstreckung nicht geheim, sondern im Gegenteil öffentlich stattfinden musste, hatte sich seit Mitte des 19. Jahrhunderts die Durchführung von Exekutionen im Gefängnishof durchgesetzt, wobei nur ausgewähltes Publikum zugelassen wurde. Die mittelalterlich anmutenden Strafrituale und Volksaufläufe bei Hinrichtungen wurden zunehmend als nicht mehr zeitgemäß empfunden und von der Obrigkeit wegen des Aufruhrpotentials der aufgepeitschten Volksseele beargwöhnt.

Die Opposition gegen die Todesstrafe argumentierte nun, 200 Personen könnten nicht die Öffentlichkeit ausmachen, die es doch laut offizieller Verlautbarungen durch Hinrichtungen abzuschrecken gelte. Warum aber wurde nur 200 Personen, die ein »wissenschaftliches Interesse« an der Strafvollstreckung nachweisen könnten oder bei denen es sich zumindest um »Personen von Stand« handelte, die Teilnahme an der Exekution erlaubt? Weil sie auf einen Großteil des »einfachen Volkes« eben als verrohend wirken würde bzw. ob ihres grausamen Charakters eher Mitleid mit der Delinquentin auslösen könnte, lautete die Antwort der Abolitionisten. Doch wenn dem so sei, habe sich die

Berechtigung für Hinrichtungen generell überlebt, und der brutale Brauch gehöre abgeschafft. Gerade der Fall Grete Beiers, bei dem selbst das Gericht mit einer Begnadigung der jungen Angeklagten gerechnet hatte, eignete sich hervorragend, um gegen die Vollstreckung der Todesstrafe zu agitieren. Doch ihre Abschaffung wurde erst im Grundgesetz der Bundesrepublik Deutschland 1949 festgeschrieben.

Allerdings führte die öffentliche Erregung um die Hinrichtung der Grete Beier, gegen die sogar die konservative »Kreuzzeitung« protestiert hatte, dazu, dass dem umstrittenen Brauch, Eintrittskarte für Exekutionen auszugeben, endgültig ein Ende gesetzt wurde. Von nun an war neben Richter und Staatsanwalt lediglich die Anwesenheit von zwölf Zeugen erlaubt.

Auch wenn Frauen unter den Hingerichteten in der Minderheit sind, hatten sie bis weit ins 19. Jahrhundert hinein nicht mit geschlechtsspezifischer Milde bei der Urteilsvollstreckung zu rechnen. Als im Januar 1850 beispielsweise in Preußen eine Gattenmörderin »zum Schafott geschleift und durch Rädern von unten« hingerichtet werden sollte, protestierte der Justizminister zwar, es handele sich bei der Schleifung um eine »nicht zeitgemäße Schärfung der Todesstrafe«, gegen das grausame Rädern hatte er jedoch nichts einzuwenden.

## Der Fall Vera Brühne (1960)

Die aparte Vera Brühne, 1962 angeklagt der Ermordung von Dr. Otto Praun und seiner Haushälterin Elfriede Kloo zwei Jahre zuvor, wurde durch ihren Prozess zur Ikone der frühen 1960er Jahre. An ihrem Fall arbeitete sich die Öffentlichkeit der Adenauer-Republik ab: Die zunächst erhobene Forderung »Hängt Vera Brühne!« wandelte sich durch den gegen sie ergangenen Schuldspruch in »Befreit Vera Brühne!« Während einige das Urteil gegen sie als gerechte Sühne für eine kaltblütige Mörderin ansahen, hielt ein Großteil der Bevölkerung ihre Bestrafung für ein krasses Fehlurteil. Wie konnte ein Mordprozess die Gemüter so erhitzen?

Am 19. April 1960, dem Dienstag nach Ostern, wurden die Leichen des Arztes Dr. Otto Praun (65) und seiner »Haushälterin« – eigentlich seiner ehemaligen Geliebten – Elfriede Kloo in Prauns Villa in Pöcking bei München entdeckt. Die Sprechstundenhilfe Renate Meyer hatte sich gewundert, dass ihr Chef nicht in seiner Praxis erschienen war. Als sie daraufhin mit ihrem Freund zum Haus des Arztes fuhr, um nachzusehen, ob etwas passiert sei, bemerkten die beiden eine offene Terrassentür. Beim Betreten des Hauses schlug ihnen ein penetrant-süßlicher Geruch entgegen, und schließlich sahen sie in der Diele die Leiche Prauns liegen. Die sofort alarmierte Polizei fand im Kellergeschoss auch die tote Haushälterin.

Beide waren durch Schüsse ums Leben gekommen. Bei der 49-jährigen Elfriede Kloo stellten die Ermittler am Tatort einen Genickschus fest, was auf Fremdeinwirkung schließen ließ. An der Leiche Prauns ertastete Polizeimeister Karl Rodatus – obwohl für medizinische Diagnosen nicht ausgebildet – ein Einschussloch in der Mundhöhle. Dies lies ihn annehmen, der Arzt habe sich selbst erschossen. Die Polizei entwarf nun ein Mord-Selbstmord-Szenario: Dr. Praun habe im Streit zunächst seine langjährige Geliebte getötet und sich anschließend selbst gerichtet. Mit dieser Hypothese konfrontiert, die als Tatsache hingestellt wurde, bescheinigte auch der herbeigerufene Arzt auf dem Totenschein Prauns als Todesursache Selbstmord.

Dass zahlreiche Umstände am Tatort nicht recht zu dieser Annahme passen wollten, scheint die Polizei nicht beeindruckt zu haben. Da keine Wertgegenstände fehlten und es keine Einbruchspuren gab, zogen die Ermittler Doppelmord gar nicht in Erwägung. Allerdings trug Dr. Prauns Leiche noch Hut und Mantel – für einen Selbstmörder eher ungewöhnlich. Auf einem Tisch standen vier Gläser und Karraffen – sie wurden nicht einmal auf Fingerabdrücke untersucht. Auf einem Tischchen am Tatort lag ein Brief auf blauem Luftpostpapier, der datiert war auf den 29. September 1959 und Frau Kloo das Erscheinen eines Dr. Schmitz und dessen Frau in Pöcking ankündigte – dieser »Blaue Brief« sollte später von entscheidender Bedeutung sein, wurde aber von den Ermittlern zunächst nicht weiter beachtet. Auf einem Sofa fanden sich ein Projektil sowie Blutspuren – auch dies wurde nicht untersucht.

Bei der Feststellung des Todeszeitpunktes arbeitete die Polizei ebenfalls unsauber. Aufgrund der Leichenstarre gingen die Ermittler zunächst davon aus, die Tat sei in der Nacht von Karfreitag, den 15. April, auf Ostersamstag, den 16. April, geschehen. Dabei scheint nicht berücksichtigt worden zu sein, dass die Haushälterin im kühlen Keller lag, während Dr. Prauns Leichnam vor einem Heizkörper ruhte.

Später, als schließlich von Mord ausgegangen wurde, verlegte die Polizei den Zeitpunkt des Todeseintritts auf den Abend des Gründonnerstag, den 14. April, u. a. weil eine Nachbarin glaubte, sich an zwei Schüsse erinnern zu können. Da jedoch 1960 keine Obduktion durchgeführt wurde, konnte der genaue Todeszeitpunkt nie ermittelt werden. Das wird bedeutsam sein für die abschließende Würdigung des Falles. Sicher ist lediglich, dass Praun und Kloo irgendwann am Osterwochenende 1960 zu Tode kamen.

Dr. Günther Praun, der Sohn des Arztes, mochte nicht so recht an den Selbstmord seines Vaters glauben, zumal es dafür, wie für den angeblich vorausgegangenen Mord an Elfriede Kloo, kein ersichtliches Motiv gab. Dr. Praun senior war sehr wohlhabend gewesen – sein Vermögen wurde auf die damals ungeheuer große Summe von 1,6 Mio. Mark geschätzt, ihm gehörte neben der Villa in Pöcking auch ein ausgedehnter Besitz in Spanien – und mit seiner Haushälterin hatte er in Frieden zusammengelebt. Die zahlreichen anderen Frauengeschichten des Mediziners hatte Frau Kloo stets toleriert.

Zwar berichtete eine gewisse Vera Brühne, eine Freundin, die Otto Praun gelegentlich als Chauffeurin ausgeholfen hatte, von lautstarken Auseinandersetzungen zwischen Praun und Kloo, sie war jedoch die einzige Person, der dies aufgefallen war. Mehrere Bekannte wussten allerdings, dass Dr. Praun in der Zeit vor seinem Tod unruhig gewesen war und sich verfolgt fühlte. Die Zeugen glaubten, er habe Angst vor Vera Brühne gehabt und sie loswerden wollen. Deshalb sei der Arzt bestrebt gewesen, sein Haus in Spanien zu verkaufen, das er testamentarisch Vera Brühne zugedacht hatte. Die hatte davon gewusst und angeblich sogar einen Käufer für das Anwesen gefunden.

Als bei der Testamentseröffnung am 2. August 1960 eben dieser Vera Brühne die Finca in Spanien, an die sich ein Hotelkomplex anschließen sollte, zufiel, äußerte Günther Praun gegenüber der Polizei schließlich den Verdacht, dass beim Tod seines Vaters etwas nicht stimmt. Er verdächtigte »die Brühne«, ihre Hand im Spiel gehabt zu haben, da der

Tod seines Vater ihr das Haus an der Costa Brava gesichert habe, das Dr. Praun eigentlich hatte verkaufen wollen. Außerdem wurden ihm Äußerungen seines Vaters kurz vor dessen Tod zugetragen, er fürchte sich vor dieser Frau. Sie schien Senior und Junior auch zunehmend von einander fern gehalten zu haben.

Schließlich verwickelte sich Vera Brühne über ihren Aufenthalt an den Ostertagen in Widersprüche. Zunächst wollte sie am Gründonnerstag gar nicht in München gewesen sein, dann, als Zeugen das Gegenteil behaupteten, gab sie an, nur kurz aus Bonn, wo ihre Mutter zu dieser Zeit im Sterben lag, in die bayrische Landeshauptstadt gefahren zu sein, um für ihre Wohnung eine Putzfrau zu suchen. Dr. Praun wollte sie nicht gesehen haben.

All dies erschien dem Sohn verdächtig. Sein Anwalt stellte ein Dossier zusammen, in dem er alle Schwachpunkte der Tatortermittlungen zusammentrug, mit dem Ziel, eine erneute Untersuchung der Vorgänge in Pöcking anzustoßen. Diese am 14. August 1960 bei der Staatsanwaltschaft beim Landgericht München II eingereichte Strafanzeige gegen unbekannt wegen Mordes in zwei Fällen wurde vom zuständigen Staatsanwalt mit der Bitte um Stellungnahme an die Außenstelle Fürstenfeldbruck weitergeleitet – an eben jenen Polizeiposten, der die bemängelte Untersuchung durchgeführt hatte. Natürlich kamen die dortigen Beamten zu dem Schluss, der Antrag des Sohnes sei unbegründet. Zwar befragte man weitere Zeugen – so wurde auch Vera Brühne von Karl Rodatus vernommen – aber am 15. Oktober 1960 erging ein Bericht an den Staatsanwalt, in dem es hieß: »Es ware[n] keine Anhaltspunkte zu finden, die unseren bisherigen Bericht in Frage stellen könnten.«

Vera Brühne hatte als Alibi u. a. einen Zahnarztbesuch am Gründonnerstag um 18 Uhr präsentiert, den ihr Zahnarzt bestätigte. Anschließend sei sie nach Bonn zurückgefahren, wo sie erst mitten in der Nacht angekommen sei, was Krankenschwestern in dem Hospital, in dem ihre Mutter gelegen hatte, bezeugen könnten. Dies scheint zunächst von Rodatus, der ein vertrautes Verhältnis zu Vera Brühne pflegte und ihr daher z. B. Urlaubskarten schickte, nicht weiter nachgeprüft worden zu sein. Es widersprach jedoch der Darstellung der Sprechstundenhilfe Renate Meyer, der gegenüber Dr. Praun am Gründonnerstag, dem letzten Tag, an dem er lebend gesehen wurde, geäußert haben soll, Vera Brühne habe angerufen, sie sei mit einem Dr. Schmitz, der die Finca kaufen wolle, bereits in Starnberg und würde nun weiter nach Pöcking fahren, wo man sich treffen solle. Hier betrat plötzlich der im »Blauen Brief« erwähnte Dr. Schmitz die Bühne.

Auf Betreiben der Angehörigen ordnete die Staatsanwaltschaft München schließlich, trotz des Beharrens der Polizeistelle Fürstenfeldbruck auf dem von ihr entworfenen Tathergang, am 27. Oktober 1960 eine Exhumierung der Leiche Dr. Prauns an. Die anschließend durchgeführte Leichenschau – über sechs Monate nach dem Begräbnis am 22. April – ergab, dass auf Dr. Praun zweimal geschossen worden war. Im Sektionsprotokoll heißt es:

> *»Schädeldurchschuß mit Einschuß in der Schläfengegend rechts und Ausschuß über dem linken Scheitelbein und Schädeldurchschuß mit Einschuß über dem rechten Jochbein und Ausschuß vermutlich in der Mundgegend.«*

Bei dem von Rodatus festgestellten Mundschuss – der angebliche Beweis für den Selbstmord – handelte es sich also in Wahrheit um eine Austrittswunde! Dass zweimal auf Dr. Praun geschossen worden war, erklärte auch das Projektil auf dem Sofa und ließ nur noch eine Deutung zu: Doppelmord.

Nun entzog das Münchner LKA der Außenstelle in der Provinz die Ermittlungen und nahm die Dinge selbst in die Hand. Am 7. Januar 1961, nach ausgiebigem Studium der bisher zusammengetragenen Ermittlungsakten, unternahm die Kripo zusammen mit Günther Praun eine Tatortbesichtigung. Neun Monate nach der Tat waren allerdings alle nicht berücksichtigten Spuren längst verwischt.

Alle irgendwie mit der Tat in Verbindung stehenden Personen wurden im Zuge der jetzt anlaufenden Mordermittlung erneut befragt: Die Sprechstundenhilfe Renate Meyer und ihr Freund Hans-Joachim Vogel, die die Leichen gefunden hatten, der Sohn Dr. Günther Praun, der Haupterbe, und eben auch die im Testament erwähnte Vera Brühne.

Sie war eine schillernde Gestalt. Geboren am 6. Februar 1910 als jüngste Tochter des Essener Bürgermeisters Ludwig Kohlen, besuchte sie, wie es sich für eine Tochter aus gutem Hause gehörte, eine Klosterschule. Besonders der Vater achtete streng auf die Einhaltung von Konventionen und war daher wenig erbaut, als er von einer Liaison seiner erst 14-jährigen Tochter mit einem jungen Schauspieler erfuhr, den er abfällig als »fahrenden Gesellen« bezeichnete. Inzwischen lebte Familie Kohler in Bonn. Trotz ihrer behüteten Erziehung nahm die junge Vera an Miss-Wahlen teil und wurde zur Schönheitskönigin von Westerland, Norderney und Bochum gekürt. Nach weiteren Flirts traf sie schließlich ihren ersten Ehemann, den Staatsschauspieler Hans Cosiolkofsky, genannt Cossy (»Wer einmal aus dem Blechnapf frißt«). Das Paar lebte zunächst in Wuppertal, zog dann nach Köln. Am 25. Oktober 1941 wurde ihre Tochter Sylvia geboren.

Um ihre Familie vor den immer häufigeren Bombardements zu schützen, baute Vera Cossy den Keller ihres Hauses zu einem Bunker aus. Dabei half ihr ein Wehrmachts-Deserteur, der sich Hans Spies nannte. Dieser rettete die Familie Cossy auch, als ihr Haus durch einen Volltreffer zerstört wurde. Von nun an war dieser Mann, der eigentlich Johann Fehrbach hieß, Veras ständiger Begleiter.

Die Ausgebombten zogen erst nach Boppard, dann nach Bonn. Vera Cossy gelang es, ihren Mann immer wieder vor der Einberufung zu schützen. Doch schließlich, im Herbst 1944, ereilte auch ihn der Ruf zu den Waffen. Frau und Kind wurden nach Rosbach an der Sieg evakuiert und bei einer Familie Laarmann einquartiert. Weihnachten 1944 tauchte dort auch Hans Spies auf, der eine Schlafstelle auf dem Dachboden des Hauses erhielt. Bald munkelte man von einem Verhältnis zwischen ihm und der Frau Cossy.

Hans Cossy überlebte den Krieg und kehrte schon vier Monate nach Kriegsende aus der Gefangenschaft zurück. Er begann, in Köln ein Theater aufzubauen, erhielt dann aber ein Angebot vom Nationaltheater in München. Dort hatte seine Frau zahlreiche Affären mit Männern der Gesellschaft, so auch mit dem Komponisten Lothar Brühne, der für Zarah Leander »Der Wind hat mir ein Lied erzählt« komponierte. Als ihr Ehemann von der Beziehung erfuhr, reichte er nach 16 Jahren die Scheidung ein, die im Mai 1953 ausgesprochen wurde. Bereits vorher war Vera bei Brühne eingezogen, im November des Jahres heiratete das Paar. Doch die Münchner Schickeria strafte das ehebrecherische Verhältnis, Brühne wurde geächtet und erhielt keine Aufträge mehr. Finanziell ging es immer stärker bergab, schließlich wurde auch diese Ehe 1957 geschieden. Zwei Jahre später starb der Komponist an Kehlkopfkrebs.

Vera Brühne stand nun mittellos mit ihrer Tochter da. Sie vermietete Zimmer ihrer Wohnung, haushaltete sparsam und lebte vom Verkauf selbst gestrickter Pullover. Nach Außen versuchte sie krampfhaft, die Fassade der Grande Dame zu wahren. Immer häufiger freundete sie sich mit älteren Herren an. Ob es sich dabei um eine Art Prostitution handelte, ist ungeklärt, im Prozess wurde jedenfalls massiv dieser Eindruck erweckt.

Am 4. Juli 1957 begegnete Vera Brühne beim Tanztee im Hotel »Regina« Dr. Otto Praun. Obwohl dieser in Begleitung von Elfriede Kloo war, entspann sich zwischen ihm und der attraktiven Frau am Nachbartisch ein Flirt. Vera Brühne wird später bestreiten, dass es sich um ein sexuelles Verhältnis handelte. Sie will lediglich als Begleiterin Otto Prauns aufgetreten sein, die ihn gelegentlich auch chauffierte. Dafür habe sie ein Gehalt von 200 Mark im Monat bekommen. Allerdings hätte sie eine intime Beziehung auch nicht eingestehen dürfen, denn dann wäre sie wegen sittenwidrigen Verhaltens nicht erbberechtigt gewesen. Und die Bedeutung des spanischen Erbes war für sie immens, es stellte ihre Altersversorgung dar. Mehrmals begleitete sie Otto Praun an die Costa Brava, sorgte dafür, dass die damals dort residierende Verwalterin Katja H. – ebenfalls eine Verflossene des Arztes – ausziehen musste und organisierte anschließend Umbauarbeiten. Praun wiederum benutzte die Finca als Druckmittel: spurte die große blonde Brühne, mit der er sich gern zeigte, nicht, drohte er, sie zu enterben.

Ende 1959 oder Anfang 1960 schien er Vera Brühnes jedoch zunehmend überdrüssig zu sein. Um sie loszuwerden versuchte er, sein Haus in Spanien zu verkaufen. Dass Vera Brühne ihm dafür einen solventen Käufer besorgte, sollte ihr mit einer Provision belohnt werden. Zunächst verkaufte Vera Brühne diesem Interessenten, Dr. Schmitz, angeblich jedoch für 3.000 Mark einen VW aus Prauns Besitz. Dies jedenfalls soll Dr. Praun Renate Meyer erzählt haben.

Im Zuge der Ermittlungen stellte sich jedoch heraus, dass dieser Wagen von Johann Fehrbach gefahren wurde, der ihn von Vera Brühne gekauft hatte. Vera Brühne gab dies zu und bestritt außerdem, einen Dr. Schmitz zu kennen, folglich könne sie ihm weder einen Wagen verkauft noch ihn mit Dr. Praun zusammengebracht haben. Die Aussage der Sprechstundenhilfe, sie sei am Gründonnerstag mit einem Dr. Schmitz nach Pöcking unterwegs gewesen, bestritt sie.

Allerdings platzten bei den nun sorgfältig betriebenen Ermittlungen ihre Alibis. Die Krankenschwestern in Köln konnten nicht bestätigen, Frau Brühne in der Nacht von Gründonnerstag auf Karfreitag bei ihrer Mutter gesehen zu haben. Schließlich bekannte auch ihr Zahnarzt, von Frau Brühne um ein Alibi gebeten worden zu sein, weshalb er nachträglich eine Zahnbehandlung vermerkt hatte.

Die Ermittler gingen schließlich von folgendem Tatablauf aus: Vera Brühne erfährt, dass Dr. Praun die Finca und damit ihren Erbteil verkaufen will. Daraufhin gibt sie ihren treuen Helfer Johann Fehrbach als Dr. Schmitz aus. Beide fahren am Abend des Gründonnerstags gegen 19 Uhr nach Pöcking, wohl wissend, dass Dr. Praun noch in seiner Praxis arbeitet. Damit die Haushälterin sie dennoch einlässt, zeigen sie ihr den »Blauen Brief« als eine Art Passierschein. Frau Kloo bittet deshalb die unerwarteten Besucher herein. In dem Schreiben war außerdem die Rede davon, dass Dr. Schmitz eine Idee für die Umgestaltung eines der Kellerräume hätte. Unter dem Vorwand, diesen Raum sehen zu wollen, führt Elfirede Kloo Dr. Schmitz alias Fehrbach ins Untergeschoss, wo er sie erschießt. Anschließend wartet er – ob zusammen mit Vera Brühne, ist unklar – auf die Ankunft Dr. Prauns. Als der die Diele betritt, wird auch er mit zwei Schüssen getötet. Anschließend verlässt das Paar die Villa, fährt die Nacht hindurch nach Köln und Bonn, wo sie in aller Frühe ankommen.

Dieser zunächst durchaus plausibel klingende Tatablauf hatte nur einen Haken: Er ließ sich nicht beweisen. Kein einziges Indiz belegte die Täterschaft von Brühne und Fehrbach. Niemand hatte sie gesehen, die Tatwaffe – eine von Dr. Prauns Pistolen – war, wie das ganze Haus, nicht auf Fingerabdrücke untersucht worden. Die Vera Brühne belastenden Aussagen der Sprechstundenhilfe beruhten zudem auf Hörensagen: angeblich hatte Dr. Praun ihr erzählt, Vera Brühne sei in München. Auch der Tatzeitpunkt am Abend des Gründonnerstags war alles andere als sicher.

Die letzte Hoffnung der Ermittler stellte deshalb der »Blaue Brief« dar. Die Polizei ging davon aus, dass er nicht von Dr. Praun geschrieben worden war, sondern eine Fälschung sei. Schließlich präsentierte die Kripo als einzigen handfesten Belastungsbeweis gegen Vera Brühne ein graphologisches Gutachten, nach dem der Brief auf der Schreibmaschine eines ihrer ehemaligen Untermieter getippt worden sei. Doch auch dies zunächst so hieb- und stichfest erscheinende Indiz erweist sich bei genauerer Betrachtung als widerlegbar: die Schreibmaschine war nämlich inzwischen vom Untermieter verschrottet worden, zum Vergleich mit dem »Blauen Brief« konnten lediglich andere angeblich auf der Maschine geschriebenen Briefe herangezogen werden.

Der Staatsanwaltschaft genügte dies jedoch, um Vera Brühne am 3. Oktober 1961 zu verhaften. Und die sonst so kühl erscheinende Blondine schien nervös zu werden. Sie machte immer neue Aussagen, lieferte Begründungen ihrer Handlungen und verstrickte sich dabei zunehmend in Widersprüche. Schließlich versuchte sie über eine bestochene Wärterin – die dies allerdings sofort ihren Vorgesetzten meldete – Kontakt zu ihrer Tochter Sylvia aufzunehmen, die einige der falschen Angaben ihrer Mutter bestätigen sollte. All dies ließ die Beschuldigte zunehmend verdächtig erscheinen.

Dazu kam ihr Leumund. Plötzlich erschienen Risse in der Fassade der feinen Dame. Eine Freundin berichtete, Vera habe ihr eine Pelzstola gestohlen. Ihre zahlreichen Herrenbekanntschaften warfen ebenfalls kein günstiges Licht auf ihren Lebenswandel. Als zweimal Geschiedene erschien sie damals moralisch zweifelhaft.

Auch Johann Fehrbach hatte sich bei seiner Vernehmung in Widersprüche verwickelt. Angeblich wollte er Vera Brühne das Geld für den VW bereits vor Ostern gegeben haben. Eine Überprüfung seiner Bankunterlagen ergab jedoch, dass die zweite Rate erst am 19. April, also nach Ostern, abgehoben worden war. Eine verdächtige Unstimmigkeit, oder nur ein verständlicher Irrtum fast 18 Monate nach dem Autokauf? Als Alibi für das Osterwochenende nannte Fehrbach seine damalige Freundin, bei der er die Zeit verbracht haben wollte. Die bestätigte seine Angaben zunächst, zog dann jedoch ihre Aussage zurück. Dafür gab sie an, am Mittwochabend vor Ostern Vera Brühne bei ihrem Freund angetroffen zu haben. Die erklärte ihre Anwesenheit bei Fehrbach mit dem Verkauf des Wagens, die Polizei unterstellte jedoch, beide seien anschließend zusammen nach München gefahren, um am nächsten Abend die Morde zu begehen.

Wenn die Beweise gegen Vera Brühne schon dünn waren, waren sie es erst recht in Bezug auf Fehrbach. Er kannte Praun nicht einmal. Angeblich soll er der Brühne hörig gewesen sein, vielleicht hatten sie in der Nachkriegszeit ein Verhältnis. Zum Tatzeitpunkt lebte der Büchsenmacher jedoch in einer festen Beziehung, traf seine Verflossene nur noch selten. Selbst das Gericht sah ihn in einem eher »zwanglosen Zusammenhang« mit der Tat. Zu seinem Verhängnis wurde u. a., dass sein geschickter Verteidiger Dr. Alfred Seidl, angeblich aus finanziellen Gründen, sein Mandat niederlegte. Am 14. Oktober 1961 nahm die Polizei auch Johann Fehrbach fest.

Was die Ermittler bei der unsicheren Beweislage brauchten, um den beiden Verdächtigen die Morde nachweisen zu können, waren Geständnisse. Doch beide bestritten die Tat hartnäckig und beteuerten ihre Unschuld.

Nach der Festnahme ihrer Mutter hatte ein junger Journalist, der mit Sylvia Cossy gemeinsam eine Zeit lang dasselbe Internat besucht hatte, Wind von den Ermittlungen gegen Vera Brühne bekommen. Daraufhin erneuerte er seine Freundschaft mit der 20-Jährigen und begann, sie über den Fall auszuhorchen. Wollte er angeblich zunächst die Unschuld von Vera Brühne beweisen, änderte sich dies, als Sylvia ihm am Abend des 17. Oktober angeblich eine Tatversion schilderte, die mit der von der Staatsanwaltschaft angenommenen übereinstimmte. Daraufhin will der Reporter der Kripo einen Tipp gegeben haben, doch einmal eingehender mit der Tochter der Beschuldigten zu sprechen. Später stellte es Sylvia dann so dar, als habe ihr Schulfreund sie unter Druck gesetzt, der Polizei »die Wahrheit« zu erzählen. Jedenfalls holte die Kripo Sylvia Cossy am 8. November 1961 zum Verhör, wo sie zu Protokoll gab, ihre Mutter habe ihr die Tat gestanden. Dies angebliche Geständnis aus zweiter Hand genügte den Ermittlern, um Vera Brühne anzuklagen.

Bei Fehrbach gingen die Ermittlungsbehörden ähnlich vor. In der Untersuchungshaft wurde auf den Verdächtigen der mehrfach wegen

Betrugs vorbestrafte Siegfried Schramm angesetzt, dem man als Gegenleistung für seine Spitzeldienste eine vorzeitige Haftentlassung in Aussicht stellte. Bald darauf konnte Schramm von einem Geständnis Fehrbachs im Mordfall Praun/Kloo berichten. Glaubwürdig erschien dies der Staatsanwaltschaft u. a. deswegen, weil Fehrbach angeblich beschrieben hatte, wie er Dr. Praun von rechts erschossen hätte, was mit dem Befund der Gerichtsmediziner übereinstimmte.

Am 25. April 1962, fast genau zwei Jahre nach der Tat, begann im Münchner Justizpalast einer der Aufsehen erregendsten Prozesse der Bundesrepublik. Bereits seit morgens um vier Uhr hatten die ersten Neugierigen um Sitzplätze angestanden. Es kam regelrecht zu Schlägereien beim Einlass. Bezeichnend für die Atmosphäre des Verfahrens – wie für die Zeit, in der es stattfand – ist ein Foto, das in der Presse erschien: Die in ein schlichtes Kostüm gekleidete und sorgfältig frisierte Angeklagte wird an gaffenden Frauen vorbei, die die Beschuldigte mit einer Mischung aus Feindseeligkeit und Faszination im Blick unverblümt anstarren, in den Gerichtssaal geführt.

Da die Beweislage dünn war, versuchte die Staatsanwaltschaft, besonders Vera Brühne in ein möglichst ungünstiges Licht zu stellen. Thematisiert wurden Scheidung, Ehebruch, ihre Herrenbekanntschaften. Einige dieser Männer mussten auch vor Gericht erscheinen. Natürlich ergriff keiner Partei für die Angeklagte, vielmehr waren die meist älteren verheirateten Männer einzig darauf bedacht, den eigenen Ruf zu retten, wozu sie aus der Brühne einen männermordenden Vamp machten, dem niemand habe widerstehen können.

Vera Brühnes ehemalige Freundin Jo Müller, geschiedene Weigand, geschiedene Fischer, erzählte genüsslich vom angeblichen Diebstahl des Pelzcapes, wobei sie hauptsächlich bemüht schien, ihre einstige Bekannte schlecht zu machen. Sogar Eva Laarmann, bei der die Familie Cossy 1944/45 einquartiert war, sagte aus und berichtete pikante Details. So kitzelte der Richter aus der sich zunächst schamhaft zierenden Zeugin Berichte über lesbische Avancen der damaligen Frau Cossy heraus, und wo sie schon einmal dabei war, schob sie gleich noch eine Geschichte über eine geplante Verkupplung von Sylvia mit Frau Laarmanns Sohn hinterher und gab intime Details über die damalige Affäre der Angeklagten mit Johann Fehrbach zum Besten.

Dass all diese Belastungszeugen – die rein gar nichts über die Tat zu berichten hatten – jeweils recht zweifelhafte Gründe für ihre Aussagen hatten bzw. sich moralisch nicht über die Angeklagte erheben konnten, ließ das Gericht dabei außer Acht. So erzählte die mehrfach geschiedene Jo Müller freizügig über eigene Männerbekanntschaften, und Eva Laarmann hegte einen Groll gegen Vera Brühne, weil diese sich vor fast zwanzig Jahren, als beide sich kannten, unrechtmäßig ein Klavier aus dem Haushalt Laarmann angeeignet hatte.

Gespannt erwartete das Publikum, durch das Ausschütten von kübelweise Schmutz über die Angeklagte angenehm erregt, die Aussage von Sylvia Cosiolkofsky, der Tochter Vera Brühnes. Die vom »Spiegel« als »Party-Mädchen« bezeichnete junge Frau, die nach der Festnahme ihrer Mutter auch noch in einen tödlichen Autounfall verwickelt gewesen war, galt neben Schramm als Kronzeugin der Anklage. Dass die eigene Tochter die Mutter schwer belastete, hatte die Presse bereits vor Prozessbeginn weidlich ausgeschlachtet. Umso größer war dann die Enttäuschung, als Sylvia vor Gericht ihre Aussage vom 8. November des Vorjahres widerrief. Ihre Mutter habe ihr gegenüber nie ein Geständnis abgelegt, sie habe dies nur aus Wut darüber erfunden, weil Vera Brühne sie nach ihrer Verhaftung zu Falschaussagen hatte anstiften wollen. Zudem habe ein Freund und Journalist wiederholt insistiert, sie müsse doch mehr über die Geschehnisse wissen. Obwohl der Richter mehrfach scharf nachbohrte, blieb Sylvia bei ihrem Widerruf. Einzig Siegfried Schramm belastete Johann Fehrbach.

Dessen Aussage genügte dem Gericht: Nach 22 Verhandlungstagen sprach es Vera Brühne und Johann Fehrbach des Doppelmordes schuldig und schickte beide lebenslang ins Zuchthaus. In der Urteilsbegründung wies der Richter die Vermutung, »Vera Brühne sei auch wegen ihres Lebenswandels verurteilt worden«, als »gehässige Unterstellung« zurück.

Der Tatzeitpunkt, entscheidend für die Alibis, sei der Abend des Gründonnerstags 1960 zwischen 19.30 Uhr und 19.45 Uhr gewesen. Die dazu herangezogene Leichenstarre wurde, wie der »Spiegel« kommentierte, »bis an die Grenzen der Unwahrscheinlichkeit zu Ungunsten der Angeklagten« interpretiert. Da dem Gericht kein einziger naturwissenschaftlicher Beweis vorlag, die unzuverlässigen Kronzeugen widerriefen (Tochter) oder recht unglaubwürdig wirkten (Schramm) und es sich bei deren Aussagen nur um Geständnisse aus zweiter Hand, vom Hörensagen, handelte, äußerte die Presse bereits kurz nach dem Schuldspruch massive Zweifel an der Richtigkeit des Urteils. Auch Vera Brühne und Johann Fehrbach beteuerten weiter ihre Unschuld.

Je mehr Zeit verging, desto größer wurde die Skepsis der Öffentlichkeit. Rudolf Augstein schrieb acht Jahre nach Prozessende, der Schuldspruch sei »bis zum heutigen Tag ein fortwirkender Skandal geblieben.« Andere Kommentare sprachen gar von einer »bundesdeutschen Dreyfuss-Affäre«. Der Fall wurde zum Glaubensstreit, ähnlich wie der Mordfall Weimar. Dennoch scheiterten Revisionsanträge und Wiederaufnahmegesuche.

Bereits in seinem Schlussplädoyer hatte Fehrbachs Rechtsanwalt von Waffengeschäften Dr. Prauns gesprochen. Die Gerüchte über Waffenhandel und Geldgeschäfte wollten auch in der Folgezeit nicht verstummen. Wie hatte ein Praktischer Arzt ein so großes Vermögen anhäufen können? Warum hatte er gleich zwei Pistolen besessen? Wovor hatte er in seinen letzten Lebensmonaten solche Angst? Nur vor Vera Brühne? Er war doch schon mit anderen Frauen fertig geworden.

Eine Spur zum Bundesnachrichtendienst (BND) ist seit 1967 aktenkundig. Damals sagte der als schillernd zu bezeichnende und nicht unbedingt zuverlässige Agent Roger Hentges aus, Praun sei bei einem Treffen mit einem BND-Mann namens Schröder und dem ehemaligen Strauß-Referenten und Bundeswehr-Oberst Werner Repenning erschossen worden. Doch endgültige Beweise für solche Verschwörungstheorien konnten nie erbracht werden. Als 2001 der BND dem »Spiegel« gegenüber seine Archive öffnete, legte der Dienst Wert auf die Feststellung, dass er als Organisation seine Hände nicht im Spiel gehabt habe.

Die dort verwahrten Akten über den Fall Brühne sind allerdings sehr zahlreich. Auch über den zwielichtigen Hentges sind Unterlagen vorhanden, die belegen, dass er schon vor dem Zweiten Weltkrieg für den Nachrichtendienst gearbeitet und in den 1950er Jahren Verbindungen zur Organisation Gehlen, dem Vorläufer des BND, unterhalten hatte.

Über Praun finden sich dagegen nur wenige Notizen. Er habe bereits für die Wehrmacht spioniert und angeblich Hitler als V-Mann gedient. Nach dem Krieg sei er in Waffenschiebereien verwickelt gewesen. Wenn auch Dr. Otto Praun nicht selbst Agent gewesen war, so hatten Beziehungen zum Nachrichtendienst in der Familie seit 1945 Tradition. Cousin Albert Praun und Neffe Dietrich Praun waren beide hochrangige BND-Mitarbeiter.

Der 2001 von Hark Bohm gedrehte Film über den Fall Vera Brühne stellte ganz offen Mutmaßungen über die Rolle des BND bei der Ermordung Otto Prauns an. Auch der ehemalige Bundestagsabgeordnete Karl-Hans Kern spürte der Rolle des Nachrichtendienstes nach. Auch er beschuldigte in einem Buch über den Fall einen unter dem Decknamen »Schröder« agierenden BND-Mitarbeiter des Doppelmordes. Dieser klagte auf Unterlassung. Die Gestalt des Strauß-Vertrauten Repenning erscheint ebenfalls dubios. Der BND hielt Akten über den Mitarbeiter zurück, lagerte sie im so genannten »Giftschrank«.

Franz-Joseph Strauß war es schließlich auch, der Vera Brühne im April 1979 per Gnadenakt aus der Haft entließ. Johann Fehrbach hatte nicht so viel Glück, er verstarb 1970 im Gefängnis. Inzwischen 69 Jahre alt, hatte Vera Brühne sich mehreren Hüftoperationen unterziehen müssen. Ihre Freilassung konnte somit auch mit ihrem schlechten Gesundheitszustand gerechtfertigt werden. Sie bemühte sich jedoch weiter um eine Aufhebung des Urteils – Vera Brühne wollte nicht begnadigt, sie wollte freigesprochen werden. Damit hatte sie jedoch zu ihren Lebzeiten keinen Erfolg.

Vera Brühne war zeitlebens gut für Schlagzeilen. Selbst als sie 2001 im hohen Alter von 91 Jahren starb, meldete die »Münchner Abendzeitung« dies in großen Lettern. Doch der Fall ist noch nicht ausgestanden: Im Namen eines Adoptivsohnes kündigte der Hamburger Anwalt Gerhard Strate 2001 einen erneuten Wiederaufnahmeversuch an.

Der »Spiegel« charakterisierte die Epoche, in der sich der Fall Vera Brühne abspielte, als eine »fatale Mischung aus Lebensgier, Neid und Spießigkeit«. Vera Brühne selbst erschien als das genaue Gegenteil des »braven Mutti-Bildes« der »spießigen Adenauer-Republik«. Allerdings war dies keine Absicht. Weit entfernt davon, eine Frauenrechtlerin zu sein, hatten meist Not oder zumindest die Umstände sie zu ihren Handlungen getrieben. Sicher sah sie ihren Vorteil und versuchte rücksichtslos, ihn zu erlangen, dies jedoch durch Einsatz der traditionell »weiblichen Reize«. Eine treffende Beschreibung ihrer Person ist die als »halbemanzipierte Frau, die an den Fesseln der Männerwelt zerrt, ohne sie zu zerreißen.«

# Justizirrtümer und Fehlurteile

In diesem Kapitel sollen zwei spektakuläre Mordfälle vorgestellt werden, die, ähnlich wie der Fall Vera Brühne, zu Skandalprozessen der Bundesrepublik wurden. In beiden Fällen handelte es sich bei den Angeklagten um Frauen, doch das Geschlecht scheint ihre einzige Gemeinsamkeit zu sein. Maria Rohrbach war eine eher derbe Arbeiterfrau, Eva Maria Mariotti dagegen eine exotische Lebenskünstlerin. Beide verstrickten sich jedoch in außereheliche Affären – ein Umstand, der in der jungen Bundesrepublik immer noch, neben dem Verlust der persönlichen Ehre, die soziale und physische Existenz einer Frau bedrohen konnte.

So gerieten beide in die Fänge einer Justiz, die Ende der 1950er und Anfang der 1960er Jahre unangepassten Frauen ausgesprochen feindseelig gegenüber stand, was beiden Beschuldigten fast zum Verhängnis wurde. Sie verbrachten unschuldig mehrere Jahre in Haft. In beiden Fällen konnte der wahre Täter so den deutschen Gerichten entkommen.

Die Fälle Rohrbach und Mariotti zeigen, wie leicht es möglich war, Frauen, die dem gängigen Weiblichkeitsideal der treu sorgenden Hausfrau und Mutter widersprachen, auszugrenzen, zu verdammen und schließlich ihre Existenz zu vernichten. Die dazu genutzten Mechanismen und verbreiteten Anschauungen werfen ein trübes Licht auf die Rolle der Frau in der Gesellschaft bis zum Aufkommen der Frauenbewegung und machen verständlich, aus welchem Korsett der Zwänge die Feministinnen sich und ihre Geschlechtsgenossinnen zu befreien suchten.

## Moderne Hexenjagd: Der Fall Maria Rohrbach (1957–1961)

Am 12. April 1957 entdeckten spielende Kinder im Aasee bei Münster einen in eine Wolldecke eingewickelten männlichen Torso. Nach den Funden weiterer Leichenteile gelang es, das Opfer an Hand eines Namensschildes am Gürtel als den Anstreicher Hermann Rohrbach (43) zu identifizieren. Der Kopf des Toten blieb allerdings verschwunden.

Beim Morddezernat Münster wurde schnell eine Sonderkommission unter Führung von Kriminalhauptkommissar Jochum eingerichtet. Der Journalist Manfred Uhlig beschreibt ihn in seiner Dokumentation »Justizirrtum! – Die Leiche ohne Kopf« (2004) folgendermaßen: »Die Karriere des Kripochefs begann in der Nazizeit und hat auch in der Adenauerära keinen Knick erlitten, obwohl seine Führungsqualitäten unter Kollegen als zweifelhaft gelten.«

Die Polizei begab sich zunächst am 13. April zur Ehefrau des Toten, der 28-jährigen Maria Rohrbach, um sie über das tragische Ereignis zu informieren und eine sichere Identifizierung der Leiche zu erhalten. Den Beamten fiel in diesem Gespräch auf, dass Maria Rohrbach zwar bereitwillig den Gürtel wieder erkannte, jedoch keine Anzeichen von Trauer zeigte. Der Staatsanwalt beschrieb ihre Reaktion 1958 vor Gericht folgendermaßen, und zeigte damit gleichzeitig anschaulich, welche Vorurteile die Ermittlungen beeinflussten:

*»Als die Kriminalbeamten Maria Rohrbach die Nachricht vom Tode ihres Mannes überbrachten – hat sie da aufgeschrieen oder ist sie zusammengebrochen? Das wäre doch die natürliche Reaktion einer Ehefrau gewesen. Und wie hat die Angeklagte reagiert? Mit einem weinerlichen Nein! Nein! Das war alles.«*

Auf die Frage, ob das Verschwinden ihres Mannes sie denn nicht beunruhigt habe, erklärte Maria Rohrbach, sie habe ihren Gatten auf Schwarzarbeit vermutet. Dennoch erregte ihr kühles Benehmen den Verdacht der Ermittler, die die Witwe schließlich mit zur Wache nahmen und dort begannen, sie zu verhören.

Drei Tage nach ihrer Verhaftung, am 16. April, entdeckten Polizisten auf der Suche nach weiteren Leichenteilen die Beine Hermann Rohrbachs am Ufer des Aasees, und zwar an einer Stelle, die zuvor ohne Ergebnis bereits gründlich abgesucht worden war. Wurden die Gliedmaßen etwa erst kürzlich dort abgelegt? Wenn ja, wie sollte die in Polizeihaft sitzende Verdächtige dies bewerkstelligt haben? Bezeichnenderweise wurde dies entlastende Indiz ignoriert.

Es sollte nicht bei diesem einen Mal bleiben: Aussagen darüber, dass an den Fundorten der Leichenteile Männer gesehen worden seien, man einen Opel Kapitän mit auswärtigem Nummernschild beobachtet habe, bleiben ebenfalls unberücksichtigt. Stattdessen nahm die Kripo an, Maria Rohrbach habe die Pakete mit den Überresten ihres Ehemannes per Fahrrad transportiert.

Die Ehefrau als Täterin passte einfach zu gut. Es stellte sich heraus, dass Maria Rohrbach wegen Eigentumsdelikten vorbestraft war. Zudem galt sie in der Nachbarschaft als streitsüchtig. Auch in der Ehe der Rohrbachs soll sie die Hosen angehabt haben, Anwohner berichteten von lauten Auseinandersetzungen, bei denen Maria ihren Mann angegriffen und beleidigt hätte. Kurz vor dem Tod Hermann Rohrbachs, der in die Nacht vom 9. auf den 10. April datiert wurde, hatte er in einem Verfahren gegen seine Frau ausgesagt – es ging um die Unterschlagung von Haushaltsgegenständen, die Maria Rohrbach hatte aufbewahren sollen – was diese laut Zeugen sehr verärgert habe.

Schwer belastet wurde die Verdächtige durch ihre beste Freundin, Elfriede Masters, die zu Protokoll gab, Maria Rohrbach habe ihr bereits im letzten Jahr einen detaillierten Mordplan geschildert: Sie wolle ihren Mann vergiften und anschließend zerstückeln. Als Motiv erachteten die Ermittler das Verhältnis Maria Rohrbachs mit dem englischen Soldaten Donald Ryan, von dem der Ehemann jedoch gewusst, das er sogar geduldet hatte.

Die Ermittlungen richteten sich ausschließlich gegen die Witwe. Später wird einer der zuständigen Polizisten sagen: »Wir waren von ihrer Schuld schon damals fest überzeugt.« Schnell fanden sich zahlreiche Zeugen, die bereitwillig über die dauernden Streitigkeiten und die »unordentlichen« Lebensumstände des Ehepaares Auskünfte gaben. Nachbarn unterstellen sogar, Maria Rohrbach sei der Prostitution nachgegangen. Sie wollten dies aus dem Umstand geschlossen haben, »dass es ihr von dieser Zeit an anscheinend wirtschaftlich besser ging, da sie häufig neue Garderobe erhielt.« Die alte Wehrmachtsdecke, mit der die Leichenteile eingewickelt worden waren, wurde nach einer Ausstellung in der Münsteraner Fußgängerzone als aus dem Rohrbachschen Haushalt stammend identifiziert. Eine Zeugin beschrieb, wie Maria Rohrbach früh am Morgen des 11. April mit einer voll gestopften Einkaufstasche an ihr vorbeigeradelt sei. Hatte die Tüte Teile des toten Hermann Rohrbachs enthalten?

Aufgrund solcher Anschuldigungen begann die Polizei, Maria Rohrbach nun pausenlos zu verhören, teilweise bis zu 16 Stunden am Stück.

Unter diesem Druck benahm sich die Beschuldigte zunehmend labil, schrie herum, verkroch sich in die Ecke des Verhörzimmers, redete wirr, drohte schließlich mit Selbstmord. All dies legte die Polizei als Zeichen ihrer Schuld aus.

Einer anderen Spur wurde dagegen nicht weiter nachgegangen: Maria Rohrbach äußerte ihrem Verteidiger gegenüber die Vermutung, ihr Mann sei homosexuell gewesen, da sein bester Freund ein Schwuler gewesen war. Sexuelle Kontakte zwischen Männern standen in den 1950er noch unter Strafe, der § 175 drohte mit Gefängnis. Ermittler, die nun im Schwulenmilieu Erkundigungen einzogen, erhielten tatsächlich die Bestätigung, Hermann Rohrbach sei in zwei Homosexuellen-Bars gesehen worden. Konsequenzen für die Untersuchung zogen die Polizisten hieraus aber nicht.

Am 13. März 1958 begann die achtwöchige Verhandlung gegen Maria Rohrbach vor dem Landgericht Münster. Sie war angeklagt, in der Nacht vom 9. auf den 10. April 1957 ihren Ehemann erst mit Schlafmitteln betäubt, dann erschlagen und schließlich zerstückelt zu haben. Eine besondere Sensation hatte sich die Staatsanwaltschaft bis zum Prozessbeginn aufgehoben: Sie warf der Angeklagten darüber hinaus vor, ihren Mann vor der Tat »durch monatelanges Beibringen von Thallium« vergiftet zu haben. Als dies jedoch nicht tödlich geendet sei, habe sie die Geduld verloren und brutal und heimtückisch zugeschlagen.

Maria Rohrbach hatte während der Untersuchungshaft immer wieder ihre Unschuld beteuert und tat dies erneut zum Prozessauftakt. Anschließend präsentierten die Ermittlungsbehörden ihre Ergebnisse. Trotz fehlender Tatzeugen und des vermissten Kopfes der Leiche hatten sie ein lückenloses Tatbild erstellt, das sich jedoch allein auf Indizien stützte.

Als belastende Momente nannte die Anklageschrift zunächst das »Charakterbild der Angeschuldigten und ein häusliches Milieu«, das die Begehung der Taten durch sie wahrscheinlich erscheinen lasse. Die Zeugin Masters habe über lange gehegte detaillierte Mordpläne der Angeklagten berichtet. In Hermann Rohrbachs Leiche und im Küchenherd hätte ein Experte Thalliumrückstände nachgewiesen, woraus zu schließen sei, dass der Kopf des Opfers im Ofen verbrannt worden sei. Ebenfalls dort gefundene abgeknickte Haare des Toten bewiesen angeblich, dass gegen den Schädel Schläge mit einem stumpfen Gegenstand geführt worden seien. In der Rohrbachschen Wohnung habe man Blutspuren des Opfers entdeckt, sowie eine grobe Säge, mit der die Leiche zerteilt worden sei.

Die Angeklagte erweckte den Eindruck einer gebrochenen Frau, als sie vor Gericht ihren Lebenslauf schilderte. 1929 unehelich geboren, der Vater vorbestraft, die Mutter psychisch krank, vom Stiefvater sexuell missbraucht und schließlich mit neun Jahren aus »verwahrlosten Verhältnissen« in Fürsorgeerziehung abgeschoben, fiel die junge Maria früh durch kleinere Diebereien auf. Akten der Heimleitung beschreiben sie als »eigenwillig, aggressiv, lügenhaft und unehrlich.«

Welche Zustände in diesem Waisenhaus herrschten und zu welchen Erziehungsmethoden gegriffen wurde, wirkt heutzutage erschreckend. Eine ehemalige Leidensgenossin Maria Rohrbachs berichtet 2004:

> *»Während der Schlafenszeit durften wir nicht aufs Klo gehen. Wer dann ins Bett gemacht hatte, musste seine Wäsche selbst waschen und sie anschließend draußen bei Eiseskälte so lange mit ausgestreckten Armen hochhalten, bis die Laken trocken waren.«*

Wer sich gegen solche Methoden wehrte, galt als aufsässig. Mitleid hatte Maria Rohrbach aufgrund ihrer problematischen Jugend jedoch keins zu erwarten, im Gegenteil, der Richter wertete ihre Unterbringung in Fürsorgeerziehung als Beleg der Verworfenheit der Angeklagten. Herkunft aus und Leben in diesem Unterschichten-Milieu legten Publikum und Anklage gegen die Beschuldigte aus.

Weiter berichtete Maria Rohrbach über ihre nicht von Liebe, sondern durch Streit geprägte Ehe, die sie 1950 mit dem 16 Jahre älteren Hermann Rohrbach eingegangen war und in der es von beiden Seiten schon mal zu Gewalttätigkeiten gekommen sei. Nun kommt auch heraus, dass Hermann Rohrbach nicht der leibliche Vater des einzigen Kindes Norbert (4) sein kann, denn das Opfer war unter den Nazis wegen »angeborenen Schwachsinns« zwangssterilisiert worden.

Die Zeugen, die aufmarschierten, um die Angeklagte zu belasten, verwickelten sich allerdings schnell in Widersprüche. Hatten sie vor der Polizei noch davon gesprochen, Maria habe ihren Mann mit einem glühenden Bügeleisen traktiert, getreten und geschlagen, kam nun durch geschickte Befragungen des Verteidigers nach und nach heraus, dass es sich hierbei um Hörensagen, Unterstellungen und Übertreibungen handelte. Rote Flecken auf der Couch – als Blut gedeutet – erwiesen sich als vom Kind verkleckerte Speisefarbe. Vor der Polizei gemachte Aussagen wurden plötzlich von den Belastungszeugen revidiert, abgeschwächt oder ganz zurückgenommen.

Niemand war sich zudem sicher, wann Hermann Rohrbach zuletzt lebend gesehen wurde. Einige Zeugen sagten, es war der Abend des 9. April, andere behaupteten, das Opfer am Abend des 10. April noch schlafend auf der Couch liegend gesehen zu haben. Der Milchmann berichtete schließlich, er habe, als er um 5.10 Uhr früh am 11. April den Sonnenaufgang beobachtete, aus dem Schornstein der Rohrbachs dicken Qualm aufsteigen sehen, als wenn dort etwas verbrannt wurde. Allerdings war die Sonne an diesem Tag erst um 5.44 Uhr aufgegangen.

Auch für andere als Beweise ihrer Schuld angeführten Umstände gab Maria Rohrbach harmlose Erklärungen ab. Warum sie sich nicht über eine Nachricht des Arbeitgebers ihres Mannes gewundert habe, er sei dort seit Tagen nicht mehr erschienen? Sie habe angenommen, er sei, wie schon öfter, auf Schwarzarbeit. Warum kein Werkzeug gefehlt habe, wo Rohrbach doch angeblich zur Schwarzarbeit aufgebrochen sei? Er habe sich häufig Geräte von Kollegen geliehen. Warum waren Brieftasche, Uhr und Ehering des Toten in der Wohnung und nicht an der Leiche gefunden worden? Er habe diese Dinge nie mit zur Arbeit genommen, da er fürchtete, sie zu beschmutzen. Wie sie die Blutspuren auf dem Boden der Wohnung erkläre? Ihr Mann habe häufig unter Nasenbluten gelitten.

Dennoch sah es schlecht aus für die Angeklagte, die Indizien schienen sich zu einem immer engeren Netz um sie zusammenzuziehen. Dazu trug die durch Voreingenommenheit gekennzeichnete Prozessführung des Vorsitzenden bei, der die Aussagen der Angeklagten fortwährend abfällig oder ungläubig kommentierte, was sich steigerte, bis der Richter Maria Rohrbach einmal mit dem gereizten Ausruf: »Sie können mich doch hier nicht verarschen!«, ins Wort fiel.

Vernichtend wirkte sich schließlich das Gutachten Prof. Dr. Walter Spechts, Leiters des kriminalwissenschaftlichen Labors des Bayrischen Landeskriminalamtes, aus. Er trat mit der ganzen Würde seiner wissenschaftlichen Meriten im Rücken vor Richter und Geschworene und erörterte seine Befunde und Untersuchungsmethoden drei geschlagene Stunden lang. Da war einerseits sehr akademisch die Rede von »Interferenz-Farben«, elektronenmikroskopischen Verfahren, »spektralanalytischen und flammenfotometrischen Untersuchungen« und Phosphatgehalt, andererseits zeigte der Experte beispielhaft, wie thalliumhaltige blaue Celiopaste (Rattengift) in blauem Malvenblütentee verabreicht worden sein könnte, und demonstrierte dies so überzeugend, dass die Zuschauer dies nicht als Möglichkeit, sondern als Beweis dafür annahmen, dass die Thalliumvergiftung Rohrbachs auf diesem Wege vorgenommen worden war. Zudem erklärte ein Sachverständiger, er habe zwar keine Malvenpollen, dafür aber malventypische Sternhaare im Darm des Toten erkannt.

Prof. Specht führte aus, dass seine Ergebnisse geeignet seien, »den dringenden Verdacht zu rechtfertigen, daß im Küchenherd der Rohrbach-Wohnung zumindest versucht worden ist, den Schädel Hermann Rohrbachs zu verbrennen.« Zunächst hätte er Belege für eine außergewöhnlich hohe Erhitzung des Ofens gefunden. Die obere Rußschicht des Ofenrohres habe eine auffällige Zahl von Textilfasern aufgewiesen. Des Weiteren habe er in ihr menschliche Kopfhaare und ein Augenbrauenhaar gefunden. Ein Teil der Kopfhaare habe deutliche Quetschungszeichen erkennen lassen, was auf die Einwirkung stumpfer Gewalt schließen lasse.

Chemisch ließen sich Kochsalz, einige Metalle und Thallium nachweisen. Die daraufhin vorgenommene Untersuchung von Leichenteilen Rohrbachs habe ergeben, dass auch sie Thallium enthielten. Um das Vorhandensein von Thallium zu ergründen, hatte der Professor zum Vergleich Ruß aus einem Friedhofs-Krematorium untersuchen lassen. Doch in diesem konnte kein Thallium nachgewiesen werden. Daraus schloss der Sachverständige, dass Thallium bei der Verbrennung von Leichenteilen nicht generell anfalle, sondern »eine nicht unerhebliche Menge Thallium« aus blutdurchtränkten Kleidungsstücken einer thalliumvergifteten Person durch den Rohrbach-Herd gegangen sei. Er unterstellte auch, dass eine chronische, also über einen längeren Zeitraum bestehende, Thalliumvergiftung bei Hermann Rohrbach vorgelegen habe und errechnet eine Giftkonzentration von zwei Gramm im Körper des Toten, was zweieinhalb Tuben Celiopaste entsprochen hätte. Zeugen gegenüber hätte das Opfer wiederholt über Durchfälle geklagt – ein angeblich typisches Zeichen für eine Vergiftung mit Thallium –, die sich jedes Mal gebessert hätten, wenn seine Frau auf Reisen gewesen sei. Dadurch entstand der Eindruck, das Gift sei Hermann Rohrbach von seiner Frau beigebracht worden.

Zudem hätten Untersuchungen Spuren von Quecksilber im Herd der Rohrbachs ergeben. Quecksilber kommt natürlich im menschlichen Gehirn, aber auch in Amalgam-Plomben vor, wie sie Hermann Rohrbach im Mund hatte. Der Gutachter kam daher zu dem Schluss: »Diese Befunde berechtigen zu dem dringenden Verdacht, daß im Küchenherd der Wohnung menschliche [...] Substanzen verbrannt worden sind.«

All dies erweckte den Anschein, als habe Maria Rohrbach ihren Mann zunächst mit Rattengift, getarnt in blauem Malvenblütentee, vergiften wollen, dann jedoch die Geduld verloren, ihn betäubt – ein Gerichtsmediziner fand eine als »nicht unerheblich« bezeichnete Konzentration von Veronal in Rohrbachs Urin –, mit Schlägen auf den Kopf getötet, zersägt, teilweise verbrannt und die restlichen Leichenteile in Flüsse und Seen der Umgebung geworfen.

Dass das Rattengift Celiopaste, mit dem Maria Rohrbach ihren Gatten über einen längeren Zeitraum angeblich vergiftet hatte, nur gegen Unterschrift abgegeben wurde, sich kein Händler in Münster daran erinnern konnte, Celiopaste an die Angeklagte verkauft zu haben und sich in ihrer Wohnung auch keine Rückstände des Giftes fanden, es also keine handfesten Beweise dafür gab, dass die angebliche Giftmörderin überhaupt im Besitz der tödlichen Substanz gewesen war, wurde vom Gericht nicht berücksichtigt.

Der Verteidiger versuchte zwar, die als lückenlos empfundene und seine Mandantin somit schwer belastende Indizienkette zu durchbrechen. Er stellt Anträge, neue Sachverständige zu hören – so hatte der Botaniker Prof. Dr. Schratz keine Malvenspuren, dafür aber Reste von Trüffeln in Rohrbachs Magen festgestellt, einer teuren Delikatesse, die im Arbeiterhaushalt Rohrbach nicht auf den Tisch kam. Wo aber hatte Hermann Rohrbach dann Trüffel als Henkersmahlzeit verzehrt? Prof. Specht und sein Assistent wiederum konnten Trüffelspuren nicht nachweisen und unterstellten Prof. Schratz einfach, sich geirrt und

Trüffel- mit Malvensporen verwechselt zu haben, was diesen zu der empörten Entgegnung veranlasste: »Das kommt mir vor, als wenn ich einem Kollegen von der Zoologie vorwerfe, er hätte ein Kaninchen mit einer Kuh verwechselt!« Das Gericht schloss sich aber trotz gegebener Zweifel dem Gutachten Spechts an und unterstellte das Vorhandensein von Malvenresten.

Nicht entlastend zur Kenntnis genommen wurde des Weiteren, dass ein BKA-Experte zwar alle Sägen im Haushalt Rohrbach untersucht, darunter aber keine gefunden hatte, die zu den Sägespuren an den Leichenteilen passte. Außerdem war bereits vier Wochen vor dem Tod Rohrbachs dessen guter Freund und vielleicht sogar Geliebter Erich Böhle tot und ohne Kopf aus dem Dortmund-Ems-Kanal in der Nähe von Münster gezogen worden. Hermann Rohrbach habe daraufhin Angst bekommen und einer Bekannten gegenüber geäußert, das sei Mord gewesen und er fürchte, ähnlich zu enden. Der Tod des Freundes wurde von der Polizei jedoch als Unfall gewertet, der Kopf sei post mortem durch eine Schiffsschraube abgetrennt worden.

Der Richter schloss die Beweisaufnahme ohne Berücksichtigung dieser Umstände nach 15 Verhandlungstagen. In seinem Schlussplädoyer führte der Staatsanwalt aus: »Die Angeklagte ist die Mörderin ihres Ehemanns. Sie allein hatte ein Interesse daran, ihn zu beseitigen.« Ihr Motiv sei gewesen, endlich ungestört ihrer Liebschaft mit dem englischen Soldaten Ryan nachzugehen. Dass Hermann Rohrbach das Verhältnis duldete, Maria Rohrbach aber mit dem Tod ihres Mannes auch den Ernährer der Familie verlor, blendete die Anklage aus und forderte lebenslange Haft für die Beschuldigte.

Obwohl der Verteidiger nochmals auf die Angreifbarkeit der Indizien hinwies, betonte, dass kein stichhaltiger Beweis gegen seine Mandantin erbracht werden konnte – »Es gibt keine Zeugen, es gibt kein Geständnis!« rief er dramatisch – und die Geschworenen an den Grundsatz »in dubio pro reo« gemahnte, verurteilte das Landgericht Münster Maria Rohrbach am 18. April 1958 zu lebenslangem Zuchthaus. Der Anwalt legte daraufhin umgehend Revision ein. Diese wurde jedoch vom Bundesgerichtshof verworfen und Maria Rohrbach als verurteilte Mörderin ins Frauenzuchthaus Anrath eingeliefert.

Ihr Sohn Norbert war nach der Verhaftung seiner Mutter im Waisenhaus untergebracht worden; bei ihren eigenen schlechten Erfahrungen mit dieser Institution muss Maria Rohrbach sehr besorgt um den Jungen gewesen sein, was sich in Briefen an die Nonnen niederschlug: »Ich möchte nur um eines sehr bitten, dass Sie [...] dem Kind viel, viel Liebe entgegen bringen.«, schrieb sie. Während der polizeilichen Verhöre verlangte sie wiederholt nach ihrem Sohn, den sie jedoch nur ein einziges Mal sehen durfte. Während der Haft wird Maria Rohrbach sogar aufgefordert, Norbert zur Adoption freizugeben. Sie weigert sich kategorisch.

Der Sommer 1959 ging als der bis dahin heißeste in die deutsche Geschichte ein. Wiesen verdorrten, Flüsse führten Niedrigwasser. Dies schlug ein neues Kapitel im Fall Rohrbach auf: Am 19. September 1959 fand ein Spaziergänger am Stadtrand von Münster auf dem Grund eines Bombentrichters, der normalerweise mit Wasser gefüllt war, einen teilweise verwesten, aber durch die Hitze mumifizierten menschlichen Kopf. Die Münsteraner Pathologie identifizierte ihn als den fehlenden Schädel Hermann Rohrbachs, der doch angeblich im Ofen verbrannt sein sollte! Die gerichtsmedizinische Untersuchung ergab aber keinen Anhaltspunkt dafür, dass der Schädel Flammen ausgesetzt gewesen sei. Das Urteil gegen die Witwe basierte also zumindest auf einer Fehlannahme.

Dennoch sah die zuständige Staatsanwaltschaft zunächst keinen Handlungsbedarf, sondern argumentierte, das Auftauchen des Kopfes rechtfertige keine Wiederaufnahme. Doch der Verteidiger schöpfte neue Hoffnung. Es gelang ihm, Gutachter und Sachverständige von Ungereimtheiten im ersten Rohrbach-Prozess zu überzeugen und zu kostenloser Mitarbeit an der erneuten Aufrollung des Falles zu bewegen – Maria Rohrbach hätte niemals die finanziellen Mittel gehabt, diese Experten zu bezahlen, doch genau ihre Aussagen brauchte sie zur Erlangung neuer Beweise, die ein weiteres Strafverfahren in Gang setzen konnten. Pikanterweise musste damals über die Wiederaufnahme – die nach deutschem Recht ohnehin schon sehr schwierig zu begründen ist – die gleiche Kammer entscheiden, die vorher den Schuldspruch abgegeben hatte. Doch wer gibt schon gern Fehler zu?

Schließlich beantragte der Anwalt im August 1960 die Wiederaufnahme, da sich »nach Rechtskraft des Schwurgerichtsurteils neue Tatsachen und neue Beweise ergeben haben, welche [...] die Freisprechung der Verurteilten zu begründen geeignet sind [...]« Nach genauer Prüfung der neuen Sachlage befand die Dritte Strafkammer des Landgerichts Münster den Antrag für zulässig und setzte den Beginn des Wiederaufnahmeverfahrens für den 3. Mai 1961 fest.

Der Ansturm zu dieser Verhandlung war gewaltig. Fast tausend Menschen wollten dabei sein, wenn Maria Rohrbach erneut wegen Gattenmordes der Prozess gemacht wurde. Drei Berufsrichter und sechs Geschworene bildeten das Schwurgericht, das nach Anhörung von 92 Zeugen und sieben Sachverständigen Recht sprechen sollte.

Zunächst überraschte die Angeklagte dadurch, dass sie, entgegen dem ersten Prozess, nach der Schilderung ihres Lebenslaufs von ihrem Zeugnisverweigerungsrecht Gebrauch machte. Ihr Anwalt erklärte, dass seine Mandantin »nichts weiteres sagen könne, weil sie alles bereits gesagt habe.«

Anschließend begann die Zeugenvernehmung. Die Zeit, die seit der Tat vergangen war, zeigte dabei deutliche Spuren. Die Aussagen waren geprägt von Erinnerungslücken. Nachdem die Aufregung um den ersten Prozess verraucht war, schienen auch die Zeugen wieder in der Lage zu sein, besonnenere Angaben zu machen. So revidierten viele ihre Schilderungen Maria Rohrbachs als gewalttätig und streitsüchtig. Besonders seit der Geburt ihres Sohnes sei sie viel ruhiger geworden. Eine Zeitung kommentierte:

> *»Es bleibt das beklemmende Gefühl, daß der größte Teil der Zeugen versucht, sich von den Spontanerklärungen, die nach der Aufdeckung des Mordes an der Polizei abgegeben wurden, zu distanzieren.«*

Ein Kriminalbeamter schilderte die hexenjagdartige Atmosphäre während der Ermittlungen so: »Als die Leichenteile gefunden wurden und als die des Hermann Rohrbach identifiziert worden waren, da bekamen wir jede Menge Hinweise aus der Bevölkerung. Da kannte ja beinahe halb Münster die Frau Rohrbach.« Der Polizist berichtete weiter, es sei nicht auszuschließen, dass damals lediglich der Extrakt der Aussagen niedergeschrieben worden sei. Auch habe man teilweise mit den Zeugen über Formulierungen »verhandelt«. Waren die Zeugen damals also von der Polizei beeinflusst worden, mit ihren Angaben die Verdächtige möglichst schwer zu belasten? Zudem kamen nun auch die unhaltbaren Zustände bei den Vernehmungen Maria Rohrbachs ans Licht. Ein Ermittler erzählte, wie die Beschuldigte einmal von morgens um acht bis nachts um zwei Uhr ununterbrochen verhört worden war. Dieses Prozedere sei am nächsten Tag in gleicher Weise fortgesetzt worden.

Auch die Zeugin, die von den Durchfällen Rohrbachs berichtet hatte – eine für die Angeklagte im Zusammenhang mit der Thalliumvergiftung verhängnisvolle Aussage – machte nun neue Angaben. Hermann Rohrbach habe ihr gesagt, seine Beschwerden würden heftiger auftreten, wenn seine Frau *nicht* da sei. Dies war das genaue Gegenteil ihrer früheren Behauptung und entlastete die Angeklagte.

Im neuen Verfahren wurde auch das Alibi von Maria Rohrbachs englischem Geliebten erschüttert. Hatten dessen Kameraden 1958 ausgesagt, Donald Ryan habe die Abende der Woche vom 8. bis 13. April 1957 mit ihnen in der Offiziersmesse verbracht, mussten sie nun zugeben, mit Ryan nur bis jeweils ca. 20 Uhr zusammen gewesen zu sein.

Die Presse schlug sich im Wiederaufnahmeverfahren klar auf die Seite der Angeklagten. Hatte der erste Prozess kaum über die Grenzen Münsters hinaus Schlagzeilen gemacht, so berichteten nun alle großen Tageszeitungen und Illustrierten. In »Spiegel«, »Stern« und »Quick« erschienen Fortsetzungsserien, die die Ungereimtheiten des ersten Prozesses aufzählten und Mitgefühl für die Verurteilte erwecken wollten – der »Spiegel« setzte ihr Bild im Juni 1961 kurz vor Prozessende sogar auf den Titel. Mehrfach nannten die Zeitschriften die lebenslängliche Zuchthausstrafe einen »Justizmord«. Die »Revue« charakterisierte das Verfahren von 1958 als eine »Verschwörung der Gerechten, die es nicht für möglich hielten, daß es in einer anständigen Stadt wie Münster einen anderen Täter geben sollte als diese ›asoziale Rohrbach‹.«

Doch all dies war nur ein Vorspiel zur »Schlacht der Gutachter«, die diesen Prozess entscheiden sollte. Zunächst berichtete Professor Schratz erneut von den von ihm entdeckten Trüffelspuren im Magen des Toten. Da solch erlesene Zutaten im Hause Rohrbach nicht verwendet worden seien, lege dieser Fund nahe, dass Hermann Rohrbach seine letzte Mahlzeit außerhalb des ehelichen Haushalts zu sich genommen habe. Dagegen hatte der Sachverständige trotz wiederholter Untersuchung keinerlei Malvenreste aufspüren können. Der im ersten

Prozess zu Rate gezogene Experte Dr. Hrabowski habe in seinem Gutachten zudem mal von Malvenblättern, dann aber synonym von Malvenblüten gesprochen, obwohl zwischen beiden gravierende Unterschiede bestünden. Welche Spuren Hrabowski wirklich entdeckt hatte, schien daher zunehmend fraglich.

Professor Ponsold, der im ersten Prozess das Gutachten über den Veronalgehalt in Rohrbachs Urin abgegeben hatte – damals bescheinigte er eine Dosis von zwanzig Milligramm, die er »ungewöhnlich hoch« nannte – revidierte diese Einschätzung nun: Die nachgewiesene Menge Schlafmittel habe nicht einmal einer einzigen Tablette entsprochen und somit nicht ausgereicht, Hermann Rohrbach zu betäuben. Folglich entfiel das Moment der Ausnutzung der Wehrlosigkeit des Opfers, was als Heimtücke bewertet worden war. Dies neue Ergebnis sei durch präzisere Untersuchungen zustande gekommen, u. a. durch den Vergleich der Veronalkonzentration in den einzelnen Organen.

Nun wandte sich das Gericht der Untersuchung der Thalliumvergiftung zu, die Maria Rohrbach im ersten Verfahren zum Verhängnis geworden war. Der neutrale Gutachter des BKA stellte klar: »Der Thalliumgehalt aus dem Ofen des Hauses Rohrbach ist als durchaus normal anzusehen.« Wie sollte das angehen, hatte Professor Specht doch 1958 ausgesagt: »Eine natürliche Erklärung für den vorgefundenen Thalliumbefund ist nicht ersichtlich.«?

Doch eine Untersuchung von 132 Rußproben aus verschiedenen Kaminen – pikanterweise darunter auch der von Professor Specht – hatte inzwischen ergeben, dass sich in all diesen Ofenrohren Thalliumablagerungen ähnlich wie im Rohrbach-Herd fanden. Der Verteidiger argumentierte nun, daraus könne man entweder schließen, dass in all diesen Herden thalliumhaltige Leichenteile verbrannt worden seien – oder aber, dass Thallium ein natürlicher Rückstand von Kohlefeuern sei. Deshalb hatte Professor Specht Thallium auch nicht in seiner Vergleichsprobe aus dem Krematorium nachweisen können, denn dieses wurde mit Gas betrieben! Zu diesem Ergebnis war der neue Gutachter mit Hilfe der Spektralanalyse gekommen. Zur Untersuchungsmethode Professor Spechts befragt, äußerte er: »Es ist mir unerklärlich, warum Prof. Specht nicht die Spektralanalyse angewandt hat.«

Ein zweiter BKA-Gutachter, Dr. Schreiber, sorgte für eine noch größere Überraschung als er bekundete: »Eine chronische oder akute Thalliumvergiftung Rohrbachs ist nicht nachweisbar.« Thallium komme natürlicherweise im Körper vor, wie hoch der normale Thalliumgehalt sei, habe jedoch noch niemand ermittelt. Daher könne auch nicht von einer außergewöhnlich hohen Konzentration gesprochen werden. Zudem habe Professor Specht seinen Befund durch Hochrechnungen erreicht, die genaue Belastung somit gar nicht gemessen. Auch sei dem Professor ein Rechenfehler unterlaufen, denn sein Verfahren hätte ergeben müssen, dass Rohrbach 15 Gramm Thalliumsulfat im Körper eingelagert hatte – was nur durch den Verzehr von etwa einem Pfund Celiopaste erklärbar gewesen wäre – und nicht, wie von Specht behauptet, zwei Gramm. Befragt, ob er aufgrund solcher Untersuchungen dem Gericht ein ähnliches Ergebnis wie Specht präsentiert hätte, sagte Dr. Schreiber: »Mein Verantwortungsgefühl würde es mir verbieten.« Zudem seien die von Hermann Rohrbach geschilderten Durchfälle kein Anzeichen einer Thalliumvergiftung, diese führe vielmehr zu Verstopfung. Nicht nur den perplexen Richter veranlassten diese Ausführungen dazu, dem Gutachter Specht die Frage zu stellen: »Wie kann man sich nur so irren?«

Nach und nach zeigte sich nun, dass im bayrischen Landeskriminalamt schlampig und mit ungeeigneten und veralteten Methoden gearbeitet worden war, zudem von Personen, die für solche Aufgaben gar nicht qualifiziert gewesen waren oder zum ersten Mal derartige Versuche vorgenommen hatten. Bei abweichenden Ergebnissen waren außerdem Bewertungen vorgenommen worden, die die Resultate der Anklage gegen Maria Rohrbach angepasst hatten.

Ein Gutachter sagte, er müsse an den Gepflogenheiten im bayrischen LKA erheblich Anstoß nehmen, ein anderer sprach davon, dass grundlegende Voraussetzungen bei den dort durchgeführten Analysen nicht eingehalten worden seien. Die einhellige Meinung der Fachwelt fasste Prof. Dr. Heinrich Kaiser vom Institut für Spektrochemie und angewandte Spektroskopie in Dortmund folgendermaßen zusammen: »Das Gutachten, um das es hier geht, enthält so viele Fehler und verrät soviel Unterlassungen und Unwissenheit, […] daß es in den Augen der ernsthaften Wissenschaft keinerlei Beweiskraft besitzt.« Diese Kritik führte zu einer Parallele im Prozessverhalten von Angeklagter und sie belastendem Gutachter: Wie Maria Rohrbach zu Beginn der zweiten Verhandlung verweigerte am Ende Professor Specht mit den Worten »Ich werde nun keine Auskunft mehr geben« jede weitere Aussage.

Nun begannen auch die Medien, auf die Gutachter des ersten Prozesses einzuschlagen. Die »Revue« überschrieb einen Artikel mit »Angeklagt: Die Gutachter« und drehte so den Spieß um. Der »Spiegel« beklagte die »Eingleisigkeit der Ermittlungen«. Im »Stern« war von einem »Katalog unglaublicher Irrtümer« und den »Phantastereien des Gutachters Prof. Specht« zu lesen; das erste Verfahren werde hoffentlich »als abschreckendes Modell in die Geschichte der Strafrechtspflege eingehen«.

Solche Artikel blieben nicht ohne Wirkung auf die öffentliche Meinung. Der »Spiegel« konnte seitenweise Leserbriefe abdrucken, in denen das bestehende Gutachterwesen vor deutschen Gerichten angeprangert wurde, und zwar sowohl von Laien als auch von lang gedienten Juristen. Wilhelm Plagemann aus Hamburg schrieb beispielsweise:

> *»Wenn es möglich ist, daß [...] Sachverständige [...] und Gericht so verhängnisvoll zusammenwirken wie hier, so kann die Folgerung nur lauten: Auf keinen Fall Wiedereinführung der Todesstrafe!«.*

Und der »Jurist seit 1906« F. von der Heyden bestätigte, aus dem Fall Rohrbach die »bitter-traurige Erkenntnis gewonnen zu haben, daß die Allmacht solcher ›Gerichtsherren‹ [...] trotz aller politischer Wandlungen die gleiche geblieben ist.« Damit spielte er unverhohlen auf die Nazizeit an.

All dies erschütterte – neben der Glaubwürdigkeit forensischer Gutachten vor Gericht generell – den Schuldspruch gegen Maria Rohrbach zutiefst: Der Kopf war nicht verbrannt, Hermann Rohrbach weder mit Veronal betäubt noch mit Thallium vergiftet worden. So formulierte denn auch der Staatsanwalt am 26. Juni 1961:

> *»Der volle Schuldbeweis der Angeklagten [...] ist [...] nicht erbracht worden. Die letzten Zweifel aber müssen zugunsten der Angeklagten in die Wagschale geworfen werden. Es kann weder die Schuld noch die Unschuld der Maria Rohrbach bewiesen werden. Sie wird daher [...] in Freiheit ihr Leben verbringen. Aber sie wird unter der schweren Belastung stehen, daß die letzten Anzeichen des Verdachts nicht von ihr genommen werden konnten.«*

Die letzten Worte der Angeklagten lauteten, nachdem ihr Verteidiger in einem flammende Plädoyer ebenfalls Freispruch gefordert hatte: »Ich bin wirklich unschuldig. Lassen Sie mich zurück zu meinem Kind.«

Maria Rohrbach wurde im Wiederaufnahmeverfahren am 30. Juni 1961 aus Mangel an Beweisen freigesprochen. In der Begründung hieß es, wie, wann, wo und durch wen Hermann Rohrbach umgekommen sei, habe sich nicht ermitteln lassen.

Verschiedene Szenarien sind denkbar: War Maria Rohrbach Mitwisserin des Mordes, begangen von ihrem Geliebten Donald Ryan? Hatte sie doch allein gehandelt, man ihr die Tat nur nicht nachweisen können? Oder hatten Unbekannte Hermann Rohrbach ebenso umgebracht wie wenige Wochen zuvor bereits seinen Freund? Bis heute ist der Fall nicht aufgeklärt worden.

Maria Rohrbach sah nach vier Jahren Haft endlich ihren Sohn Norbert, inzwischen acht Jahre alt, erstmals wieder. Er war all die Jahre bei Nonnen im Kloster Waldniel untergebracht gewesen, hatte keine Erinnerung mehr an die Mutter, von der er so lange getrennt gelebt hatte. Um ein neues Leben zu beginnen, nahm Maria Rohrbach einen anderen Namen an und verkaufte die Rechte an ihrer Geschichte für die damals fürstliche Summe von 15.000 DM an eine große deutsche Illustrierte. Einen ähnlich hohen Betrag erhielt sie für die Filmrechte; der berühmte Produzent Artur Brauner plante damals, ihre Geschichte noch im gleichen Jahr zu verfilmen. Dazu kam es jedoch nicht. Sie heiratete erneut, bekam eine Tochter, doch die zweite Ehe ging in die Brüche. Sie lebt heute unerkannt in einer westdeutschen Großstadt, will sich zu den damaligen Geschehnissen nicht mehr äußern.

Professor Walter Specht wechselte nach dem ersten Rohrbach-Prozess vom bayrischen LKA als wissenschaftlicher Berater zum Militärischen Abschirm-Dienst. Nach dem Freispruch Maria Rohrbachs ordnete der bayrische Justizminister jedoch an, durch die Generalstaatsanwaltschaft alle Verfahren, in denen Specht als Gutachter aufgetreten war, überprüfen zu lassen. Der vorsitzende Richter im ersten Rohrbach-Prozess wurde nach Ende des zweiten Verfahrens als Vorsitzender der Strafkammer abberufen und musste sich von nun an mit Handelsrecht befassen, einem Gebiet, auf dem er keinen allzu großen Schaden anrichten konnte.

Die beiden Prozesse gegen Maria Rohrbach gelten bis heute als Paradebeispiele sowohl für ein Fehlurteil als auch dessen Revision. Als Lehren aus dem Fall wurden u. a. die Regeln für die Haftentschädigung Freigesprochener reformiert, sowie die Möglichkeit der Wiederaufnahme erleichtert. Gerichtsgutachter werden nun schärfer unter die Lupe genommen, Richter vertrauen ihnen nicht mehr blind.

Der Fall Rohrbach markiert aber auch gesellschaftlich den Beginn einer Umbruchperiode: Die Verurteilung im ersten Prozess zum Ausgang der restaurativen 1950er Jahre, der Freispruch dann Anfang der 1960er, einer Epoche des Aufbruchs und Neubeginns.

Die Ermittlungen gegen Maria Rohrbach und die Verhandlung im Jahre 1958 waren geprägt gewesen von Ablehnung und Feindschaft, die der Angeklagten entgegenschlugen. Motiviert wurden diese Gefühle durch ihren Lebenswandel und ihre Persönlichkeit. Selbst das Gericht scheint sich durch individuelle Animositäten hat beeinflussen lassen. Das Verfahren stand noch ganz in der Tradition einer Rechtssprechung, die dem subjektiv beurteilten Charakter eines mutmaßlichen Täters ähnlich hohe Aussagekraft zubilligte wie der Tat selbst.

Maria Rohrbach war nicht nur wegen Mordes angeklagt worden, sondern auch, weil sie einer als kriminogen bewerteten Unterschicht entstammte, von ihrem Werdegang her gar zu gut dem populären Bild einer Mörderin entsprach und zudem gegen das damalige Frauenideal gleich mehrfach verstieß: Sie war vorbestraft, hatte ihrem Mann ein Kind untergeschoben, ging einem außerehelichen Verhältnis nach, galt als dominant und aggressiv. Damit stand sie im krassen Widerspruch zum Bild der treu sorgenden Hausfrau, die sexuelle Erfüllung (wenn ihr Streben überhaupt darauf abzielte) nur beim Ehemann fand, und die sich bereitwillig in ein passives und durch Dienen geprägtes Rollenmuster einfügte. Die Unvereinbarkeit ihres Lebensstils mit dem herrschenden Frauenbild zerstörte ihr Leben, denn als einmal ein Verdacht auf sie gefallen war, gab es kein Netzwerk aus Familie oder Freunden, das bereit gewesen wäre, diese unangepasste Frau zu schützen. Sie hatte gegen gesellschaftliche Konventionen verstoßen und musste nun den Preis dafür zahlen.

Der erste Rohrbach-Prozess zeigte der Öffentlichkeit aber auch, dass im Deutschland der Wirtschaftswunderzeit einiges im Argen lag. Zwar ging es vielen Menschen Ende der 1950er Jahre wirtschaftlich gut, aber Verlierer wie die Rohrbachs und andere Angehörige ihres Milieus drohten auf der Strecke zu bleiben. Deutlich wurde, dass trotz aller Modernität, die mit Fernsehgeräten und Waschmaschinen in das Leben der Leute Einzug gehalten hatte, zwischenmenschliche Beziehungen immer noch oft von Gewalt und Armut geprägt waren.

Ganz anders im Wiederaufnahmeverfahren: Statt die Bewertung des Charakters der Angeklagten stand der Streit über die Würdigung der naturwissenschaftlichen Beweise im Mittelpunkt. Auf Maria Rohrbachs Rolle in diesem Drama wurde kaum eingegangen – schon gar nicht wurde ihre Persönlichkeit negativ bewertet – während des Gutachterstreits geriet die Angeklagte beinahe in Vergessenheit. Zwar hatte sich noch kein neues Frauenbild durchgesetzt, aber die Bedingungen des zweiten Prozesses ermöglichten eine sachliche Verhandlungsatmosphäre ohne vorurteilsbeladene Vorverurteilung durch ein der Mittelschicht entstammendes Gericht.

## Die Prozesse gegen Eva Maria Mariotti (1963–1965)

Die insgesamt drei Verfahren Anfang der 1960er Jahre gegen die gebürtige Tschechin Eva Maria Mariotti in Hamburg stellten ebenfalls wahre Sensationsprozesse dar. Sie wiesen alle Ingredienzen eines großen Justizdramas auf: eine schöne und geheimnisvolle Angeklagte aus Südamerika mit allerlei Aliasnamen, eine lang zurückliegende Bluttat, pikante sexuelle Details. Unter den Frauen, die zu dieser Zeit wegen Mordes vor Gericht standen – Vera Brühne, Maria Rohrbach, Christa Lehmann – sticht die Mariotti als besonders exotisch und kapriziös heraus.

Angeklagt war sie der Ermordung der Maria Moser (62) aus Hamburg im Jahre 1946. Die wohlhabende Zahnarztwitwe hatte man am 30. Juni dieses Jahres tot in ihrer großzügigen Wohnung im noblen Stadtteil Eppendorf gefunden. Frau Moser hatte als sehr exzentrisch gegolten, gerne mit ihrem Reichtum angegeben und war in der Nachkriegszeit in allerlei undurchsichtige Schwarzmarktgeschäfte verstrickt gewesen. Eva Maria Mariotti war eine gute Freundin von ihr geworden, den Tagebüchern der Moser konnte sogar entnommen werden, dass diese sich erotisch von der jungen Tschechin angezogen fühlte.

Das Gericht versuchte jedoch nicht nur den Tatablauf zu klären, vielmehr beschäftigte es sich ausgiebig mit der Persönlichkeit der Beschuldigten. Deren Lebensweg lässt sich als ausgesprochen schillernd beschreiben. Sie wurde Heiligabend 1917 als Eva Maria Stipkowa in Prag geboren. Die Familie betrieb ein gut gehendes Modegeschäft, der Vater war Deutsch-Böhme, Eva besuchte die deutsche Schule. 1932 beendete sie die höhere Mädchenschule und begann, im Geschäft der Familie zu arbeiten. Im Oktober 1936 heiratete sie den stadtbekannten Lebemann Antonin Nemecek, aus dieser Verbindung ging auch ihr einziges Kind Jeanette hervor, doch handelt es sich dabei nur um eine kurze Episode, die Ehe wurde bereits zwei Jahre später wieder geschieden.

1939 besetzten die Deutschen nach dem Sudetenland auch die so genannte »Resttschechei« und bildeten das »Reichsprotektorat Böhmen und Mähren«. Während die meisten Tschechen unter den Nazis litten, erhielt die deutschstämmige Eva Nemecek die deutsche Staatsbürgerschaft und arrangierte sich mit den Besatzern. Die Kollaborateurin machte gute Geschäfte mit den Deutschen, verkaufte ihnen Antiquitäten, Bilder, Schmuck. Angeblich hatte sie auch eine Affäre mit einem hochrangigen NS-Offizier. Als sich jedoch abzeichnete, dass die Deutschen den Krieg verlieren würden, floh Eva aus Angst vor Repressionen durch ihre Landsleute über Berlin nach Hamburg.

Dort kam sie im Frühjahr 1945 noch vor Kriegsende zusammen mit Mutter, Tochter und ihrem gesamten Barvermögen in Höhe von 600.000 Reichsmark an. Sie nannte sich nun Eva Höger. Eine versuchte Ausreise nach Dänemark scheiterte allerdings. So erlebte sie den Einmarsch der Briten in Hamburg, allerdings nicht als mittelloser Flüchtling, sondern in einer Suite im vornehmen Hotel »Reichshof« residierend.

Bald besetzten die britischen Besatzungstruppen das Quartier. Die Gäste mussten ausziehen, die Familie wurde getrennt. Mutter und Tochter kamen in ein Lager für Displaced Persons der UNRRA, der Flüchtlingsorganisation der Vereinten Nationen, am Stadtrand von Hamburg. Eva traf es besser. Sie lernte den bei der englischen Militärregierung beschäftigten Franzosen André Mariotti kennen, der sie für 50.000 Reichsmark heiratete und ihr so statt der jetzt nachteiligen deutschen die vorteilhaftere französische Staatsbürgerschaft verschaffte. Dass Mariotti bereits in Frankreich verheiratet ist, die Behörden die Ehe mit Eva deshalb annullieren, wird von ihr in Zukunft geflissentlich ignoriert werden. Aus Eva Höger wurde Eva Maria Mariotti.

Auch diese Ehe hielt nicht lange, bereits im Oktober 1945 nahm sich Gatte Nummer zwei das Leben, wahrscheinlich, weil er in aufgedeckte Schiebergeschäfte verwickelt war. Die »Witwe« zog sich anschließend für mehrere Monate ins Hamburger Marienkrankenhaus zurück; Freunde zweifelten jedoch an einer ernsten Krankheit, die Mariotti habe sich eher wie in einem Sanatorium benommen.

Um diese Zeit traf sie im Ausländerlager auf den jungen Tschechen Erich Sterba (21), der sich Hals über Kopf in seine schöne Landsfrau verliebte. Sie sagte später über ihn: »Er hat mir die Koffer getragen. Er ist mir gefolgt wie ein Hund.« Sie habe den jungen Mann unter ihre Fittiche genommen, ihn zum Essen eingeladen, Bekannten vorgestellt. Mehr sei zwischen ihnen nie gewesen, eine Liebesbeziehung wies die Mariotti immer zurück mit den Worten »Sterba und ich – ich bitte Sie …«.

Über ihren Ehemann hatte Eva auch andere Schwarzhändler kennen gelernt und bewegte sich zunehmend unter Kriegsgewinnlern. Dazu zählte auch Maria Moser, die schnell ganz vernarrt war in die junge Frau Mariotti. Vor Gericht stellte die es später so dar, als hätten beide aufgrund ihrer großbürgerlichen Herkunft sofort einen Draht zueinander gefunden. Von Avancen von Seiten der Moser will Eva nichts bemerkt haben, obwohl sie häufiger in deren Wohnung übernachtet und der Zahnarztwitwe, die in ständiger Angst um ihr Hab und Gut lebte, auch geholfen hatte, ihren wertvollen Schmuck ins Korsett einzunähen. Frau Moser galt in ihrer Nachbarschaft als seltsam und arrogant. Ihr vornehmes Getue wurde belächelt, gab aber auch Anlass zu Streitereien.

Was genau am 28. Juni 1946 in der Eppendorfer Wohnung geschah, ist bis heute ungeklärt. Das Gericht ging im ersten Prozess gegen Eva Maria Mariotti 1963 davon aus, dass die Angeklagte zusammen mit Erich Sterba gegen elf Uhr einen Besuch bei Frau Moser machte. Sterba sei der Moser vorher als Spanier namens Ricardo Herrero vorgestellt worden, wohl, weil dies der dünkelhaften Witwe einen weltgewandten Eindruck vermitteln sollte.

Zwei Tage vor der Tat hätte sich Eva telefonisch mit Frau Moser verabredet. Dann hätte Eva den jungen Mann angestiftet, einen Holzknüppel in einem Koffer mitzubringen, mit dem die Zahnarztwitwe erschlagen werden sollte, um sie auszurauben. Frau Moser hätte ihren Besuch arglos hereingelassen, man wäre ins Musikzimmer gegangen, um dort auf dem Harmonium zu spielen. Während Frau Moser in die Tasten gegriffen habe, hätte Eva ihrem Komplizen das Zeichen zum Zuschlagen gegeben. Nachdem Sterba Frau Moser den Knüppel hinterrücks über den Schädel gezogen hätte und das Opfer bewusstlos zusammengesunken wäre, hätte die Mariotti die Ohnmächtige mit einem Handtuch erdrosselt. Anschließend hätte das Paar die Leiche in die Küche geschleppt, aus dem Schrank der Toten einen Persianermantel entwendet und wäre geflohen.

Zeugen haben Eva Maria Mariotti dann um 14 Uhr vor der Wohnungstür der Moser gesehen. Die Besucherin habe mehrmals geklingelt, doch als niemand öffnete, sei sie wieder gegangen. Über Frankfurt am Main reiste Eva am nächsten Tag zusammen mit Sterba nach Esslingen, wohin es Mutter und Tochter der Mariotti inzwischen verschlagen hatte. Dort brachte Eva einen Persianermantel zum Umarbeiten.

In Esslingen erhielt sie im Juli 1946 auch eine Vorladung der Polizei, die sie zu dem Mord in Hamburg befragen möchte. Sie wurde jedoch nur als Zeugin vernommen, ein Verdacht gegen sie ließ sich nicht erhärten. Sie bekam lediglich die Auflage, sich zweimal täglich bei der Polizei zu melden. Am 22. Juli wurde sie zudem erkennungsdienstlich behandelt. Doch es gab Schwierigkeiten beim Fotografieren, dies sollte am nächsten Tag nachgeholt werden.

Noch in derselben Nacht versuchte die Mariotti gemeinsam mit Sterba einen illegalen Grenzübertritt in die Schweiz. Die beiden wurden jedoch gefasst; Eva gab als Namen nun Ena Uthardt an, geboren am 7. März 1921 in Uzhorod in den Karparten. Nach vier Tagen Gefängnis erfolgte ihre Überstellung nach Deutschland. Zusammen mit Sterba reiste sie noch bis München, dann trennten sich beider Wege.

Erich Sterba ging zurück in die Tschechoslowakei, um dort bis 1948 seinen Wehrdienst abzuleisten und anschließend in einer Fabrik als

Schlosser zu arbeiten. Im gleichen Jahr wurde die demokratische Regierung gestürzt, die Kommunisten übernahmen die Macht.

Eva Maria Mariotti lebte zunächst unerkannt in der bayrischen Landeshauptstadt, nannte sich Helena Polanska und zog 1947 unter diesem Namen nach Paris, wo sie wieder mit Mutter und Tochter zusammentraf. Obwohl sie von Interpol gesucht wurde, reiste sie mehrfach unerkannt nach Deutschland.

Langsam ging jedoch ihr Geld zur Neige, deshalb beschloss sie, Europa den Rücken zu kehren und in Südamerika noch einmal neu anzufangen. 1951 wanderte die Familie nach Bolivien aus, eröffnete in La Paz ein Modegeschäft. Doch 1952 entmachtete dort die Arbeiterpartei in einer Revolution die bisher herrschende Militärjunta, für Pariser Mode war nun kein Platz mehr. Eva Maria Mariotti reiste 1953 – jetzt unter dem Namen Sylvia Sousa-Leite – nach Buenos Aires. 1956 lebte sie in Rio de Janeiro, ließ sich schließlich in São Paulo nieder und betrieb dort ein Antiquitätengeschäft.

Doch inzwischen war es den deutschen Behörden gelungen, sich in den Besitz eines Passfotos der Mariotti aus ihrer Pariser Zeit zu bringen. Dies wurde in der Illustrierten »Revue« abgedruckt und von einem Deutsch-Brasilianer erkannt. So konnte die Mariotti im Dezember 1961 in Südamerika verhaftet und an Deutschland ausgeliefert werden. Die gegen sie erhobene Beschuldigung, zusammen mit Sterba Maria Moser getötet zu haben, überraschte sie zunächst. Angeblich will sie die ganze Angelegenheit, mit der sie nichts zu schaffen gehabt habe, vergessen haben. An Einzelheiten, was sie z. B. am 28. Juni 1946 zwischen 13 und 14 Uhr getan habe, könnte sie sich nicht mehr erinnern. Die Anschuldigungen nannte sie nur »eine verrückte Geschichte«.

Dennoch musste sie 20 Monate in Untersuchungshaft verbringen, bis im Juli 1963 der Prozess vor dem Schwurgericht in Hamburg begann. Es zeigte sich schnell, dass der Richter starke Vorbehalte gegen die Angeklagte hegte, deren wechselvolle Biographie für sein Empfinden geprägt ist von Unstetheit und Unbeständigkeit. Allein dies belastete sie in seinen Augen bereits schwer. Der Anwalt der Angeklagten Dr. Bernhard Servatius – Neffe des Anwalts Dr. Robert Servatius, der Adolf Eichmann in Jerusalem verteidigte – war von der Direktheit, mit der der Vorsitzende die Beschuldigte überführen will, überrascht. Auch die Schöffen berichteten später davon, bereits vor Verhandlungsbeginn im Richterzimmer auf einen Schuldspruch eingeschworen worden zu sein.

Doch die Beweislage war dünn, es gab keine Tatzeugen und kein Belastungsmaterial, das eindeutig gegen Eva Maria Mariotti sprach. Zudem waren seit der Tat fast 20 Jahre vergangen. Daher kam dem Persianermantel, den die Angeklagte 1946 in Esslingen zum Schneider gebracht hatte, eine hohe Bedeutung zu. Diesen will die Mariotti aber von ihrem verstorbenen zweiten Ehemann bekommen haben, obwohl Verwandte von Frau Moser behaupteten, in ihm einen Pelz des Opfers zu erkennen.

Warum sie denn nach der Tat aus Hamburg geflohen sei, wollte der Staatsanwalt wissen, wenn sie mit dem Mord nichts zu tun gehabt habe? Es sei keine Flucht gewesen, behauptete daraufhin die Angeklagte, sie habe den Umzug nach Esslingen bereits länger geplant. Unterlagen des Umzugsunternehmens bestätigten diese Angaben. Die Verabredung mit Frau Moser für den 28. Juni 1946 sollte ihr Abschiedsbesuch sein.

Die Verteidigung hatte bereits Hoffnung auf einen Freispruch, als die Staatsanwaltschaft ihren Joker präsentierte: Erich Sterba trat als Zeuge der Anklage auf und belastete die Mariotti schwer. Sein Schicksal war nicht eben glücklich verlaufen. Nach der Rückkehr in seine Heimat wurde er 1949 bei einem illegalen Grenzübertritt verhaftet. Doch damit nicht genug, die Grenzpatroullien der ČSSR fanden bei Sterba ein Funkgerät und konnten ihm Kontakte zum amerikanischen Geheimdienst nachweisen. Für den jungen Mann ging es um Kopf und Kragen, eine Anklage wegen Hochverrats drohte, die sicher in ein Todesurteil gemündet wäre. Darüber hinaus wurde er wegen des Verdachts der Ermordung der Moser gesucht.

Um der Hinrichtung wegen Landesverrats zu entgehen, schien Sterba mit den Behörden einen Deal geschlossen zu haben. Er gestand den Mord – belastete dabei seine angebliche Komplizin Eva Maria Mariotti schwer – und packte über seine Agentenverbindungen aus. Dafür blieb ihm die Todesstrafe erspart, er erhielt wegen Raubmordes die vergleichsweise milde Strafe von 25 Jahre Haft, kam aber bereits nach der Hälfte der Zeit frei.

Nun wiederholte er 1963 sein Geständnis von 1950 vor der Hamburger Schwurgerichtskammer. Er wäre der Mariotti hörig gewesen, hätte aus Liebe zu ihr alles getan. Seine Komplizin wäre die treibende Kraft gewesen und hätte ihn angestiftet, die Moser zu beseitigen, da diese ihr sexuelle Avancen gemacht habe. Das Raubmotiv trat so in den Hintergrund. Dieser neue Aspekt kam für Staatsanwaltschaft und Richter überraschend, das Verfahren wurde deshalb zunächst ausgesetzt, um weitere Beweismittel zu erheben.

Erst im März 1964 begann die Fortsetzung der Verhandlung. Wieder machte der Zeuge Sterba seine Aussage, bekannte im Vorfeld gegenüber der Presse freimütig seinen Hass auf die Angeklagte, der er die Schuld an seiner zwölfjährigen Haft gab. Sie hätte ihn nach der Tat einfach abserviert, obwohl sie ihm als Belohnung doch eine gemeinsame Zukunft in Südamerika versprochen hätte.

Doch Sterba verwickelte sich zunehmend in Widersprüche: Im Prozess von 1963 hatte er behauptet, er und seine Komplizin hätten nach der Tat einen Koffer voller Juwelen aus der Wohnung der Moser getragen. Als die Beweisaufnahme ergab, dass der Schmuck des Opfers in dessen Korsett eingenäht war – was die Mariotti gewusst hatte – und davon nichts fehlte, änderte Sterba im zweiten Verfahren seine Aussage ab und behauptete nun, nicht genau zu wissen, was die Mariotti gestohlen hätte. Als er erfuhr, dass nur der Persianermantel verschwunden sei, berief er sich erneut auf das Tatmotiv der angeblichen lesbischen Annährungsversuche der Moser, die die Mariotti abgestoßen hätten.

Diese Aussage stand nun in krassem Widerspruch zu seinem Geständnis in der ČSSR von 1950, in dem es hieß: »Ich habe Frau Moser getötet, damit Frau Mariotti sich bereichern konnte und mit mir auswanderte.« Damals habe er gelogen, doch nun sage er die Wahrheit, schwor Sterba 1964. Seine Glaubwürdigkeit schwand so jedoch rapide. Lediglich die Staatsanwaltschaft sah keinen Grund, warum ihr Zeuge so massiv lügen und die Mariotti belasten sollte, wenn die mit der Tat nichts zu tun habe. Daher verurteilte das Gericht die Angeklagte schließlich zu einer lebenslangen Zuchthausstrafe.

Doch bereits am 22. Dezember 1964 hob das Bundesverfassungsgericht den Schuldspruch wieder auf – nicht wegen der offensichtlichen

Widersprüche, sondern aufgrund eines Formfehlers. Ein dritter Prozess musste angesetzt werden, der am 31. März 1965 begann.

Hier traten nun die massiven Unstimmigkeiten bei den die Angeklagte angeblich belastenden Indizien offen zu Tage. Eine Rekonstruktion der Tat zeigte, dass der Mord nicht, wie bisher immer angenommen und auch von Sterba behauptet, im Musikzimmer stattgefunden haben konnte. Wäre die Tote von dort 20 Meter in die Küche, wo sie gefunden wurde, geschleift worden, hätte ihre Kleidung stärker in Unordnung gewesen sein müssen. Doch das Kleid war nicht zerrissen. Außerdem hätte die Leiche kaum durch den schmalen, mit Möbeln voll gestellten Flur gepasst.

Bei der Tatwaffe hatte Sterba immer von einem Stuhlbein gesprochen, doch im Haar der Witwe waren damals grüne Glassplitter wie von einer Weinflasche entdeckt worden. Um 13.15 Uhr will die Hausmeisterin Frau Peters zudem noch mit Maria Moser gesprochen haben, die doch laut Sterbas Version zwischen elf und 11.30 Uhr ermordet worden war. Zu dieser Zeit am Vormittag, findet das Gericht jetzt heraus, war die Angeklagte übrigens bei einer Spedition, um das Verladen ihrer Umzugskisten zu besprechen. Auch dieses Alibi für die angebliche Tatzeit hatte man bisher nicht berücksichtigt.

Die Verteidigung behauptete nun, Sterba habe die Moser allein getötet, um sie zu berauben. Da er jedoch nicht gewusst habe, wo das Opfer seinen Schmuck aufbewahrte, habe die Beute lediglich aus einem alten Persianermantel bestanden, den der Mörder nach der Tat Eva Maria Mariotti geschenkt habe. Doch auch für den Persianermantel, den die Mariotti in Esslingen zum Schneider gebracht hatte und der angeblich aus der Wohnung von Frau Moser stammen sollte, fand sich eine harmlose Erklärung. Der Esslinger Mantel war nämlich viel zu klein, um der matronenhaften Moser gehört zu haben. 1965 gestand dann endlich ein ehemaliger Untermieter, einen Pelzmantel aus dem Nachlass der Zimmerwirtin nach deren Ermordung entwendet und auf St. Pauli verkauft zu haben.

Die Staatsanwaltschaft zeigte sich weiterhin trotz all dieser entlastenden Sachverhalte von der Schuld der Angeklagten überzeugt. Doch statt auf dem Wahrheitsgehalt der immer widersprüchlicheren Aussagen Sterbas zu beharren, verlegte sich der Ankläger zunehmend darauf, das Schweigen der Angeklagten als Schuldeingeständnis und damit gegen sie auszulegen. Ihr Anwalt hatte Eva Maria Mariotti dringend angeraten, in diesem dritten Prozess nicht auszusagen, da sie aufgrund der seit dem Mord verstrichenen Zeit begonnen hatte, Daten, Personen und Ereignisse durcheinander zu bringen. Der Staatsanwalt verstieg sich schließlich zu folgender Anschuldigung:

> *»Seit wir der Folter abgeschworen haben, darf ein Angeklagter schweigen. Die Gefahr eines solchen Verhaltens sollte sich die Angeklagte vor Augen halten. Aus welchem Grund wählt die Angeklagte den Weg, dem Gericht seine Aufgabe der Wahrheitsfindung zu erschweren?«*

Doch wohl nur aus einem Grund: weil sie schuldig sei.

Die Presse sprang auf diese markigen Aussprüche der Staatsmacht an. So titelte die »Hamburger Morgenpost«, den Inhalt der Ansprache entstellend, »Staatsanwalt spricht von Folter«. Der Prozess entwickelte sich langsam zum Justizskandal. In seinem Schlussplädoyer ging der Staatsanwalt erneut auf die Aussageverweigerung der Beschuldigten ein, fragte, warum sie keine Angaben mache, wenn sie nichts zu verbergen habe. Seine Anwürfe gipfelten in dem Vorwurf: »Wer so hartnäckig schweigt, der hat etwas Furchtbares zu verschweigen.«

Eine anwesende Journalistin des »Hamburger Abendblatts« war über dieses Verhalten so bestürzt, dass sie die Pressebank verließ und dem Hamburger Generalstaatsanwalt Ernst Buchholz in dessen nahem Büro mitteilte, was sich gerade im Gerichtssaal abspielte. Dieser mischte sich daraufhin unters Publikum und hörte den Ausführungen seines Untergebenen zu. Als dieser zum Ende kam und erneut lebenslanges Zuchthaus für die Angeklagte forderte, ergriff der Generalstaatsanwalt das Wort. In einem bisher in der deutschen Rechtsgeschichte einmaligen Vorgang führte er im Zuschauerraum stehend aus:

> *»Seit wir eine Strafprozeßordnung haben, hat jeder Angeklagte dieses Recht [zu Schweigen]. Die [...] vertretende Auffassung, daß aus dem Schweigen der Angeklagten Frau Mariotti auf ihre Schuld zu schließen wäre, ist unzulässig und deckt sich nicht mit der Auffassung der Leitung der Hamburger Staatsanwaltschaft [...]. Jeder Angeklagte muß von seinem Recht auf Schweigen ohne jedes Risiko und ohne Gefahr Gebrauch*

*machen können. Aus seinem Schweigen auf seine Schuld zu schließen bedeutet einen Prozeßverstoß. Im Falle der Frau Mariotti halte ich ihr Schweigen sogar für sehr verständlich und sehr vernünftig.«*

Der Generalstaatsanwalt korrigierte damit öffentlich das Plädoyer seines Anklagevertreters und rügte ihn sogar vor der versammelten Presse. Dem konsternierten Staatsanwalt blieb nichts anderes übrig, als sich kleinlaut zu fügen. Dennoch rückte er nicht von seiner Forderung ab, die Mariotti schuldig zu sprechen.

Doch am 17. Juli 1965 wird die Angeklagte im dritten Verfahren schließlich freigesprochen. Das Gericht sah eine Tatbeteiligung als nicht erwiesen an, es fehlten schlicht die Beweise für Mariottis Schuld. Auch aus welchem Motiv heraus sie Sterba angestiftet oder selbst gemordet haben sollte, konnte das Gericht nicht erkennen. Die lesbischen Zärtlichkeiten hatte sie vehement bestritten, Wertsachen waren nicht gestohlen worden. Der Richter hielt Sterba vielmehr für den Einzeltäter.

Gleich nach ihrer Haftentlassung produzierte der »Stern« mit der schönen und mysteriösen Mariotti eine Serie ausführlicher Enthüllungsartikel über ihr Leben (»Ich, Eva Mariotti«). Reich bebildert mit schmeichelnden Fotos, die eine gelöste, aber auch nachdenkliche Frau zeigen, erhielt die Freigesprochene, die vor Gericht schwieg, hier reichlich Raum, sich öffentlich zu äußern.

Was wurde aus den Beteiligten an diesem Drama? Der Kronzeuge Sterba ging nach dem Prozessende zurück in die ČSSR, wo er inzwischen Frau und Kind hatte. Die Tochter Jeanette wurde kurz vor Ende des dritten Prozesses gegen ihre Mutter in Rom verhaftet, sie soll mit einer italienischen Scheckfälscher-Bande zusammen gearbeitet haben.

Eva Maria Mariotti verließ Deutschland erneut, zog diesmal nach Spanien, wo sie auf Gran Canaria einen Keramikladen eröffnete. Nach einem Sturz von der Leiter musste sie an der Hüfte operiert werden, doch der Arzt verpfuschte den Eingriff, danach war sie gehbehindert, litt unter ständigen Schmerzen. Sie starb 1979, einsam und völlig verarmt.

# Morden Frauen anders?

Natürlich ist die Auswahl der Geschichten mordender Frauen, die in diesem Buch vorgestellt wurden, nicht repräsentativ. Dennoch die Frage: Welche Aussagen über Mörderinnen lassen die beschriebenen Fälle zu?

Es zeigt sich, dass Frauen häufig im Nahbereich töten, besonders ihre eigenen Kinder oder Partner. Gerade dies wird als besonders brutal und herzlos empfunden, resultiert aber daraus, dass von diesen Personen (dem Ehemann oder Partner) für Frauen auch heute noch die größte Bedrohung ausgeht bzw. die eigenen Kinder einfach auch körperlich leicht zu überwältigende und verfügbare Opfer sind.

Serienmörderinnen im eigentlichen Sinn konnten dagegen nicht entdeckt werden, auch wenn einige Fälle gewisse Merkmale des klassischen Serienmordes aufwiesen. Frauen begehen zwar durchaus multiple Mordtaten, jedoch passen die Täterinnen nicht recht zu den an Hand von Männern entwickelten Täterprofilen.

Darüber hinaus ist Stephan Harbort zuzustimmen, der als weibliche Tatziele Selbstschutz, Selbstachtung, Selbsterhaltung nennt. Dies ist besonders in den traurigen Fällen deutlich geworden, in denen Frauen ihre sie misshandelnden Ehepartner töteten.

Das Merkmal der Gewalt zieht sich durch das Leben der allermeisten Mörderinnen. Meist wurden sie bereits als Kinder geprügelt; oftmals setzte sich dies Muster in ihrer Ehe fort. Dem konnten sie sich dann nur durch erneute Gewalthandlungen entziehen, andere Wege der Konfliktlösung hatten sie nie gelernt.

Die Justizpraxis ließ erkennen, dass in der Vergangenheit bei weiblicher Kriminalität Sachverständige und Richter verstärkt mit moralischen Kategorien argumentiert haben und nicht die eigentliche Tat, sondern den Charakter der Delinquentinnen in den Mittelpunkt ihrer Betrachtungen stellten. Dabei griffen die Autoritäten gern auf verbreitete Vorstellungen der kriminogenen weiblichen Sexualität zurück.

Dies entsprang dem tief sitzenden Bedürfnis, das als so ungewöhnlich angesehene Benehmen von Verbrecherinnen – besonders gewalttätiges Verhalten – irgendwie zu erklären, ohne die postulierten großen Unterschiede zwischen Mann und Frau zu verwischen. Kriminelle Taten von Frauen durften nicht die gleichen Ursachen wie von Männern begangene Verbrechen haben. Daher musste als Erklärung die oft von den männlichen Experten als so anders und darum auch faszinierend empfundene weibliche Sexualität herhalten, denn die Unterschiede auf diesem Gebiet ließen sich nur schwer widerlegen.

Außerdem ist zu beachten, dass bei den allermeisten hier vorgestellten Fällen Männer – als Anwälte, Staatsanwälte, Richter, Sachverständige und Journalisten – über Frauen urteilten. Dass Frauen verstärkt in diese einflussreichen Positionen vordringen, ist eine relativ junge Entwicklung. Die sich männlich manifestierende Obrigkeit, aber auch die Meinungsbildner, beurteilten die ihnen überantworteten Personen auch aus einer Geschlechterperspektive: delinquente Männer waren immerhin Geschlechtsgenossen, ihr Verhalten erschien den sie be- und verurteilenden Männern vielleicht nachvollziehbarer als das Gebaren weiblicher Beschuldigter, die eher das viel postulierte »Rätsel Weib« zu bestätigen schienen.

Heutzutage ist die Frauen diffamierende Herangehensweise weitestgehend abgelöst worden durch eine die Täterinnen fast ausschließlich in der Opferrolle sehende Wahrnehmung. Doch das Verständnis für die Not, in der manche Frau zur Mörderin wird, birgt die Gefahr in sich, weibliches Verhalten irrational erscheinen zu lassen und die Vorstellung vom »schwachen Geschlecht« wieder neu zu beleben, indem Frau mit Opfer gleichgesetzt wird. In letzter Konsequenz bestreitet dieser Ansatz nämlich, dass Frauen aufgrund rationaler Kosten-Nutzen-Abwägungen kriminell würden.

Studien haben beobachtet, dass Frauen zunehmend härter bestraft wurden, je deutlicher die Emanzipation voranschritt. Somit wären Gerichtsurteile nicht nur als Sanktionen gegen einzelne Täterinnen zu verstehen, sondern auch als Warnungen vor dem Übertreten von traditionellen Geschlechtergrenzen. Im Gegenzug können kriminologische Theorien, die sich auf die »Natur der Frau« stützen, auch als Ausdruck männlicher Angst vor den sich zunehmend selbstständiger gebenden Frauen und damit als Furcht vor männlichem Machtverlust gewertet werden.

Dies scheint durch die Häufung von Aufsehen erregenden Prozessen gegen Mörderinnen Ende der 1950er und Anfang der 1960er Jahre bestätigt zu werden. Gerade in dieser Umbruchszeit, als zahlreiche Frauen sich anschickten, ihren angestammten Platz in der Gesellschaft zu verlassen und in andere Bereiche vorzustoßen, versuchten maskuline Autoritäten auch in Gerichtsverfahren, den Status Quo zu zementieren. Sowohl die vielen Sensationsprozesse dieser Zeit – auch geprägt durch spektakuläre Fehlurteile – als auch die in ihnen zum Ausdruck gekommenen Vorstellungen von der Rolle der Frau verdeutlichen die Reibungspunkte dieser Übergangsepoche.

Die beschriebenen Fälle haben Einblicke in weibliche Wirklichkeiten und Frauenalltag im 20. Jahrhundert ermöglicht. Anhand der Mordprozesse konnten die jeweiligen Veränderungen, denen das Frauenbild unterworfen war, nachgezeichnet werden. Dabei wurde eine Wellenbewegung erkennbar: Waren Frauen im Kaiserreich einem strikten Verhaltenskodex unterworfen, liberalisierte sich dieser in den 1920er Jahren. Nach 1945 war dann eine stark restaurative Tendenz feststellbar; seit den 1970er Jahren haben Frauen eine bisher ungekannte Freiheit und Selbstbestimmung erreicht.

Jedoch scheinen klassische Erwartungen an das Verhalten von Frauen – denen Gewaltkriminalität nach wie vor widerspricht – sich nicht in gleichem Maße verändert zu haben. Aktuelle Fälle z. B. des Haustyrannenmordes zeigen, dass die Befreiung und Selbstverwirklichung der Frau längst nicht so weit fortgeschritten ist, wie es manchmal offiziell scheinen mag. Andererseits sind Klischees langlebig, weshalb sich die verunglimpfende Vorstellung vom vergnügungssüchtigen Flittchen unterschwellig ebenso gehalten hat wie das Gegenbild, die treu sorgende Hausfrau und Mutter.

Festzuhalten bleibt, dass Frauen nicht aufgrund ihres Geschlechts anders morden als Männer, sondern die Unterschiede in ihrem kriminellen Verhalten mit den verschiedenen existenten Rollenbildern und Lebenswelten erklärbar sind. Männer töten beispielsweise ihre Kinder seltener, dafür verlassen sie öfter ihre Familie und verweigern den Unterhalt.

Kindstötungen kommen heute zwar noch vor, sind jedoch zurückgegangen. Gattenmorde nahmen dank liberalerer und frauenfreundlicherer Scheidungsgesetze ab. Zu erwarten wäre mit der zunehmenden Verwischung der Geschlechtergrenzen nun jedoch eine Zunahme von Serientötungen durch Frauen oder ein Anstieg der Mädchenkriminalität. Ersteres scheint in den USA zu passieren, Letzteres zumindest in einigen deutschen Großstädten bereits spürbar zu sein.

Im Verlauf des 20. Jahrhunderts ist einiges unternommen worden, die Stellung der Frau in der Gesellschaft zu verbessern und sie der des Mannes anzunähern. Dies ist zumindest teilweise auch im kriminellen Verhalten der Frauen erkennbar geworden.